看世界本来的样子

草籽来自不同的牧场

CAOZI LAIZI BUTONG DE MUCHANG

王小忠 著

广西师范大学出版社
·桂林·

图书在版编目（CIP）数据

草籽来自不同的牧场 / 王小忠著. -- 桂林 : 广西师范大学出版社, 2025.4. -- ISBN 978-7-5598-7937-0

Ⅰ. I267

中国国家版本馆 CIP 数据核字第 20256HN389 号

广西师范大学出版社出版发行

(广西桂林市五里店路 9 号　邮政编码：541004)
　网址：http://www.bbtpress.com
出版人：黄轩庄
全国新华书店经销
广西广大印务有限责任公司印刷
(桂林市临桂区秧塘工业园西城大道北侧广西师范大学出版社
　集团有限公司创意产业园内　邮政编码：541199)
开本：787 mm × 1 092 mm　1/32
印张：10　插页：12　字数：200 千
2025 年 4 月第 1 版　　2025 年 4 月第 1 次印刷
定价：52.00 元

如发现印装质量问题，影响阅读，请与出版社发行部门联系调换。

采日玛平均海拔在三千四百米左右,相比县城而言,这里纬度较低,因而有了"玛曲小江南"之美誉

从达日县格萨尔林卡望去,雄浑的黄河谷地尽收眼底。这条被誉为伟大母亲的河流在这里似乎不再是大动脉,而成了无处不在的毛细血管

河曲马场有了很大的变化,黄河径流之处,植物完好,水源充足,湿地上各种候鸟欢快地舞蹈着

贡赛尔喀木道是贡曲、赛尔曲、道吉曲三条河流与黄河汇流之地，是以西北的贡曲、赛尔曲和东面的道吉曲汇合处为中心的盆形草原区，面积约二百平方千米

黄河从玛曲县木西合乡木拉以西入境，之后沿阿尼玛卿山南麓向东蜿蜒迂回，绕过整个玛曲县境，在玛麦哲木道汇麦曲后转而西流，最后在欧拉秀玛北部阿格托之地出境，进入青海省黄南州河南蒙古族自治县

黄河源头，天上玛多——步入县城，就看见路口处巨大的雕塑，这是玛多县独特的人文资源与地理标志

行至长石头山,开始进入冻土层。河流封冻,雪线之上茫茫一片,雪线之下也是茫茫一片

牦牛却比素日更加欢快,露出雪面的枯草直直挺立,它们一边用锉刀般的舌头裹食枯草,一边在风雪中踽踽前行

看首曲黄河日落，最佳的地方是索克藏寺后面的山顶上，海拔接近四千米

落日下的九曲黄河

去木西合要从岔口路开车进去。四处荒无人迹，路和草原很难分清，能辨认的方向大概只有两行依稀的黑土了。路面上布满了尖石，漫无边际

西边的云团不断翻涌,草原沉默着,黄河之水天上来,一切仿佛光阴凝滞下的天国

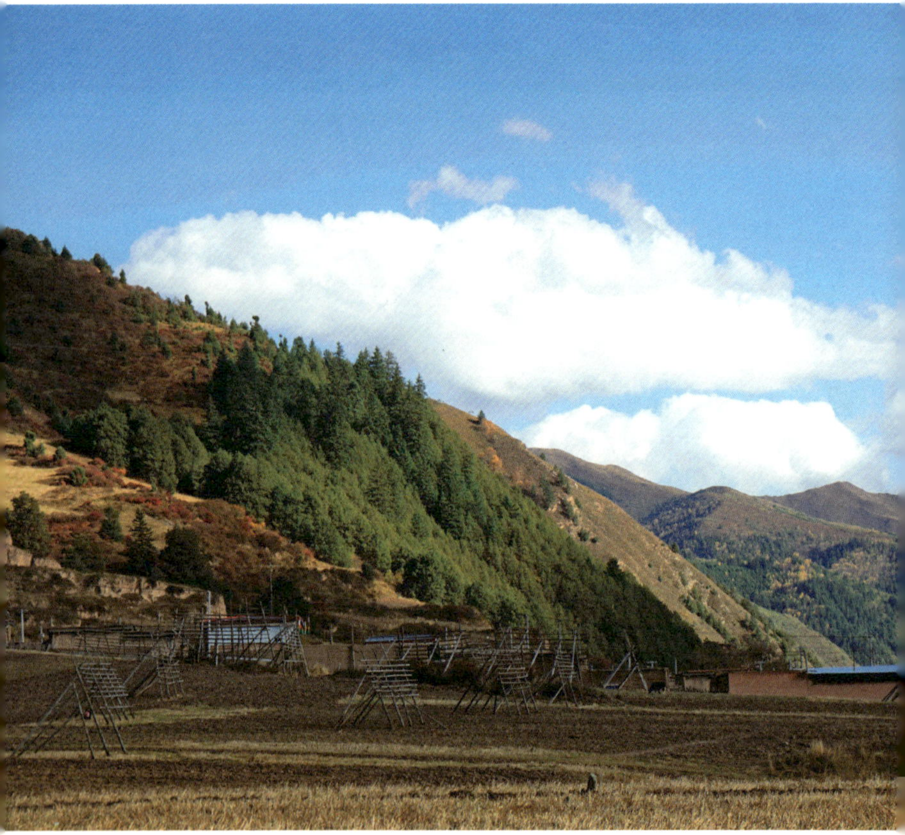

车巴河岸边的青稞架

从柏木林看，小二楼算是最气派的建筑了

大雪封山

河面上的经房

河岸边的灰喜鹊

唐尕村

尕海郭莽滩有一湖泊水生植物丰富，为大天鹅提供了越冬的条件，因而被誉为天鹅湖

帐篷是用牛毛织成的，看上去黑乎乎的，很陈旧。牛毛织成的帐篷可以保暖，还可以防雨，这是牧人祖祖辈辈传下来的经验

留下来吧,可留下来的理由根本不是这些花朵的坚韧与高洁;奋不顾身进城,也不是因为那些花朵的低矮与贫贱

尕海湖完全装扮了起来，湿地表层也已泛起了绿意，闪动着青春的动力与活力

序

草原上行走：记录、坚守与追寻

史玉丰

《草籽来自不同的牧场》是王小忠最新的散文选集，它延续了王小忠对于草原人民"环境与生存""活着与更好地活着"的思考主题，是其《黄河源笔记》《洮河源笔记》等散文集的续篇，也是他在甘南草原继续行走的结果。

王小忠散文写作的特点首先是真实与真诚，他详尽地勾勒着自己的文学地图，我们也可以追随着他的脚步，去草原进行另一种"旅行"，这种旅行不是成群结队，而是与天地自然相处、与花草动物同行，孤独却不寂寞：逐渐恢复生态的黄河首曲玛曲草原上，有着公路与草地夹缝中盛情开放的蒲公英，遍地葳蕤的报春花，绚丽摇曳的格桑花，慵懒的鼹鼠，稠密而坚韧的红柳，风中猎猎作响的经幡，还有远处的雪山，如雕塑一般的牦牛，云朵一样的羊群，神圣而安详的寺院，落日下金黄的草地……这里是黄河的源头，黄河之水并没有奔流到海不复回的气势，也没有浊浪奔流的景观，而是在杂生的灌木丛和无边无际的草原上成为无处不在的毛细血管,溪流一般地汇聚,"手拉手,肩并肩,恣意蜿蜒,静谧而不张扬,内敛而不喧嚣"。它如同生命最初的形式,弱小却又执着地流进历史的久远和光阴的永恒之中。但草原并不总是绿草如茵,而是出现了日益严重的沙化,牧场被承包之后给草籽的传播也带来问题,因为牛羊只能在自家的牧场里活动,不能再带着草籽四处走动了;因为经济利益的刺激,人们无节制地挖掘虫草而导致大量土地被破坏,同时,大量人工虫草冒充野生虫草的现象充斥市场;现代文明和商业气息无处不在,很难再见到昔日的牛羊肥壮、牧草连天的景象……可以看出,王小忠在书写草原独特风景的同时,也书写着草原的贫瘠、沙化、枯寂的现实和现代性冲击带来的新的发展困境,这种"陌生化"更新了我们对于草原的审美想象。生存是人的第一要义,作为普通的个体生命,是怎样在草原生存生活,与牛羊为伍,与自然为伴的?作家体悟这里神灵的神秘,却又感慨于高原的严酷气候与生灵的艰难困顿,无论是人和物,都处于一种缓滞的状态。为了表现这种真实的状态,王小忠并不惧于"露怯",这种"露怯"不仅表现在他并没有将草原进行边地美化书写,将之塑造成人人向往的草原圣地和疗愈场所,还表现在不拘于自我心理状态的"暴露"。很多作家在写作过程中都具有某种精英意识,将自己塑造成一个拥有一定高度的"诉说者"或者"启蒙者",但是王小忠却摒弃了这一立场,他书写着自己的某种"傻气""呆气""硬气"和"土气",其中显示出的正是一种生命"在地"的状态,这是他的写作姿态,也是他的生活状态。他的"不装",让我们真切感觉到了他是浸润在这片土地上的,他和他笔下的那些生活在甘南的西北儿女并无不同,同样拥有生活的烦恼和生存的压力,现实的焦虑和对未来的迷茫。他看到草原发展的问题、看到现代性对人的生存的改变,感叹逐渐式微的草原文明以及神圣信仰,但无能为力,他以足够的真诚,老老实实地记录着他所感知到的一切,从而呈现出最为朴素的真实。而只有面对这样的草原,这样的生活,我们才能切入草原的肌理与褶皱,真正地懂得它与爱护它,继而在这样的现实里生长出葳蕤坚韧的力量,还草原以及生命一份静穆、一份庄严。

王小忠的散文同时具有故事性特征,可读性很强。在以表现自我、抒情达意为文体主要特征的散文书写中,叙事其实一直备受冷落,而这也是散文"难读"的原因之一,很多散文陷于一己之私、凌空蹈虚的情感泛化之中,呈现出一种"小散文"的逼仄和扭捏作态,近年来"非虚构"兴起,一个重要的文体特征就是叙事性的加强,作为小说要素的"故事"成为散文叙述的中心,而伴随着的则是充满张力的立体性的人物形象塑造,这在他刚刚获得第十三届骏马奖的《兄弟记》中表现突出。在本选集的《河源纪事》《车巴河纪事》和《草地纪事》中，王小忠继续了这种"纪事"特征：《河源纪事》是其继续在黄河源头行走的故事，他记录着沿途经历的人事、历史故事以及对于草原现状的反思；《车巴河纪事》是他在龙多村做驻村第一书记时的记录；《草地纪事》则由七篇短文合成，其中有遥远的回忆，有初恋的惆怅，亦有蛇、候鸟和花朵的故事。作品同时塑造了一系列生动的人物形象，草原儿女的豪爽、粗粝、朴拙和坚韧随着文字迎面而来：参加了草原灭鼠队的同学孙言希虽然在"我"看来有些财迷心窍（鼹鼠皮可以卖钱），但同样具有草原人爱护家园的生态意识，他背诵新闻报道让游客保护环境，老婆拉毛则加入了卓玛加布义务种草治理沙漠化的行列（《河源纪事》）；耿直率性的旺秀道智是"我"在龙多村做驻村第一书记时交往的朋友，寒冷的冬天里给"我"送来柏木柴火，丰美的季节里带"我"去森林里折蕨菜，他是村子里唯一会解方程的人，却对法规一无所知，因为没有给他留一副藏文的春联而大为生气，也为"我"特意找书法家为他写了十张吉祥如意和六字真言而手舞足蹈，在电话的那头哈哈大笑；阿云和阿道这对姊妹花展现了新时代草原青年的风采，她们帮助母亲经营着草原的餐馆，坚持用自己种的原生态蔬菜作为火锅店的招牌，但同时又有自己的理想，阿云想当护林员，而阿道则要学习李子柒以短视频达人的方式展开自己的人生（《车巴河纪事》）；郎木寺手工编织店铺温柔又热情的拉姆，个头高大、脸蛋黝黑、与我结下患难之交的刚毅、坚强的草原汉子贡巴，在牧区教书、在高原徒步行走、将灵魂皈依于信仰之中的索南昂杰，脾气急躁、时不时要瞪起牛眼睛却依然带我拍摄忍冬花和五脉绿绒蒿的拉姆草，踏踏实实干着事业、不做表面文章的贡保勒知……他们都让"我"感受到生命的本真和纯粹，感受到草原重新焕发的精神和力量（《草地纪事》）。

在纪事性书写中，不可避免地要涉及散文书写的真实与虚构问题，王小忠对此有着自己独到的理解，他认为适度的虚构并不会损害真实性表达。因此，他的写作有时并不囿于现实，如《兄弟记》中的兄弟四人其实亲兄弟只有两人，某些具体生活也来源于家族、邻居、亲戚或者同村的兄弟，但这并不影响其散文的真实性，因为"兄弟"本身即充满着象征色彩，是在讲述现代化进程中中国"兄弟"的故事，是一部微型的"中国记"。王小忠这种在生活真实逻辑基础上的合理虚构，不但写出了自己独特的生活体验与生命感悟，书写出现代中国有关情感、伦理的变迁，而且在追求生活逻辑真实的同时，试图以自己的感知书写出一种艺术的真实，在形成散文小说化的跨文体写作的同时，根据时代的发展将散文置于突破和生长的状态。作为社会问题的记录者和反思者，他的叙述是一种生产性的叙述，是他写作创造力的组成部分。正因为如此，王小忠并不着重书写草原的美丽辽阔，因为对于海拔四千米的高寒草原来说，这只是一年中短暂的时光，在更长的时光里，草原呈现的是荒凉和枯寂，王小忠不愿意给读者带来想象的误区，对他来说，如果形成这种误区，反而是对生活最大的虚构。

王小忠的散文里，还处处存在着对于生存现实的思考、诘问与对生命的感悟。对沉寂与喧嚣、神圣与贪婪、坚守与迷失、欲望的满足与心灵的蒙蔽等一系列现代性矛盾的持续关注是他散文里一以贯之的主题。他虽然直面难题与困顿，但依然书写着那些善良和纯厚，传播着光明和温暖的力量，表达着对现代生活的向往和精神追求上的美好夙愿。因此，对于王小忠来说，他对黄河源头草原生态及民生状态的真实书写同时是他寻找自我、保持一个作家应有尊严的重要方式，具有价值观和方法论的双重意义。他用脚步丈量自己故乡的大地，用心灵捕捉人物平凡而又独特的传奇和各自斑斓的内心世界。时间消磨着生命，万物在时间中改变，在命运里妥协，又有谁不是在大地上流落，直到归于尘土？这种苍茫之感中的命运和人生的书写，显示出王小忠散文真正的厚重之处。也正是在这厚重之中，矗立于历史和社会变迁中的那些无言的精神坚守才显得尤为可贵：在月亮湖默默守护岁月的"她"，在欧拉秀玛支教并留下的朋友，在高寒之中傲然盛开的凹舌兰，都各自为自己的精神和信仰而坚守着。在辽远苍茫的草原上，王小忠也在坚守着，他背负着"文学的草籽"，在这寂寥又苍茫的天地中寻找属于自己的生命的草原，并在行走中成长和修行，这是他作为一个作家，一个生命，连接时代与大地的正确方式。

目 录

I 河源纪事（上篇）/ 1

II 河源纪事（下篇）/ 51

III 车巴河纪事 / 83

IV 草地纪事 / 205
    一路与你同行 / 206
    蛇的故事 / 218
    湖边的候鸟 / 231
    花朵的丰碑 / 245
    龙胆花 / 258

满山都是忍冬花 / 270

泡沫 / 288

后记 / 304

I

河源纪事(上篇)

1

从十月下旬开始,一直到来年四月,玛曲似乎只有一个季节,天气也似乎只有一种表现——风雪交加,暮霭沉沉,草原沉浸于长久之冬。事实上,从三月开始,草原就醒来了。只是大家习惯沉迷于冬的厚实之中,对自然的苏醒缺少留意。生活在高原,尤其是海拔三千余米的玛曲,草木不发芽,眼中的春天就没有来临。当草原完全披上新的盛装,万物欢歌,溪流汇聚,黄河奔腾的时候,其实季节已经到了立夏。

报春花和黄花地丁总在无人注意时悄然开放,当然时节已经到了四月底,它们一直会延续到六月,甚至十月。对后代的繁衍与传播,不起眼的植物总要费尽心思,要把握好高原风向,要掌握好飞行速度,还要选择好适宜生长的地方。

报春花科中的点地梅很霸道,它虽然小,但能葳蕤整片草原。林缘、草地、疏林或路旁,但凡温暖、湿润、向阳的地方,它们就会落地生根,新建家园。而黄花地丁的情形就有点不大一样了,它们往往会在草地、路边、田野、河滩等处,开出大片大片的花朵来。

黄花地丁就是蒲公英。高海拔的玛曲草原上,它是很稀罕的。四月底,我在玛曲黄河大桥向阳的一段公路与草地夹缝中,看见了一排蒲公英的盛情开放。蒲公英在高海拔的玛曲草原提前开放，真让我有点吃惊。实际上它告诉了我们一个事实——首曲黄河生态系统得到了很好的恢复。在向东南方向的草原继续深入时，那个最朴素的事实不断得到有力的证据。我也突然明白，生态恢复得越来越好时，我们才有机会看到更多更早的春天。接下来的两个月之内，各种绚烂的格桑花会开满草原，一直到十月，它们将轮流更替，在不同的时节由坚强变得脆弱，最后交出孕育许久的果实，之后沉入大地，等待高原之春的再次来临。

不断沿东南方向的草原深入，群山于千里之外，成了一道模糊的轮廓。草地上却突然多出了人群，他们将沙化草地里的石头捡拾出来，然后用土填平，撒上草籽。看起来活不重，但高海拔的四月的风常常卷裹着雪粒，所向披靡。可他们依然乐此不疲，将一粒粒草籽认真地埋在土地深层。四月的羊群同样勤快，它们一边气喘吁吁，一边朝风雪狂卷的山丘跑去。牦牛却很安静，在帐房附近，它们像一排排雕塑，深情地凝望着远方。这样的场景令人赞叹，也让人悸动。一直以来，我梦想着有一座牧场，往返于季节变换的草原与河岸之间。可是我无法放弃已拥有的安然日子，也无力扛起更多的艰辛，因为衣食生计限制了我远行的脚步，以至于安贫乐道，再也没有像陶渊明一样种豆的心思了。

原想去河曲马场小学找一个学生，我彻底离开教育系统已有十多年。学生被分到马场小学，经常说起当年和我捉迷藏的趣事。那真是十分有趣的年代。遗憾的是此时他不在学校，我只好离开了马场小学。我知道，就算他在，也不能满足我在草原上东奔西跑的要求。

河曲马场有了很大的变化，黄河径流之处，植物完好，水源充足，湿地上各种候鸟欢快地舞蹈着，河柳在河曲马场是最典型的一道风景线。当然，对风景的留恋只是消闲的理由。尽管如此，我还是在马场住了一晚。其实，我心中惆怅的是如何去河岸很低的采日玛。听说那段路依然十分难走，没有熟人带领，极有可能误入歧途。想想看，五年之前的那个夏日午后，我从县城租车去采日玛，整整花了四个多小时。不过我还是会坚持下去，沿着羊群的道路一直走，总能到达理想的营地。茫茫草原上，羊群才是慧眼如炬的智者。也只有它们，才是迷途之中唯一的向导和朋友。

时间已经是五月了。从河曲马场返回，刚到黄河大桥，雪粒就变成了雪片。五月的雪很重，下落速度也很快，来不及在空中舞蹈，就掉到地上。也来不及做出故作坚硬的姿态，就变成湿漉漉一片。落在草尖上的雪片愈发迫不及待，瞬间就成了似老鼠眼睛般明亮的珠子。河道突然变得宽阔起来，新栽种的河柳愈发显眼，密密麻麻，成道成片。

雪越下越大，根本没有要停的迹象。看不清前方的路，十米之内，才能看见过往车辆橘黄如猫眼一样的雾灯。路程还很远，按这样的速度，天黑前根本到不了采日玛。

情况有点糟糕，天地彻底连接在了一起。我只好停在路边，等待雪小点，再小点。旁边的草原和公路打成一片，已经没有了明显的界限，同时也和远山连成一片，莽莽苍苍，毫无边际。牦牛却比素日更加欢快，露出雪面的枯草直直挺立着，它们一边用锉刀般的舌头裹食枯草，一边在风雪中踽踽前行。不同于牦牛，羊群滚动着，但没有大面积散开，它们急切地向不远处的帐房靠近，对直立的枯草视而不见。

四五月的草原青黄不接，那些刚探出地皮的略带绿意的草尖被重雪深深掩埋，羊群只好低下高傲的头颅，等待雪的融化。之后便开始愤怒地穿过山丘，闪电般向灌木丛奔去。

这场雪彻底叫醒了看起来十分懒惰的鼹鼠。整整一个冬季，它们在阴暗潮湿的洞穴里将自己养得膘肥体胖。鼹鼠视力不发达，很害怕阳光，可依旧从草丛掩饰下的洞穴里探出脑袋，和邻居相互问好，互传讯息——哦，草已发芽，热闹的时节即将来临。

后来，我还是放弃了去采日玛。虽然雪停了，但暮霭沉沉，去采日玛的路布满泥泞，必须等到天朗气清。

我决定在阿万仓住一晚，天气的好转也只能看运气了。因为草原上天气多变，仅靠天气预报决定出行路线，就有点幼稚了。

阿万仓在玛曲县城南部，黄河在华尔庆山附近，冲出狭窄的木西合沟，流入宽阔的阿万仓镇贡赛尔和俄后滩草原之间。此处地势平坦，河岸极低，河水落差最小，水流宣泄不畅，形成许多河汊、水潭和沼泽湿地。阿万仓在黄河的臂弯里，充分享受着汊河与沼泽的关爱，因而这片广袤的草原水草丰茂、牛羊肥壮。草原上条条溪流弯曲纵横，沼泽星罗棋布，也成就了著名的贡赛尔喀木道湿地风景区。

贡赛尔喀木道是贡曲、赛尔曲、道吉曲三条河流与黄河汇流之地，是以西北的贡曲、赛尔曲和东面的道吉曲汇合处为中心的盆形草原区，面积约二百平方千米。景点的形成源自人们对自然景观的赏识与赞美，而像贡赛尔喀木道这样的景观，实际上没有必要去大肆宣扬，因为它的气势磅礴远远超出了人们的想象，对其无尽的赞美也远远落后于它雄奇万变之宽广。

大自然给予我们无限美好的景致，浩瀚无边的辽阔也往往令人失语。没有阳光和云朵，看不清草原的大动脉，毛细血管更是深隐苍茫之中。唯有远处的雪山横成一道屏障，好像无垠湿地的钢铁门牙。山顶的白雪与山涧的雾霭有明显的界限，而雾霭与草地一片混沌，无法分开。如果在八月，这里就不会如此宁静。各种鸟鸣、虫鸣，甚至牧人或流浪者的歌唱，都不会缺少。此时我站在贡赛尔喀木道，看不清湿地与溪流相互辉映，北方的刚劲与江南的轻柔完全融为一体，在低处的河岸，羊群也仿佛是盖在大地之上的一层灰白毛毯。

没有来得及好好拥抱一下春天，立夏就到了。我怅然抬头，望着茫茫草原，竟有些不知所措。

晚上住在一个同学的杂货店里，他非常兴奋地给我说，玛曲位于黄河上游，蜿蜒流淌的黄河在这里获得了充分的滋养、补给，形成了闻名遐迩的"天下黄河第一弯"。不同于中下游，黄河在这里尽显秀美之色……

我笑了笑，没有提及黄河与草原，他似乎有点失望。

杂货店很大，各种铁器，布匹，乃至蔬菜，凡是草原上缺的东西，这三间店铺里都能找到。老同学知道我喜欢跑玛曲，也知道我喜欢游山玩水，因而当我出没于阿万仓，不去找他，他是理解的。按照他的话说，是我们有工作的看不起下苦的。

同学是小学时代的同学，我当然记得名字——孙言希。几十年光阴过去了，似乎有说不完的话，却不知从何说起。孙言希在阿万仓安家已二十余年，由当初的毛头小伙，变成了历尽沧桑的中年人。最初的小摊点，也改换成现在的百货铺，同时他的言行之中多了骄傲和刻薄，还夹带着嘲讽。

孙言希从饭馆剁来五斤羊肉和五斤牛肉，完全用肉来招待我,显得大气阔绰。

我说这么多肉,根本不如一碗面实在。

孙言希露出尴尬的笑容,说,好心得不到好报。

我们始终找不到合适的话题,我突然间为自己住在他的杂货店有些后悔。实际上,我还是抱有私心的,想从孙言希那里听听关于黄河湿地的保护情况。不过孙言希说起了他往日的辛苦,也说起了当下的艰辛。由于今年的生意不大乐观,辽阔的草原上,他只好随同草原灭鼠队挣点"光阴"。

大规模的草原灭鼠队似乎刚刚兴起,这源自对黄河上游生态的极力保护。

高原鼠兔喜欢在草场退化的地方打洞筑巢,而散落在洞口的土壤会结成板,导致草无法生长,加剧草原退化。除了鼠兔,鼹鼠更喜欢在地下建"豪宅",包括仓库、卧室以及娱乐的各种场所。它们建"豪宅"带来的代价,就是地下被挖空,草皮层被拱起来,形成沙土堆。马匹经过,大多因为踩到松软的沙土堆和鼠洞而失蹄。灭鼠除了设置鹰架和投毒外,弓箭射杀是最有效的。孙言希上学时就背着弓箭于田地间射杀鼹鼠,那时是为保护庄稼,此时为守护家园生态。孙言希把灭鼠的事情渲染得很高尚,事实也是如此。不过我想,他的意识里是否真如此?因为他提到鼹鼠的皮子是可以卖钱的。

水多草好的地方没老鼠,有鼠的地方,就说明生态保护得不好，原因是老鼠挖洞时挖断了草根。老鼠少了，草自然就长好了，长高了。

灭鼠半个月，功劳大着呢。孙言希说，既然住在草原上，就要把草原当成自己的家。

前几天，就是四月二十八号，黄河上游生态保护和高质量发展主题实践活动在黄河大桥南岸举行，你知道吗？孙言希问我。

这是件大事情，我当然知道。

凝心聚力黄河首曲，倾情涵养世界水塔。甘南州十万余名党政干部、僧俗群众挖坑培土、栽树种草，又以全州范围同步开展黄河上游生态保护和高质量发展主题实践活动作答。这既是深入贯彻习近平生态文明思想的生动实践，也是奏响新时代黄河大合唱的澎湃乐章；既是纵深推进山水林田湖草沙系统治理的创新路径，也是加快建设青藏高原绿色现代化先行示范区的务实举措；既是激发提振广大干部群众创业信心斗志的平台载体，也是不断满足各族人民对美好生活向往的实际行动。

孙言希流利地背诵了当日报道，我非常吃惊。

我说，你背这些干吗？

孙言希说，脑子不行了，我背了两个早上，才背熟悉了。

我说，没必要背诵的呀。

孙言希说，夏天来草原的人很多，看起来个个都是大款，可就是不知道保护环境。一到草原就肆无忌惮，我就是背给那些来草原旅游的大款听的。

我哈哈大笑，说，你真是用心良苦。

孙言希也笑着说，真的，你没看见整个镇子上的人都在行动吗？住在这里，就要把这里当成家。

我突然想起了河曲马场附近草原上的那些劳动者，也似乎看到了草原灭鼠队冒着风雪踏鼠洞而行的情景，心里对这个财迷心窍的老同学有点另眼相待。尽管劳动里包含了生存的需求，但生态保护不是隐藏在生存背后的关键所在吗？

破晓时分，天空活跃了起来，一团一团的云奔跑着，风依然很紧。远处是轮廓秀美的雪山，眼前是浓雾包裹着的湿地。太阳很快就出来了，这里一定会色彩斑斓，风景无限。

2

再次醒来时，我没有看到老同学，也没有看到灿烂的阳光。外面依然飘着雪，街面湿漉漉的，天地灰蒙一片。

中午时分，浑身沾满泥土的孙言希回来了。他一边换衣服，一边说，安了四十几支弓箭，下午去看。

我说，下午跟你去草原。

孙言希说，可以。

中午饭是面片，孙言希懒得做，面片是从铺子隔壁饭馆端来的。吃完之后，孙言希就躺在床上，一会儿便发出惊人的鼾声。其间来过几个买主，他们拿走了东西，将钱放在柜台上。快到下午三点时，孙言希才醒来。

我说，买东西的人来了，你却睡得像死猪一样。东西拿走了，钱在柜台上。

孙言希笑着说，都知道价钱，不用操心。

我看了看时间，说，差不多了，错过时间的话弓箭之下的鼠会跑掉的。

孙言希说，再等等。又说，总不能锁了铺子呀。

这么长时间根本就没看到他家人，都去哪儿了？我早就发现了，但没好意思问。

等啥呢？我说，天好像要晴了。

孙言希没有看天，只是说，西风很紧，估计傍晚就晴了。又说，媳妇去黄河边种草了，说好三点多回来的。

我笑着说，你们抓得很紧呀。

孙言希愣了一下，然后说，你不会是说种草为挣钱吧？

要不然呢？我说，黄河边可距离远着呢，晚上都来不了。

孙言希没有生气，反而笑了起来，说，媳妇住她妹妹家，和她妹妹一家人一起去种草了。又说，你是国家干部，怎么比我把钱看得还大?卓玛加布你听说过吗?

我连忙说,听说过,听说过。

孙言希说,卓玛加布带领村民治理环境快二十年了,他们草场上的牧草长势明显比别人家的好。卓玛加布义务治理草原沙化,用实际行动践行着绿水青山就是金山银山的生态理念……

我扑哧笑出声来。孙言希一点都没感到奇怪,也笑着说,你别笑,卓玛加布的事情谁不知道呢?也不是我特意给你说他有多么伟大,但人家的确是做到了很多人没有做到的事情。人家是一个牧民,你是国家干部,你为家乡做了哪些可以看得见的事情呢?

我沉默了一下,对孙言希说,你好好说不行吗?

孙言希说,我没有文化,跟文化人在一起,不是要说得文明些吗?

我笑着问孙言希,是不是背了很多关于卓玛加布的宣传报道?

孙言希摇了摇头,说,不需要背,他做的事情摆在那里。又说,其实我特别羡慕有文化的人。这么多年来,为了活得更好,我费尽了心思。现在一想,过得去也就对了。可是人心不满呀。卓玛加布都摸索出了先进的沙化治理方法,县上在沙化治理项目中都借鉴了。哪种树木适合在这里生长,需要好多年的观察。卓玛加布还办了牛羊粪有机肥加工厂,在沙化治理和牧草种植中投入了好多好多钱,治理的沙化草场已有四百多亩了。今年三月,玛曲县欧拉镇组建了以卓玛加布为队长的环保志愿队,他们徒步清理黄河沿岸的垃圾,义务种草,媳妇一家人都参与了。

我默不作声,然而孙言希并没有滔滔不绝说下去,他看了看时间,自语着,该来了,不会出啥问题吧?

打个电话吧。我说,都快五点了。

说来就来了。好多年没有见孙言希媳妇,她胖得厉害。我打了个招呼。她表现出略微吃惊的表情,然后客气地冲我点头微笑。很显然,她没有认出我。可是我一直记得,也有她叫拉毛的缘故。孙言希入赘到草原那年,我们还组织了一个很大的队伍,专门来贺喜。

拉毛一回来,孙言希就有点懒散了,没有刚才所表现出来的焦急,更没有提到要带我去看安在草地上的弓箭。我有点急了,可是拉毛刚刚进门,我不好意思催着孙言希立刻出门。

孙言希和拉毛之间的相互影响是显而易见的。拉毛能说一口流利的汉语,同时还能做些家常便饭。我坐在里间,孙言希一边出进看守铺子,一边和忙着洗菜做饭的拉毛说话。

孙言希和拉毛用藏语说,我急着说,你们再这样我就走了。

拉毛怪不好意思，她又看了看我，突然说，我知道你是谁了。

我说，一晃这么多年，认不出来也正常。

拉毛笑着说，认出来了，认出来了。又说，好像比以前更瘦了。

我说，生活不好，吃不上肉，当然就瘦了。

拉毛显得很吃惊，说，拿工资的人还吃不上肉？啊啧啧，真不明白，都瘦成那样了，还舍不得吃肉，存那么多钱有啥用？你看，我都胖得没有样子了。

我说，胖点好，胖点好。瘦了挨不住冻。

拉毛说，那今晚给你煮点肉，也让你胖点。

我哈哈大笑，说，吃一顿就会胖起来？

拉毛也笑了起来，说，说笑的。又说，像我这种人，喝凉水都会长胖的，没办法。

忙过这阵子就好了。孙言希将屁股落在床沿上，说，今晚不用吃饭馆里的饭了。

我说，我们还是去看看吧。

孙言希看了看时间，说，现在去也可以。又说，其实这个时间有点不大合适。

我说，没啥不合适的，你是放弓箭的高手，鼹鼠不会轻而易举挣脱的。

孙言希笑着说，怕你挨不住冻，不是刚才还说，瘦了挨不住冻吗？又说，你穿我的皮袄子吧。

我说，那倒不用，这个季节不会那么冻。

我和孙言希给拉毛打了招呼，出了杂货店。大街上行人很少，沿公路走出了差不多十里路，翻过铁丝网，我们进了草原。感觉海拔突然间升高了，胸口处像压了一块石头。草原一望无际，青草没有完全长出来，枯草却很长，像一条无尽铺开的绒毯。我努力向远处望去，高大的山峰相互簇拥着，看不见锐利的棱角，浓雾已将山峰和草地缠绕成一团。

继续在草地上走了十里，就看见了闪动的河流。这时候天边的乌云一堆一堆开始向四面扩散，不明方向的利风迎面而来。我慌忙背过身子，然而，脸蛋却被另一面席卷而来的利风无情收割着。不过，天的确晴了，乌云散开的地方，凸显出深远而空旷的蓝来。同时，一缕阳光射亮了眼前的河流，四周草地突然间也有了亮色，尽管只是一小片，但壮丽无比。

孙言希也停下了脚步，他看着我，似乎不认识一样。天边的乌云不断奔跑着，中天处，开阔的蓝越来越多，草地越来越亮了。

我们爬过一段平缓的山丘时，眼前的景象再次将我带入无尽的迷茫之中。二十米之外，再也看不到任何事物。张大嘴巴，携裹在空气里的青草味立刻占据了我的每个细胞。不由得蹲下身来，然而就在那一瞬，我看见了草地上长出芽子的众多植物，它们已展开了好几片叶子。草地上的植物绝不会像灌木那样张扬，它们只在属于自己的领地努力向上。低矮的植物实际上代表着植被的肥厚和草地的富庶，也代表着土层的肥沃与水源的充足。又一缕阳光射了下来，四周的枯草摇摆着，在眼前铺展成一片汪洋的世界。

孙言希也蹲了下来，担心地问我，没事儿吧？高原反应了？我们回吧？

我摇了摇头，说，没事儿，只是风太大了。

孙言希松了一口气，说，让你穿件衣服，你就是不听。前面的路还很远，我们回，明天早上再来，太阳落山前的那种冷你根本受不了。

孙言希根本不明白，也不会那么认真去留意那些展开叶片的低矮的植物。是呀，夏天已经来了。脚下的草地已焕发出前所未有的动力与活力来，四周的植物会很快将自己壮大起来，融入清洁而温和的气流之中，用自己的生命装扮伟大的草原，至死不渝，永恒不朽。远处山峰的轮廓渐渐显露了出来，洁白的雪仿佛就在眼前。没有看到孙言希安放在草地上的弓箭，不过我似乎已经看到了。那些数不清的弓箭，何尝不是守护草原的忠诚卫士呢！

天彻底晴了，天空中没有了乌云，空气中透射着我从未见过的光芒，它们掠过枯草，越过草地，翻过雪山，最后消失在遥远的天边。

拉毛倚在杂货店门板上，见我们回来，便闪身进了里间。

平静的夜晚是从拉毛的面片开始的。我们都没有说话，煮在锅里的肉散发出诱人的香味。吃完之后，拉毛出去了。她不会回来，不再打扰我休息。拉毛回家了，阿万仓小镇上，孙言希和拉毛还修了一院房。也是因为孙言希说了，明天一早就让拉毛带我去种草。

中午时分，我随拉毛到了黄河岸边。沿途经过了一片片草原，羊群就在我们身边，像天上的云朵一样。也许是新拉的围栏，也许是从沙化地带新运来的一堆堆黑土，羊群似乎并不喜欢这片即将成为草原的土堆，它们骚动不安，分散着，聚合着，最后朝对面的山丘奔去。

正午，天气暖和，风很轻。风就是大自然的呼吸，它对万物生灵唱着平静祥和的歌。黄河之水奔腾翻滚，也似乎对大家的勤劳做出崇高的礼赞。一堆堆黑土被众人一一摊平，然后撒上有机肥。草籽似乎很金贵，绝不允许有丝毫浪费。撒完草籽后，人们又用耙子认真耙一遍。草籽被浮土掩盖，静静等候发芽生长。

我不认为自己的举动有多么的伟大或高尚，甚至将那一套熟练的动作完成之后，内心依然没有踏实的感觉。那只是惯常的一种行为，也或许是让别人看看，我也是一个光荣的劳动者。不过我自己很惊讶，最后还是从背包里取出那包披碱草种子，撒在刚刚平整好的不足十平方米的土地上。

拉毛朝我竖起大拇指，其实她哪里知道，那包草籽是我原本想种在阳台上的。上月参加对黄河上游多个干支流区域草场退化、踩坑回填等进行集中治理的集体活动，其间偷偷抓了几把草籽，还没来得及在阳台上播种。不过我想，种在这里也好。草原面积越来越大时，阳台上的光明自然会越来越亮。

3

采日玛地处黄河首曲南畔，距离玛曲县城一百五十多公里。对采日玛有着特别的情感，大概源自八年前的那次冒险。

八年前，我去齐哈玛看朋友。说好一同去看首曲日出，然而那段时间我的朋友要去齐哈玛最遥远的村子宣讲。基层工作不容忽视，他找不出更好的理由陪我去看日出，只好在采日玛那边做了相关安排，主要是河口的渡船。两天后，我独自出发了。

从齐哈玛到采日玛只有七公里，路依旧是返回玛曲县城的那条路，中途向东，穿过一座吊桥便可到达。采日玛吊桥是一九八六年修建的，桥面上积满了泥沙和碎石，看起来已经很陈旧了。齐哈玛和采日玛往来的唯一途径就是这座吊桥，牧民们为了使这条唯一的通道在岁月里能够保持长久，在桥的两边垒起了两堵很高的石墙，目的只有一个，不允许大的车辆通行。

现在的情况依然如此。再次踏上那座桥，那幕令人难忘的场景又浮现在眼前了。

当年到达采日玛后，没有在乡政府停留，直接去了塔哇村村委会，因为那边的人已经等了很久。到了塔哇村之后，索南他们开始谈论工作，谈论草原沙化的治理情况。我看着天边不断涌起的乌云，开始发愁，因为我的下一站是采日玛对面的唐克。采日玛离唐克虽说只有十余公里远，但草原上的行程往往不随实际距离来确定。

我决定提前离开，因为一旦下雨，要被困住好些日子。他们知道我迟早要去唐克，所以没有执意挽留。塔哇村村委会书记给渡口处打了电话，然后让一个叫栋才的中年人用摩托车送我去黄河岸边。

从塔哇村出发，行走不到五公里就找不见路了，眼前全是一滩一滩的水草地，摩托车渐渐缓了下来。阴云越来越重，迎面扑来的风中已经有了雨星。

栋才对我说，这样下去，你到不了唐克，到时候想返回都是问题。茫茫草原上，如果遇到大雨，那只好坐以待毙了。我在心里也不住叫苦。栋才的技术很好，他突然掉转摩托，从散开的一处铁丝围栏空隙飞驰过去。草地上到处都是由于冻土而形成的凹坑，我险些从摩托车上倒栽下来。栋才大声说，抓紧，掉下去就完蛋了。我紧紧抓住他的衣服，贴在他背上，脑子里一片空白。

草原上的雷声似乎没有城市里的那么响亮，反而很沉闷，很厚重。闪电在头顶叫嚣，一望无际的草原上，摩托车的吼叫分外刺耳。我知道栋才突然选择穿草原而过，是因为怕遇到大雨而耽误渡船。我还知道，草原承包到户以后，是不允许他人随意践踏的。栋才大概是考虑到时间的紧迫，才做出十分为难且不得已的下策来。

依旧没有在预定的时间内赶到渡口，大雨就泼了下来。摩托车不敢停，我们在草地上醉鬼一样东倒西歪，滑倒，扶起来，再继续前行。我紧紧贴在他背上，感觉不到冷，唯有担心。还好，赶到渡口时雨小了好多。遥远的天边似有一道光亮，而这恰好让周边的草原立刻陷入无边的铅灰色里。

渡口处开船的是采日玛的一个年轻人，我们出发之前，塔哇村村委会书记已经打了电话，他在大雨中焦急地等候着我们。从摩托车上下来，周身仿佛失去了知觉。刚走到岸边，脚下一滑，半个身子已经掉到河里了。幸好栋才眼疾手快，一把将我拎了起来。原来岸边的流沙早已吸饱了水分，变得十分疏松。如果没有栋才，我大概早不在这个尘世了。也或许是因为我肩上还有不曾卸掉的重担，我的人生正在路上，我没有完成前生与今世的约定，因而上天有所眷顾。就这样，我幸运地活了下来，一瞬间就过去了八年。八年来，我倍加珍惜时间，哪怕头发越来越稀，我依然坚强地走在布满风雪的路上，昂首挺胸。因为对我而言，的确是赚到了更多的有意义、有价值的生命。

采日玛平均海拔在三千四百米左右，相比县城而言，这里纬度较低，因而有了"玛曲小江南"之美誉。黄河蜿蜒东去，河道离公路越来越近，一切保持着过去的样子。而沿河一带，那片稠密的红柳早已不同往昔了。采日玛寺院背靠群山，向阳，温暖，静谧，安详，加之眼前一泻千里的黄河，更加显得神圣而安详。

没有更高的山峰，也不曾见到更为珍贵的树种，这里只生长着红柳，它们在黄河岸边已形成一道狭长而稠密的风景线。天空湛蓝，黄河远上白云间。我们一直在寻找大自然深藏的丰厚遗产，却忽视了眼前的这道红柳。黄河不炫耀，不张扬，静静享受着河柳的庇护，同时也静静守护着河柳。岁月深处，它们坚守自己的责任和义务，它们就是草原最伟大的公民。自由难道不是这样的相互奉献、彼此付出，或某种看不见的和谐共处？如此看来，我们的所谓自由，早就沾满了俗世的贪欲，怎么值得宣扬呢？

太阳在高空旋转着，西边的云彩渐渐翻动着绚丽的身形，草原沉默着，黄河之水天上来，一切仿佛光阴凝滞下的天国。然而景致与时间的对峙没有想象中那么久远。一会儿，天国的边缘处就泛起了猩红。再一会儿，铅灰色也涌现了出来。之后，无边的草原便陷入巨大的寂静之中。岸边的红柳更加庄严而肃穆，不可侵犯。

耳畔似乎又传来了柴油机的声音。是的，八年前的情景挥之不去。去唐克的那处渡口还在不在？依然是他在掌舵？望着平缓而漫无边际的草地，欧吾木山峰像在眼前，又似乎在遥远的天边。

踏上河岸，迈开步子，我记得塔哇村党支部书记的家，也知道他的名字，但不知道他是否记得我。毕竟八年时间过去了。回头看了下清澈的河面和苍茫的草原，我不再像八年前那么脆弱，更不会在莫名的怅然里泪流满面。此时此刻，我已经赚取了更多的、活着的资本，完全是重生的另一个自我。

贡保才让对我的突然到来并没有显出吃惊，他很热情地招待我，晚上还特意给我加了被子。我知道，采日玛平均气温不到三度，七八月最为适宜，平均气温就十六度左右。不过七八月雨水很多，不宜在草原上长久撒欢。

现在还凉，尤其是天快亮的时候。贡保才让一边添牛粪火，一边说，你到了黄河边，不要太靠边，水很深。

我点了点头，说，这次不去黄河边了。

贡保才让说，这次也不去唐克了？

我说，唐克日落看过好几次，这次不去了。又说，路还是那条路吗？

贡保才让笑了笑，说，已经没路了。这几年草场保护非常好，路让草封死了。

我说，那样也好。唐克的日落景观已经打出了名气，那么就将采日玛的日出隐藏起来。一旦被开发，这里就会人满为患，并不是好事情。

贡保才让连声说，噉赖①，噉赖。又说，这几年草场保护得好，植被厚实，冰雹、暴雨都少了。自然灾害少了，住牧场的人也放心。就算下再大的雪，牛羊靠保畜牧场也完全可以过冬。

我说，人为破坏得少了，恢复起来也很快。

贡保才让说，一方面的确是生态保护的观念已深入人心，

---

① 表示肯定，相当于"就是"。

另一方面也是生活条件好了,很多人都不放牧了,定居之后另谋发展。又说,有些地方属于自然沙化,也是正常现象。自然有自然本身的调节办法,但大家还是齐心协力,沙化地带都种上了草。

我问贡保才让,现在还有人挖虫草吗?

贡保才让想了下,说,还是有,但少了许多。

我说,采日玛有虫草吗?

贡保才让笑着说,到处都有,明天带你去辨认下可以,但不能挖。

又是一个万物复苏的早晨。天空透明,阳光温暖,风虽然很大,但不影响我和贡保才让的出行。初夏的草原已经有了绿意,各种新生的物种也迎来了值得它们欢呼的时光。

快到金木多扎西滩了,远远地已经看到了黄河吊桥,再往前走,又到了齐哈玛。金木多扎西滩多河谷地带,河流时缓时急,一路奔腾,山清水秀,杂灌丛生。两岸还存有古老的岩画,也出土过石棺墓葬。这里的春天似乎来得更早一些。

穿过草原,沿河谷走了一会儿,贡保才让带我朝一处丘陵走了过去。说丘陵有点过,实际上就是一处慢坡草地。那里肯定有虫草,要不贡保才让不会突然改变方向。

我对贡保才让说,青藏高原海拔数千米以上,昆虫成千上万。偏偏就有一种昆虫,它没有蝴蝶的花艳,也不像瓢虫般耀眼。它酷似败叶，在枯叶上产卵，然后孵化，掉在地上，钻入高原肥沃的土层之中，历经数年，小虫变成大虫，结茧成蛹，蛹化成蛾。高原不缺菌，菌类成熟分裂，形成孢子。孢子找到适合生存的朽木，又生成新的菌。就这样，某种菌遇到小蛾幼虫，从此这种菌就寄生于幼虫身上，接下来便是孢子发育，幼虫被菌蚕食，几年之后，合而为一。再几年之后，初春始来，万物萌动，菌会从虫子头部长出子座，形成另一种菌，这种菌就是世人皆知的冬虫夏草。

冬虫夏草的形成到底有多复杂？至少，当下的科学技术是无法培育成功的，尽管同时拥有孢子和幼虫。高原气候多变，冬长夏短，而这种孢子和幼虫的结合，也绝非三两年之事。当然，这种孢子和幼虫也只有在高原特有的自然环境下，才能有绝佳的相逢机会。到底是虫还是草，终究无法说清了。它补肾益肺、固精健体、止血化痰之功效却在一千多年前就有了记载。正是因为这个记载，还有它生长的特殊环境，它成为高原人民心里的"软黄金"。

贡保才让笑着说，你说得太复杂了，我听不懂。那你说，到底是虫还是草？

我笑着说，不复杂，书上就是这么说的。的确很奇怪，那你说，到底是草还是虫？

贡保才让也笑着说，没有啥奇怪的。那你相信人是猴变的吗？

这个问题比冬虫夏草更复杂，相互无法说服，我只好换了话题。

我说，挖虫草的人都说虫草很诡秘，有福报之人一天能挖很多只，而有些人一天也就挖一两只，是这样吗？

贡保才让说，我没有试过，但挖虫草肯定不是啥好事情，草原到处被挖成疮疤，还谈什么福报？

我说，每年这个时候，满山都是小帐篷。

贡保才让说，每个人都有一双勤劳的手，但用到不同的地方，福报会有所不同。贡保才让见我不说话，又说，我给你讲个故事吧——

很久以前，雪山下有个名叫夏草的姑娘，她阿爸在她刚出生时就去世了。此后，雪山下的草原上只剩夏草和她患有脱发、眼花、气急病的阿妈。夏草长大后，白天放牧，晚上用歌声安慰阿妈。夏草是远近闻名的孝顺姑娘，求亲的人挤破了帐篷，可夏草从来没有点过头，因为她立志要养更多的牛羊，买药为阿妈治病。

有天晚上，夏草唱完歌，刚进入梦乡就梦见了山神。山神告诉夏草说，你翻过眼前的雪山，走上三天，那里会有人帮你阿妈治病。第二天，夏草安顿好阿妈后，就出发了。她历尽千辛万苦，翻过了一座座荒无人烟的雪山，最后晕倒在草地上。等她醒来时,见身边坐着一位小伙子。小伙子跟夏草说,他叫冬虫,还说他们那儿的人个个都很健康,许多人能活到一百多岁。夏草说,他们靠什么长寿?冬虫说,山神赐给了他们一种圣药——长角的虫子。于是夏草就跟着冬虫来到他们的家园,并说明了来意。善良的人们热情接待了夏草,并送给她一袋圣药——长角的虫子。夏草非常感动,依依不舍地告别了他们。冬虫陪着夏草翻山越岭回到她阿妈身边。阿妈吃了长角的虫子后,气急病好了。一个月后,还长出乌黑的头发来。来年春天的一个清晨,阿妈的眼睛忽然亮了,她看见了英俊的冬虫和仙女般的女儿夏草。可是冬虫执意要回去,夏草对他不仅充满了感激之情,更有爱慕之意,于是坚持要送冬虫一段路程。他们走啊走,翻过了一座座雪山,可怎么也找不到曾经的家园。冬虫不知道发生了什么事,但他知道,他已经失去了所有亲人。他伤心欲绝,抱着夏草痛哭。夏草感觉到这事与她有关,非常愧疚,也不禁流下了眼泪。

又一年过去了,夏草阿妈不见夏草回来,就决定去找女儿。夏草阿妈翻过了一座座雪山,她终于来到了冬虫的家园,她相信冬虫和夏草一定在那里。可是那里很安静,只有风吹草动的声音。她没有找到冬虫和夏草,但她在草地上看到一样熟悉的东西——长角的虫子。夏草阿妈一下明白了,那长角的虫子就是冬虫和夏草的化身。

讲完后,贡保才让说,这个故事感人吧?

我点了点头,说,太感人了。冬虫和夏草能做到的,我们却做不到呀。

贡保才让说,单纯为给母亲治病,冬虫和夏草的故事或许有人能做到。很多人挖冬虫夏草是为了钱财,而不是为了亲人。到处挖冬虫夏草,最后家园就没有了,还能谈什么福报?

我们在慢坡草地上又默默走了一阵,我知道贡保才让给我讲冬虫夏草的故事是有指向的。活在尘世,每个人都想活得更好、更幸福。更多的人向虫草索求幸福,谁能杜绝他们谋求幸福的欲望?这个情况犹如拼命采集松塔的松鼠,松鼠吃了松子,才有力气搭漂亮的窝,然后继续采集松塔。我们对家园的建设也是不断翻新的,破坏周遭环境,之后又亡羊补牢,之后又不住扩展……事实上,有很多类似冬虫夏草的故事已经告诉了我们,家园的防线不仅仅是入侵,更是人为的失守。这种失守里,何尝不满含对生存的渴求?何尝不饱含对幸福的向往?似乎很难分清绝对的对错,环境与生存之间,也似乎只有道义来审判了。

贡保才让走不动了,相比八年前,他的确老了很多。自从卸任村党支部书记后,他更多时间用于劝导前来草原挖药的人们。他说了，他没能力强行赶走那些人，但他会给他们讲许多关于草原的故事。其间他也说起了另一种药材——独一味。

独一味我是知道的。很早以前的日子充满了苦难。药材值钱，因而老家的人们冒险来草原挖药。我的本家叔叔曾带领着一队人马，他们挖的就是独一味。草原对牧区来说，和农区的农田一样。本家叔叔对草原熟悉，他带人来挖，自己不会去挖，而是替大家放哨，同时看守挖来的药材。听村里人说，挖药材的没挣多少，本家叔叔倒是发了横财。本家叔叔替大家放哨，抽了劳资，同时，他还偷了大家挖来的药材。后来，村里人就给他起了个外号，叫"毒一味"。也正是那个外号，让我从小就知道，草原上有种特别值钱的药材——独一味。

贡保才让说，红军到达草原的时候，独一味救过许多伤员。

是的，独一味是青藏高原特有的一种重要药用植物，有活血祛瘀、消肿止痛之功效。

贡保才让停了下，又说，有那么几年，独一味都被挖光了。草原到处像秃子一样，一摊一摊全是黑土。不过现在好了，很少有人打独一味的主意。生活富裕了，感觉草原也富裕了起来。

我笑着说，说好带我辨认虫草的，我却还没找见一只虫草。

贡保才让也笑着说，虫草看见了你，也是一样的。

他说完之后，闭上眼睛，静静躺在慢坡草地上。不过我敢肯定，他一定看见了许多虫草，只是有意不指给我看而已。独一味倒是很多，在草原上它们已经形成了似乎不可消灭的大家族。

4

从县城出发，沿黄河西行一百二十多公里，就到欧拉秀玛乡了。欧拉秀玛乡最早叫西科河羊场，那是一九六六年的事儿。由西科河羊场改置为欧拉秀玛乡，却是十七年以后。黄河干流从玛曲县木西合乡木拉以西入境，之后沿阿尼玛卿山南麓向东蜿蜒迂回，绕过整个玛曲县境，在玛麦哲木道汇入麦曲后转而西流，最后在欧拉秀玛北部阿格托之地出境，进入青海省黄南州河南蒙古族自治县。出境段黄河径流河床呈北高南低状，北岸为陡峭的石崖和砾石，南岸稍显平缓，沙丘密布，间或有灌木生长，草场沙化严重，而河心处却多有沙洲，河柳丛生，形成了别致的风景线。

欧拉秀玛乡镇所在地在麦朵合塘。麦朵合塘意为吉祥的花滩，也是因为每年七、八、十月盛开三种不同的花而得名。花滩四周群山对峙，河谷地带地势平坦，牧草丰美，无数溪流漫延其间，好似一面碎裂而又完整的天然巨镜。

麦朵合塘相传是格萨尔王的故乡和岭国的根据地，同时是史称逻些（拉萨）连接长安的唐蕃骏马之道的分支路段。自古成为洮、岷、松、迭诸州各部藏族酋长及四方商贾进藏朝圣、观光、贸易往来的重要通道。然而，大凡进入麦朵合塘的游人，并不在意它的辉煌历史，大家在意的只是特定时间里一望无际的花海。七月中旬，整个花滩一片金色，灿若云霞，香气袭人。一到八月，黄花尽谢，天空一样幽蓝如烟的各种龙胆花令人迷醉。十月，颜色各异的毛茛科植物竞相争艳，犹如繁星争宠。

群山冰冷，毫无表情，和早年一样没有变化，然而花滩附近却多了各种适宜高原生长的树木，湿地上溢满春水，显得美妙而珍贵。每次到欧拉秀玛，总是时节不对，因而无法将其和花海的称号对应起来。事实上，抛开七、八、十月，其他时节里的欧拉秀玛依然空旷而荒凉。

羊群穿越公路时步伐整齐，姿态悠闲，既不喧哗，也不嚣张，可到达对面的草原之后，立刻就乱成了一锅粥。羊群的目的很明确，它们集体徙奔，找到向阳地段长有青草的地方，便会安静下来。

四月中旬一直到五月上旬，是令人紧张而又担忧的时间，牧民紧张的不再是初春的严寒，也不是初夏里的荒凉，而是草原的青黄不接。这段时间里天气变化多端，雨雪交加，夜晚气温极低，不敢出帐，宽大天地间，只有牦牛狂野而毫无拘束。不过雪的消融很迅疾，它给更多的牧草输送着养分，也让湿地吸纳了更多的成员。这种境况下，不能贸然深入草滩湿地，除非你准备了好几双鞋子。

鸟儿在这段时间里要保持良好身体，因为繁殖的时节马上要来临了。各种鸟儿在太阳未出之前就在天空盘旋，这让所有起早的虫儿心有余悸。每寸草地不断露出它的真面目，而且随时变换脸色。不经意间，会有很多牧草穿透土层，抬头张望熟悉而陌生的天地。往往在这时候，牧草的邻居们也会忙碌起来。蚂蚁会小心地扒开泥土，野兔会竖起耳朵，旱獭相互厮打、拥抱、追逐，欢快无比，高原上的万物都到谈情说爱的时候了。

麦朵合塘的情形也发生了很大的变化，花滩对面原有的一小片灌木丛突然变成了树林，花滩傲视所有色彩的时光也似乎提前了。牦牛和羊群的眼睛中多出了欲望的神采，它们低下头，不再肆意奔跑，变得专注而乖顺，一直到暮色来临，带有青草芳香的粪便一泻而下。等到被粪便覆盖的草地上再次长出嫩草时，真正的夏天就来临了。那时候，你会发现，牛粪所盖之地的花草茎秆足有筷子那么粗。

更有意思的是,在去欧拉秀玛乡政府的路上,我遇到了许多同乡人,他们说刚刚发了工资,要去下馆子。其中一个我看着特别熟悉,但就是想不起名字,他理所当然坐到我车上,而且十分大方,言谈间没有丝毫遮掩。拖拉机开得飞快,很快就到了饭馆。大家分开坐,相互间也不走动,但每张饭桌上的菜却不一样。我不知道该坐到哪儿。正在为难之际,他叫我名字,并示意让我和他坐在一起。他一个人一张桌,一盘肉,一盘洋芋丝,一盘豆芽炒粉条,还有两碗干炒面片。他那一嗓子,所有人的眼睛都集中到我身上来了。我有点莫名的紧张,坐下五六分钟后,才平静了下来。

赶紧吃,都凉了。他说。

我请,说好了,别抢着付账。我找了一句话说,可话一出口,却显得小气而做作。

他笑着说,钱我已付了,你放心吃吧。

发财了?我说。这是村里人遇见有人请客常说的话

看你说的这是啥话,随意吃点,花不了多少钱。他说,谈不上发财,都是苦来的。

他的话刚落地,旁边桌子上一个粗壮的大汉恶狠狠地说,苦来的?简直不要脸。

不服今晚继续,战斗到大亮。他哈哈大笑说,都怪你们

手气太臭。

那粗壮大汉放下筷子,说,你那叫耍奸,是不要脸。

他有点不高兴了,说,啥叫耍奸,那叫技术。

我好奇地问,你干什么技术活?

那粗壮大汉见我不明原因,索性坐了过来,说,短短三个小时,赢走了我们一天的工资。你认识他?跟他一起一定会被他算计的。

他没有生气,接着又是大笑,之后便指着我说,你不认识他?

他这么一说,我和那个粗壮大汉都愣住了。

没事,吃完了再玩几把,就认识了。他说,我们乡那么大,村子那么多,说不上名字很正常。

不和你玩,你太奸了。粗壮大汉说完转身要走。

他一把拉住那个粗壮大汉,说,就在这儿吃,一样的。又说,看把你们小心的,就要了那么点菜?钱我都付过了。

这时几桌人都惊呼起来,异口同声说,奸贼。

他笑得更欢了,说,都折本了,再点我可不付钱。

吃完后,有人提议在欧拉秀玛附近转一圈;也有人说太累,想早点回去休息。意见无法统一的情况下,他说,那早点回吧,明天活多。大家不再有争议,爬上拖拉机,一溜烟消失在暮色已至的公路上。

让我分外吃惊且无法理解的是,他没有走,而且站在我的车跟前,等我开门。

我说,他们都回去了。

他说,小车比拖拉机快。

我说,你怎么不和他们一起走?

他说,你不去吗?你住哪儿?这里可没有住宿的地方。

我说,满大街都是旅社呀。

他说,别扯了,旅社里你不能住。

我说,为啥?

他说,旅社里人杂,都是虫草客,都是贼打鬼。

我笑了一下,说,这里还有一家天堂酒吧。

天堂酒吧是啥年月的事情了。他说,乡镇建设时拆除了。

我笑着说,你倒是很清楚呀。

可不是吗,他说,我常年在这里打工,天堂酒吧就是我们拆除的。

我又问,那你现在干啥技术活?

他说,你去看看不就知道了吗?都是下苦活。

我只好顺从了他。

就在麦朵合塘对面不远的地方。那里是一片分外宽阔的草原,几顶帐篷里亮着灯,伸出帐篷的铁皮烟筒里冒着浓烟。车停在路边,进入帐篷时,大家都吃了一惊。

那个粗壮的大汉说,你真来了?

其他人也跟着笑了起来,说,一看就是个受苦的货。

晚上没有玩牌,各自回帐篷早早休息了。我住的帐篷里有六个人,多出一个人,显得有点挤。灯虽然熄了,但都没睡,都在被子下玩手机。他似乎很兴奋,无话不说,谈起我们村子,比我还清楚。当然,最关键的话题是包揽活。

他说,今年不让挖虫草,不过也没闲着。黄河上游生态治理工程浩大,于是,就带着老乡们种草种树。又说,到了七八月,这里会来很多旅游的人,到时候再搞点新鲜水果、酿皮、雪糕之类的,摆个地摊。

我说,你脑子好。

他说,要生活嘛。转世成人了,就要活得像个人的样子。人模人样,别人才会佩服你,对不对?

对,要人模人样。我说,可是,活着不仅仅是为别人呀。

你错了。他说,更多时候活着就是活给别人看的。

我没说什么。过了一会儿,他又说,这几年这里变好了,感觉也没有以前那么冻了。

啥原因呢?我说,那你以前主要干啥技术活?

修过房子,挖过草皮,打过兔子。他说,能干的都干过。

现在呢?我问他。

现在干些技术活。他笑了笑说,技术活能挣钱。

种草种树也算技术活？我说。

你不知道了吧？种草种树需要十分过硬的技术。他说，否则，成活率达不到标准，来年你就没钱可挣了。又说，种草是细活，深度要把握好，还要把灌木、杂草、石头等收拾干净。施肥不能太薄，也不能过厚。还要看天气情况，当天平整的地块不能当天种，要捂一捂墒气。也不能在下雨时种，更不能在刮风时种。种树也差不多，对树坑的要求比种草还严格。

我说，你是怎么知道这些技术的？

他说，学哈的（学来的）。又笑着说，别人教我，我听别人的，他们听我的。

哦，这么说你是工头了？我也笑着说。

他带着神气的口吻，说，你没看出来？

我说，没看出来，听出来了。那你们要种多久呢？

他说，已经种了快一个月，再种几天就差不多了吧。

我说，种了多少？

他说，凡是沙化的地方都种了草，黄河岸边所有的沙丘都种满了树。又说，对了，你明年帮我介绍些活，价钱好商量。

我笑着说，我都想着跟你打工呢。

他不再说话了，转了下身，将大半被子卷了过去。突然之间,我感觉到了冷。

又遇到了一场雪,不过天气是晴的。雪是什么时间下的却不知道。当我走出帐篷,红红的太阳已在头顶。帐篷四周湿漉漉的,显得格外清新而美丽。牦牛蹄坑中的雪还没有完全化尽,而牛粪边缘处的草皮格外鲜嫩,新生的牧草活力十足。帐篷顶上冒着热气,雪化成水,水又滴到草地上,化成了一摊一摊的柔情。公路附近的坑洼处填满了厚厚的黑土,离黄河不远处的沙地上种满了树木,第一轮阳光走过,这里仿佛是一个全新的世界,空气里充满了清香,这种全新的感觉足以激发你充沛的灵感,让你忍不住为它们写下赞美的诗篇。

他们正在忙碌工作,看起来反复而乏味,但如果将一切同草地上的万物联系起来,你就会发现,反复而乏味的工作往往充满着难以言明的神圣与伟大,并在四季的轮回中,闪闪发亮,熠熠生辉。当自然的歌唱弥漫整片草原的时候,他们就是阳光下最值得赞美的劳动者。

听人说,小草和花朵对音乐的感知要比人灵敏,而且它们在舒缓的乐声中,会打开所有细胞,快速生长。但我们常常忽略与生物之间的隐形关系,往往自以为是,充当主宰者。事实上,草地上的植物们更加坦荡,它们接受高原严酷气候的同时,也不会忘记不断扩张自己的领地。在恶劣的自然条件下，各自开放的花朵何尝不心怀远大理想？但它们不断汲取，又不断回馈，它们在草地上的歌唱绝不亚于伟大的浪漫主义诗人。然而作为生态共同体，我们早意识到了，牧草和花朵的朋友绝不是单一的。应该向它们致歉，因为我们狭隘的认识和判断，一度深深伤害过它们。自然给我们提示了正确的道德价值，在生存的前提之下，让自然更好地"存在"不是我们远大的理想吗？是的，我们要跟随着大自然，并且像尊敬"伟大"的主宰者那样。

和往常一样，还未到中午，一团云彩开始汇聚在草原上空。草原上一旦看到闪电划破天际，听不到雷声，雨就会泼下来。而辽远的地平线处，天空依然蓝得令人迷醉。麦朵合塘热闹的时节很快就要来临了。我倒是希望，这片草原渐渐被人们遗忘，以至于未来，找不到进入这片草原的路。大自然美妙的乐声中，它们会更加自由，舒展。它们会带着全部的热爱，与月亮一起吟唱，与星星一起眨眼，与太阳一样永恒。

我不会再去打扰他们，同床一夜，甚至到现在都没有想起名字的我的老乡们，我会遗忘这片草原，但不会遗忘你们。

云朵越来越重，它们幻化出各种姿态，在群山间不停徘徊。十几分钟后，雨来了，草原上立刻响起了另一种不可描述的音乐来。可惜很短暂，几分钟就停了，明媚的阳光立刻铺满了草原。草地清洁，路面干净，群山更加伟岸。新栽种的树苗挥动着枝丫，尽管雨的乐声已停止，但它们的歌声却从未消失。

5

雨一直没有停，公路上水花四溅，群山不见身形，草原朦胧一片。黄河东流，也听不到流水的声响。唯有两岸灌木林在雨水中像一堵护河墙，绵延至山谷深处。

到木西合方向S583处，我开始有些担心起来。因为去木西合的那段路一边是植被脆弱的山体，一边是滔滔黄河，而且全是沙路，洼坑大，要依悬崖而行，不容选择。然而，前行不到五公里时，面前犬牙交错般的沙子路也不见了，展现在眼前的全是泥泞。到达木西合至少还需要三个小时，虽然只有七十多公里路。正在犹豫不决时，我看见了路右边立的一个路牌，才知道S583线沙木多至木西合段公路工程已动工，车辆暂时无法通行，看来只好原路返回了。望着前方雨雾蒙蒙的路和两边不断有碎石滑落的山坡，心里有说不出的怅然。

路肯定有，木西合不可能因为路的修建而完全孤立在赞格尔塘草原深处。然而眼前只有两条路，一条返回阿万仓，一条通往青海久治县。三岔路口设有疫情防控点，于是我走了过去，认真向他们打问。

去木西合现在这条路行不通。一个年轻的警察告诉我说，除非让你的朋友在黄河对岸等你，然后背你过河，再坐车去赞格尔塘。

我说，那边没有朋友等我。

他说，那就返回吧，前行三十多公里，那条路就断了。

我问他，那怎么能到达木西合？

他说，可以到青海久治县，上高速，然后到门堂乡，再过黄河。

那条路我早年走过，太远了。已经下午五点多了，如果执意要走门堂，到达木西合，最早也要到凌晨了。

我无奈地摇了摇头，说，还有别的路吗？群众怎么走？木西合乡上的干部来县城办事怎么走？

他说，听说阿万仓那边有条便道，你过去打问一下吧。

返回的路在感觉上往往比前进的路要快，雨却越来越大了。到阿万仓后，顺利打问到去木西合的路。说路况很复杂，岔道多，一旦驶入草原，迷失方向就很难出来，因为那边没有信号。又说，从贡赛喀木道观景台右边的便道下去，一直向前，中途有一处挂有羊头的路牌，朝着羊头方向走，就到木西合了。

那条路果然是便道，刚开始是硬化的村公路，十分狭窄，可不到十公里，就变成了土路。不但如此，而且湿滑，车子像喝醉一样，心总是要提在半虚空中。还好，路两边全是广阔无边的草原，就算滑下去，也不会致命。

我坚持着小心地往前走，一直到路面突然出现许多大石头和堆起的沙土。几乎见不到过往的车辆，雨没有停，天空像一口翻过来的大锅。前边是一道沟，大约三百米处，有台挖掘机正在作业。我只好踩着泥泞，去打问情况。

喊了几声，开挖掘机的师傅和机器一样冰冷。或许是机器太高，我太低矮，他听不见，更看不见。突然想起上学时，我们为节省电话费，而又忍不住去约女同学，只好站在她们宿舍窗下，拿小石子使劲朝窗户打去。这个方法果然有效，师傅立刻拉开挖掘机窗户惊讶地看着我。

我大声喊，师傅，麻烦问下，这条路通往哪里？

师傅从耳朵里挖出耳机，也大声朝我喊，你重说一遍。

我又说，师傅，这条路通往哪里？

不知道。他说完就关了挖掘机窗户。

我再次朝挖掘机窗户扔了几粒小石子。这次他有点恼怒了，拉开挖掘机窗户，大声说，不知道，我是干活的，又不是探路的。

我说，麻烦你了，去木西合的路是这条吗？

你走错了，这条路去哪里我不知道，但到不了木西合。

他说完就关了挖掘机窗户，认真挖着沟道中的污泥。

雨一刻都没有停，泥泞越来越多。还好，两道车辙之处没有积水，之外全是虚土和泥泞，一旦渭入虚土之中，接下来将要发生什么事情，谁也不知道。

天空突然亮了一下，四周乌黑的云层里也透出花白来，但雨始终没有停。幸好对面来了一辆皮卡车，我无法避让，皮卡司机明白我的意思。皮卡从虚土中飞驰而过，泥团像翻涌的浪涛，死死封住了我车的侧面玻璃。皮卡司机将车停在前面车辙处，下了车。我也慌忙从车上下来，跑了过去。司机是本地牧民，我们头碰头点着烟后，相互笑了笑。

他用藏语和我说话，我摇了摇头。

他又问我，这么大的雨，你要去哪里？

我说，木西合。

他愣了一下，又说，天快黑了，还很远呀。

我说，再远也要去。

他说，那你走错了。又用手指了指前方，说，那儿有个岔口，右拐，一直顺路走，不要拐到牧场去。

我问他，还有多远？

他说，不远，就四个小时吧。

我一听四个小时，头猛地大了。

他见我迟疑不定，便露出笑容，说，路的确不好。又说，你车太小了,跑不快。不过沿路牧场很多,跑不动了就去牧场住一晚。

我笑着说,不会说藏语,让住吗?

他吃惊地说,与会不会说藏语没关系,就算受伤的狼,都会收留的。

听他如此说,心里倒也踏实了不少。

赶紧吧,时间不早了。他说,路还远着呢。

嘎正切(谢谢)。我说。

他又吃惊了一下,然后开心地说,扎西德勒(吉祥如意)。

岔路口的一个木杆上果然挂着三颗羊头,只是挂得很低,加上沿路牧场多,牛粪墙和栅栏层出不穷,根本注意不到。

从岔口路开了进去,似乎是进入了另一片天地。四处荒无人迹,路和草原很难分清,能辨认的大概只有两行依稀的黑土了。前进四十公里后,天边花白的云层不见了,乌云又从四面奔来。不过这次看见了大路,路面上布满了尖石,漫无边际。雨又落了下来,起初是雨滴,砸在车玻璃上,立刻碎成巨大的猫爪形状。顷刻间就成了雨帘,眼前的方向又迷失了。我不得不停下来,而车窗两边和前端已有冰层不断蔓延而起。

半小时后,雨停了,无边的黑又将草原包裹起来。牧场倒是有很多,我只好下车,踏着湿湿的青草,掀开了一家牧民帐篷的门帘。里面黑乎乎的，没有人。又去了另一家，还是没人。终于找到一家有人的牧场，帐篷的主人是一个中年妇女，我说了一堆话，她只是摇头。迫于无奈，我只好做了个倒头要睡的姿势，她却给我拿了一个白面饼子，然后向前方的路上指着。

走出帐篷，内心布满了无限的失落和害怕。她是让我吃一口继续赶路，还是让我去前方的牧场投宿？

路边突然多了一辆车，司机是个年轻小伙，他见我走了过来，连忙喊叫。

轮胎破了。这样的路段如果没有同行者，的确是失误。我帮他换好轮胎，同时建议和他一起找个牧场住一晚，天亮再走。

小伙子是木西合乡上的工作人员，他说，这一带牧场不收留陌生男人。

我笑着说，听说受伤的狼都会收留的。

他也笑着说，有尾巴的狼或许会收留。又说，这一带牧场上全是女的，你就死了那条心吧。

总算有个同伴，我们一前一后，在无边的草原上慢慢开着，直到深夜才到了木西合。

住进一家旅社，取出那块饼子，吃完之后，倒头就睡了。很快又醒来了，头昏脑涨，丝毫感觉不到乏困。在高原住了四十余年，第一次高原反应发生在这里，真是意想不到。是的，很多事情常常令你始料不及，百千万劫难遭遇的人生，除了承受，剩下的唯有认真去接受了。

又是个阳光明亮的早晨，坚硬的木西合变得温顺了许多。这里海拔四千多米，尽管夏天的脚步到达了每个角落，但风依然强劲。所谓夏日，在木西合也似乎只是一个概念上的季节，高原上的夏日，其实并没有书本上写的那么美好。

阳光刺眼，草地上新生的叶片也没有完全发育，它们在风的吹动下，摇摆着稚嫩的身体。蚂蚁穿梭着，寻找着夏日的繁华。事实上，所有的物种都在寻找，它们从来不会因旅途的艰难而撤退。这样看来，舒适和自由对生命的质量至关重要。无论命运如何，寿命的长短与否，当坎坷和平坦打个平手的时候，所有物种才能更好地活着。然而，结果仿佛早就注定了。高原的夏日，防不住会有一场冰雹，会有一场霜冻，会让某些物种提前涅槃。那些旅途之中的回忆，或快乐，或痛苦，或贫困，或富裕，所有一切，都是你一生的财富。

内心十分满足的是才护甲老人一直在等我。

对面就是青海久治县门堂乡，老人在一处山坡上精心捡拾着石块，并将装在纤维袋中的黑土吃力地填在沙化形成的坑里。

老人见我如期赶来，喜笑颜开，同时免不了一阵抱怨，说了许多昨夜等我到半夜、没必要住旅社之类的话。几年前，我从久治县门堂乡穿过黄河，在他家住过一晚。那时候交通不便，从门堂乡到木西合要走整整一天。

木西合是黄河上游入境甘肃的第一站，老人立马要带我去看黄河入境处。可我突然不想去了。事实上，这个不高的山坡完全能看到。于是我各种找借口，老人信任我的唯一理由大概就是我说要住上好几天的话。实际上，第三天我就离开了。我从老人那儿知道了许多有关黄河上游的生态情况，也明白了一些道理。老人大概也已习惯了这个时代年轻人做事的不确定性。然而在我的内心深处，对他所言生态保护的种种看法却有天长地久的认可。

老人和当年一样，还是那么健谈。当我说到当下人为的破坏时，老人笑了。

老人说，其他地方我不敢保证，但这个地方不存在人为破坏。

我说，根本不存在是不可能的，你看沙化的地方还是很多。如果没有破坏，或许就不会有这么多沙化的地方。

老人说，海拔四千米，谁来这里搞破坏？你是农牧区长大的，你知道种庄稼吧。

我点了点头，说，知道。

老人说，道理是一样的，庄稼的茬子要倒换，几年后种子也要倒换。

我说，草原也是那样吗？

老人说，道理是一样的。又说，这里的沙化我相信是自然形成的。你能看见，兔子挖的洞很多，草根都被挖断了。同一种草在同一地方生长的时间久了，也会退化。一旦退化，小灌木就会茂盛起来。当然草原也有它自己的调节方法，我们没必要过分担心。

老人继续说，这里到处是神山圣湖，大家对此都很尊敬，没有人搞破坏。对神山圣湖要虔诚，无处不在的神灵时刻看着我们。再说万物都是有生命的，大家既然生活在同一个世界里，就要相互尊重、相互依赖，不是吗？

我不住点头。雪域即是人们对山清水秀、雪山洁白的藏地的美称，也是对此地的赞美与热爱。这种热爱和赞美难道不是对自然的崇拜和呵护吗？

老人停了一下，又说，当然各种原因都有，但这里真不存在人为破坏。我们小时候放牧，总是在八九月草籽成熟时混牧。

我问老人，怎么混牧？

老人说，就是临近的牧场交换着，你家的牛羊赶到我家牧场上，我家的牛羊赶到你家牧场去。表面上看，混牧的是牛羊，实际上交换的是不同地方的草籽。

我十分吃惊，问老人，草籽怎么交换？

老人说，就是通过牛羊相互带回去。

我更感到不可思议了，但老人说，八九月草籽成熟了，牛羊走一圈，身上都会挂满草籽。牛蹄缝里也会带些草籽，那些草籽被带到不同的牧场，就会落地生根，还会很大程度地改善牧草质量。

我明白了一点。可是现在似乎看不到那样的场景了。草场承包和部分禁牧后，牧场之间相互不来往，而且每个草场都拉了铁丝围栏，草籽之间就失去了联络，也只有在两片相邻的草场分割处，风会作为草籽传播的使者。情况的确如此，铁丝围栏相隔处的植被不但厚实，而且草种繁多，十分茂盛。

和老人一直聊到下午，同时，将他背上山坡的土全部填完。老人收集的草籽来自不同的牧场，不同牧场的草籽会长成一片全新而繁荣的草原，因为物种的复杂，一定程度上会扼制草场的沙化。

下午时分，西边又出现了大山般的云彩，它将影子投到草地上，便有了活力。它们移动着、变幻着，和四周的草地形成无法言明的和谐。自由何尝不是这样相互间的尊重与握手言欢呢？然而我担心的依然是返程的那段漫漫长路。

不过，我懂得了草籽必须来自不同的牧场，也懂得了道法自然的深刻含义。

黄河就在眼前，落日的余晖下，它闪动着金色的光芒，和天边的云彩连成一片，静穆而壮观。

II

河源纪事(下篇)

1

要去趟黄河源，不仅仅为念想，更为多年积郁心底的愿望。做了充分的准备，四月二十八日早早就出门了。行至夏河甘加，天刚刚亮开。浓雾绕山梁奔跑，天地接壤，而恰恰又留了那么一点点缝隙，让我从山巅望见浓雾里奔跑的羊群。山下牧村缥缈于云端，可眼下无比荒凉的草原一再告诉我，天堂不是这个样子。甘南的五月向来如此，如果不荒凉，就不叫故乡。

两岸夹山，道路渐行渐深，和甘南慢慢拉开距离的除了海拔，最明显的就是气温。路两边有了绿意，俨然是江南初春的模样。事实上，节令已经到了初夏，而高原的初春还在路上，它只是四季里的一个概念而已。

中午到了三岔路口，一边是西宁，一边是黄南藏族自治州同仁市。去过同仁，但选择再去一次。和早年留下的记忆一样，大街小巷最多的就是馍馍。小的如点心，大的如筛子；形状各异，有方的，有圆的，还有椭圆的；有加了苦豆子的油漉漉的千层饼，也有像将铜钱放大千倍的锅盔。

同仁俗称热贡，热贡的藏语意思是"金色谷地"，指的是黄南州同仁市隆务河畔的整片区域。热贡艺术闻名遐迩，但和馍馍无关。隆务河是黄河支流，黄河流出青海进入甘肃，又回头流入青海，便在这片草原上流出一片谷地来。这片谷地很大，很辽阔，似乎不能用行政区域来划分。黄河流经此地，不仅留下灿烂的农耕文明，更孕育了享有盛名的热贡艺术。然而热贡也仅仅是同仁市的热贡，理由就是该区域独特的文化，比如热贡唐卡、热贡雕塑、热贡彩绘、热贡馍馍……热贡艺术精湛，大师辈出，从艺人员之多，是其他地区无法超越的。热贡艺术和热贡馍馍扯不上半点关系，但热贡馍馍和热贡艺术一样，几乎遍布于高原的每个角落。我居住的小区每天就有人叫卖——热贡馍馍，热贡馍馍。骗谁呢，跋山涉水，从青海黄南拉到甘肃甘南来卖？心里嘀咕一阵，便没有心思去买了。到了热贡，想法就变了，但依旧固执——满大街热贡馍馍，哪家的最好吃？从一条街到另一条街，从一家铺子到另一家铺子，都说是正宗的热贡馍馍，最好吃。不同食物各怀不同气味，无法替代，亦不可混同。而所到之处，却难以闻到麦子特有的那股香味，于是举棋不定，优柔寡断了。

　　以土为灶，以土为锅，做出来的馍馍吸收了天地之灵气，聚拢着麦子之香气，方法原始，颜色金黄，从头至尾不见铁器，也没有其他添加剂。一位老阿妈认真给我介绍，同时还仔细说着热贡馍馍的做法——先把土烤热，再把擀好的面饼子放进去，上下铺上几层纸，然后盖上土，焐一个多小时……

我顺杆而上，问她，你的馍馍也是在土里焐了一个多小时的?

老阿妈稍停了一下，接着说，你买还是不买?

我说，土里焐的我就买。

她说，那你去麻巴，这儿没有。这儿都是电烤箱里烤的，其实都一样，你买上几个，一吃就知道了。

我说，那我还是去麻巴吧。

老阿妈有点不高兴了，我也觉得不好意思。买一个吧，路还很远。

热贡馍馍的各种形状里，我喜欢圆形的，且是空心圆的那种。因为那个馍馍让我想起一则叫《懒人吃饼》的民间故事，说古代有个懒人，有一次他老婆要出远门，怕他饿死，于是临走前做了一个很大的饼，套在他脖子上。懒人吃完嘴边的饼后，因为懒得转动，结果饿死了。

圆而空的那种热贡馍馍自然不是为懒人准备的。我只是图好看，或警醒自己。金色谷地没有金子，却有比金子更珍贵的东西。扛着圆而大、大而空的热贡馍馍，走在同仁大街上，会不会招来同情或指责的目光? 当然不会了，最主要的是，我不会将热贡馍馍套到脖子上去。

同仁和甘南差不多，街道干净，天空透亮，行人稀少，但海拔比甘南低。五月的甘南并不是温润的春天，而同仁却是丁香盛开，枝叶繁茂。但街道依然空荡，风依然凌厉，到处阴冷。这一点和甘南一样，五月一停暖气，待在房间，只好用被裹足，抱身缩腿，如皮球穿了衣物。

热贡艺术博物馆永远是关门的。一个出租大哥说，逢初一十五会开。到了同仁，就去逛一逛寺院吧。

我说，好。又说，寺院不是商场，怎么能随便说逛一逛呢？

到这儿来，就要逛逛的嘛。他说，看你样子也不是虔诚的信徒。

那就逛逛吧。我笑着说。

现在人不多，逛着清闲。他继续说。

真心去寺院当然就不在乎人多人少了。我说。

他显然理解了我的意思，用余光扫了一眼，露了下尴尬的笑容，不再开口。

寺院和黄南州政府在同一条线上，走着走着，街道就变得芜杂起来。净水碗，桑子，隆达，嘛呢旗，点灯的酥油，未开光的佛像，僧侣的穿戴用品等等，都集中在这条街上。松枝和柏枝的清香随处可闻。我知道，寺院已经不远了。

路边有一家很小的门市部，四周围满了人。

停停停。我对出租大哥说。

还没到寺院。他说。

我说，我走着去。

他说，还远着呢。

我说，我想走着去。

好吧，就沿这条路，走偏就到不了寺院。出租大哥一片好心，我却嫌他啰唆。回头一看，那家热闹的门市部已经在几百米之外了。

下车后就闻到了一股香味，是非常熟悉的那种。到底是什么呢？我一边想，一边朝那家小门市部走。人很多，挤到跟前，看见一排纤维袋子立在地上，里面全是炒得裂开了嘴巴的青稞。一台小机器嗡嗡转动，白白的炒面从形如簸箕的铁槽里溜下来。炒面还可以一斤一斤买？我觉得奇怪。很显然不同于甘南，甘南的炒面十斤起卖，而且都是在水磨上磨的。老板将青稞收回来，炒熟，再磨成炒面，像商品一样，分不同斤两的袋子，摆放在柜台上，各取所需，聪明极了。

我抓了一把炒得龇牙咧嘴的青稞，一吃，发现不对。又仔细一看，真的不对。

旁边一老阿妈买炒面，于是我问，是麦子炒面？

她迟疑了一下，说，你认得青稞？

我说，我是吃糌粑长大的。

我看一点都不像。她笑了下，又说，这里青稞很少，都是用麦子磨炒面的。

我又问她,麦子炒面吃起来怎么样?

她说,青稞炒面粗,麦子炒面细。青稞炒面黑,麦子炒面白。糌粑还是青稞的好,麦子糌粑容易粘牙。她说得极为风趣,我也曾记得,小时候阿妈做炒面,是将青稞、豌豆、燕麦、胡麻和在一起炒的。胡麻多点,磨起来麻烦,但磨出来的炒面使劲一捏,便可成一小坨。直接吃,完了之后就用指头挨个抠粘在牙齿和上颚间的炒面,这个过程一直能持续到学校。

离开那家小门市部,沿那条街继续走,走着走着,我就看见了桑烟,也看见了白塔和金顶。

同样是一家磨炒面的铺子。年轻人挥动着笤帚,将溜下来的炒面扫在一起,装进袋子。

我问他,是麦子?

他看都没看我,说,青稞。

我说,青稞稍扁长,且偏青;麦子圆而短,且偏白。

年轻人抬起头,看了我一眼,说,你是哪儿人?

我笑着说,甘南人。吃糌粑长大的。

年轻人红着脸,没有和我搭话,忙着他自己的事儿。

有点尴尬。心里想,为青稞与麦子如此较真,就这点心怀,的确是前来逛寺的闲人。

从寺院下来，又想去趟吾屯村子，因为吾屯村子会聚了热贡所有的唐卡大师。吾屯村子离城里几十公里远，出租车司机十分乐意，同时也说，吾屯村子人来人往，热闹非凡。四十分钟后到了吾屯村子，不见游客，也不见画画的大师。

出租车司机说，寺院要等到下午才能开门。

我突然就来气了，说，你说过，这边到处有大师在画画，游人很多，比城里还热闹。

出租车司机说，现在不是时候，我是说旅游旺季。

村子空空荡荡，连声音都没有。我对那个出租车司机说，你不能走。

他说，我要走。

我说，你走了我怎么办？

他说，你可以走路呀。

我说，距离城里这么远，走丢了怎么办？

他说，一个大活人，走不丢。

我说，你把我整到这里就不管了，这里根本就没人。

他似乎有点生气，说，谁说没人？

我说，人在哪儿？

他说，都在家里画画。

我又说，你说过，不是都在街上画吗？

他说，现在不是时候，风太大。

我说，反正你不能走。

好吧，那我等你。他显得很无奈。

吾屯村有上下庄村之说，源自吾屯上下寺院。寺院对面不远处是几座富丽堂皇的藏式建筑，那便是有名的唐卡艺术中心和热贡画院。唐卡艺术中心门关着，画院门开着。我走进画院大门，依然不见一个人影。去敲了敲挂有办公室牌子的一间房门，里面是一个很精干的小伙子，电视机声音很大。我问了几句，他才调小声音，说，下班了。又说，您买唐卡？我靠在门框上，没有说要买唐卡，也没有要离开的意思。过了好长一阵，他很不情愿地说，那就到展厅看看。

展厅很大，里面挂满了各种唐卡精品，小伙子也没做任何介绍。在展厅转过一圈，我问他，画院学生多不？

小伙子说，下班了，都去吃饭了。

我又问，这儿有个唐卡大师，能在一块指甲上画出十二个佛像，你知道吗？

小伙子摇了摇头，说，不知道。

从展厅里出来，快到门口，我又问他，那儿可以看看吗？因为画院的隔壁还有座类似的藏式建筑。

小伙子摇了摇头，说，两处不是同一个老板。

是的，都是老板。收学徒，授画技，售唐卡，自然需要老板。金色谷地，有了老板，才能金子遍地。

司机见我脸色难看,便说,我带你去看画画的。

他带我去的地方是他朋友家,一进门我就看出来了。他的朋友是个阿克(和尚),同样没有见到画唐卡。阿克带我去了他的画室,说,画十几年了,你看上哪幅?给你便宜点。

太贵。当然,我也没有诚心要买唐卡。他们都有点不高兴了。

吾屯寺是收藏唐卡最集中、最典型的寺院,我却无缘看到。有人说,欲望大于梦想,就开始浮躁。梦想掩住欲望,就会安宁。没有错,热贡艺术源于宗教,潜心创作出一幅艺术精品,那就是修行。吾屯村人人都能画唐卡,村子也有寺院,日夜在晨钟暮鼓下修行,早该静如处子了。可我感觉不是那样。或许我不是老板,体味不到掩藏着的另一种"修行"。

2

下午到了西宁,莫名其妙有点头疼。猛然间多了一个新概念——高原反应。有些东西必须接受,不能矫情,因为身体不会说谎。通过身体感受到的自然变化,可能会阻碍我们的前行。而观察到的自然,有时也会形成某种假象。两种情况一定程度上都会影响对事物的认知,但我们毕竟是大自然的孩子,歌颂和赞美中,想象与思考不也经常被道德层面上的审视束缚？但我依然选择继续前行，尽可能去做自己喜欢的事情。

总是为各种美丽的想象所牵引，为不断渴求的新奇所迷醉。无形之中我也成为其中一员，决然去那个天高地阔、人口不到两万的小县城——玛多县。

西宁至玛多县四百七十多公里，需要六个多小时。沿途经过许多高山牧场，草色青黄不接，无限风景全是过眼云烟。行至长石头山，开始进入冻土层，路面如同被大风吹皱的黑色缎面，速度立马减了下来。群山逶迤，雪线之上茫茫一片；河流封冻，雪线之下也是茫茫一片。公路护栏附近处青草茂盛，遥远的地方却是冰雪覆盖、闪动荧荧亮光的湿地。长石头山常年积雪，垭口处海拔四千五百四十二米。翻过山口，展现在眼前的依然是绵延不尽的冻土路面，没有遇到同行车辆，蓝天深远，荒草摇摆，旅途寂寞。

下午四点多，终于到了玛多县。阳光很强，从车上下来，感觉有点恍惚，眼睛都睁不开。距离目的地只有十公里，突然间松了一口气。黄河源头，天上玛多——步入县城，就看见路口处巨大的雕塑，这是玛多县独特的人文资源与地理标志。玛多藏语意为"黄河源头"，自然条件恶劣，高寒缺氧，环境严酷，全年无四季之分，只有冷暖两季之别，是国内人类生存环境最恶劣的地区之一。资料的介绍与亲临后的感受似乎有所偏差，玛多县的下午反而有点热。县城很小，转眼间就完成了从东到西、从南到北的畅游。

十天前就订好了玛多岭乡客栈。选择岭乡客栈有两个原因，一是旅行者的推荐和留言，二是客栈特有的介绍——让您离开喧闹的都市，在天上玛多静心养神，守望源头活水。岭乡客栈外表简陋，是一排砖混平房，屋顶搭建了彩钢，看上去要比一般平房高出许多。老板是个年轻的藏族小伙，精干大方，说话有力。房内设施整齐，谈不上奢华，但十分干净。房间铺满了太阳，也充满了青草味。打开窗户，外面果然是很大的一片平坦草地。草还没有完全露出地面，而春天来临的样子已暴露无遗。喝了一杯水，躺了一小会儿，眼皮就变得沉重起来，两鬓间有点涨疼。走出房门，外面的阳光很刺眼，已经五点多了，那种灼伤肌肤的毒劲有增无减。

那小伙坐在客栈正门对面的台阶上看直播，手机声音很大。我走过去，和他并排坐了下来。他看了看我，有意识向左挪了挪。

我笑了笑，说，有点头疼，出来晒晒太阳。

他说，来这里的人都么说，住一晚就好了。

我说，应该不是高原反应。

他说，你是哪里人？又说，也是来看黄河源的吗？

我点了点头，说，甘南人。

他哦了一声,说,那就不是高原反应了。

我说,你去过甘南?

他点了点头,又摇了摇头,说,没去过,但甘南有朋友,说海拔和气候与这里的差不多。

海拔比这里的低很多。我说,能明显感觉到有高原反应。

吃点药,睡一会儿就好了。他说完就起身去了客栈,拿来一包药,说,一般高原反应吃了它睡会儿就会好的。

是一包头疼粉。我接过药,向他道谢。他笑着说,这是我们特别准备的,很多来这里的人都会头疼。

现在去黄河源来得及吗?我问他。现在天气正好,走到黄河源,估计光线也是最透亮的,万一明天下雨呢?

他沉思了一下,说,来不及了。来回需要五六个小时,没人会去。

我说,没有出租车吗?

他笑了笑,说,玛多没有出租车。又说,有出租车怎么样?没人敢去。

我听完觉得很吃惊,又问他,为啥不敢去?

他说,为了保护黄河源头,几年前县政府就根据自然保护区管理条例,发布了禁止在扎陵湖、鄂陵湖和星宿海保护分区旅游的公告。擅自进入保护区旅游、探险等,一经发现,将严格按照相关法律法规予以处罚。情节严重的,还会追究刑事责任。

我哦了一声，突然之间，心情无限低落。千里之行，竟是这样的结果。他见我不说话，又说，如果真想进入黄河源头，就必须在管理部门办理相关手续。

办不到。我说，真就没有办法了吗？

他沉默了一会儿，说，只能找常驻保护区附近的群众了，充当他们的亲戚，或许有希望能进去，因为他们有通行证。又说，基本是固定的价钱，三千，少一分都不行，都是需要冒险的。

那也太高了。我说，能不能便宜点？

他说，从县城到保护区路不好走，全是石头，坑洼大，一百多公里，来回五六个小时，其间防不住会破两个车胎，少了没人去。

开我的车。我说，你开，需要多少钱？

他看了看停在院子里的车，笑着说，你的车去不了，人家开的全是皮卡车。再说我也没有通行证，这根本不是钱的事情。又说，你真想去的话我帮你联系，明天早早去，下午返回，时间也充裕点儿，但价钱不能讲。

我没有说什么，悄悄回到房间，刚躺在床上，两鬓间又开始涨疼了起来，整个脑袋像伸进了马蜂窝里一样，嗡嗡之声不绝于耳。我知道不能这样躺着，起码要有几个小时的过渡和适应，也或是因为纠结去不去黄河源，而集中了所有思想，加剧了血液的流动，消耗了大量的氧分子。

坐在沙发上，但凡认识的在青海的朋友都被我骚扰了一番，结果是一样的。甚至还听人说，玛多的几个朋友因带人进了保护区而被"处理"了。我只好死了心，然而另一颗跳动的心却愈加不安分起来。

再次走出客栈，已经是下午六点半了。太阳还高高挂在天空里，没有减弱它的光芒。客栈小老板见我心神不定，便说，去星星海看看吧，距离这儿只有八公里。也只能如此了。

往西南方向行走六公里，过黄河第一桥，就看见了一望无际的湖泊和湿地。这片星罗棋布的湖泊就是星星海，阳光下，星星海波光粼粼，清澈如镜。路上没有行人，也没有过往车辆，万籁俱寂，唯有经幡猎猎。站在寒风中，高原反应好像渐渐消失了，想化身于黄河源头的情致却荡然无存，深深的寂寞和孤独顷刻间包围着我——突然好想离开这里。

从地图上看，玛多县距离达日县仅仅几厘米，再看看行程，依然是六个多小时。回到岭乡客栈，我对那个小老板说，我要去达日县。

他听后非常吃惊地看了我一会儿，说，太迟了，还是休息一晚吧。又说，确定不去黄河源了吗？都已经来了。

我说，不去了，到了玛多就到了黄河源。

他说，那还是不一样的。

我又说，房间不退了，超过了点，就按住宿算，如果有人来，你就让他们住。我这样说，是因为门口进来了两辆外地牌照的车。

他笑了笑，说，来这里的都是提前订好房间的。你要走，今晚的房费退不了，如果我能做主，肯定不收你的钱。又说，要不你打电话，能退的话最好。

我说，不打了，但明晚的住宿肯定要退。

他说，既然来了，不去黄河源看看真有点可惜。

我说，看看玛多也特好的，当初的想法是要在玛多住两天，可现在突然想离开。

他说，好不好，不要紧，关键是你已经来了。到玛多来的人都是要去黄河源的，其实风景一直在路上。又说，电话一定要打，否则我退不了。

事实上，我来玛多的确为黄河源头，而似乎又不是为单纯的风景。我给订房网站打了电话，网站需要客栈老板的同意方能退掉。我把电话给了他，他说完之后，依然用质疑的目光看着我。我的决定有点唐突，但不反悔。办完退房手续，即将离开时，他跑出来给了我两瓶水，一包头疼粉，说，路很远，晚上不要开太快，一路平安，扎西德勒。诚如所言，我们一直在路上。而至于心中所求，就永远停留在美好的想象中吧。

吃了饭,出玛多县已经八点了,太阳缓缓下沉,一缕金色的光照铺在眼前,道路变得狭长而悠远。护栏两边的湖泊闪动着粼光,似千万颗星星在银河里眨眼,又像千万颗太阳跳出海域。是的,黄河源需要保护,需要养护,玛多县禁止一切涉足保护区的旅游和探险,同时也对县境各个水域实行禁捕,相比我们满带私欲的小小心愿而言,他们的做法才是伟大的牺牲。

二〇二三年四月二十六日,第十四届全国人大常委会第二次会议表决通过《中华人民共和国青藏高原生态保护法》,并于二〇二三年九月一日起施行。从此以后,我小小的心愿将永久藏在内心,像襁褓里的婴儿,不谙世事,或许是最完美的。

3

出玛多县城约五十公里,冻土层路面总算走完了,之后便畅通无阻。一路向东南,过往车辆极其有限,五个小时后,终于看到了前方有灯火,那灯火十分缥缈,像在遥远的天边。长达三十公里下坡路段的尽头是一处停车带,整个场地空空如也。这是唯一路过的一个停车带,停下车,打开窗户,风很尖利。订好房间，又上路了。

前方灯火处是玛沁县，九年前去过果洛州玛沁县大武镇——这个传说中一对兄弟丢了马匹的地方①。大武宽阔，平整。高原上的城市大致如此，除了这些，就是人少。

那次去大武，除了寻找黄河源，主要是想看阿尼玛卿雪山。黄河流经县境西南和东北边缘，拐了一个一百八十度的大弯，然后浩浩荡荡向东南流去，主峰玛卿岗日（玛卿岗日一般指阿尼玛卿主峰）正处于这个大拐弯的中央。我们到了山脚下，却没有看到雄伟壮观的玛卿岗日。因为同行者突然心跳加剧，双腿出现了水肿现象。在乱石滩停了半个多小时，他的情况并没有好转，但他执意让我们前行，还说一辈子在高原上生活，没来过阿尼玛卿雪山，真是遗憾。我们放倒车的座椅，将他安顿好，继续向前走，走了不到一公里我的麻烦也来了，双腿发软，没有一点力气，心要从胸口跳出来一样。

一位老阿爸见我坐在石头上，便走过来说，年轻人，不远了，坚持吧。有诚心了，心中所有美好的愿望就会实现，所有的不顺利就会远离我们。

我点了点头，但实际情况依然不允许我再向前行走。老阿爸又说，绕山一周，步行一般要八天，骑马要五天，若是

---

① 大武的藏语意为"丢失马匹的地方"。

一路磕长头，就需要两个月。我知道，生活在这片高原上的子民，朝拜阿尼玛卿无疑是一年中最重要的事情。因为大家心里都装满了虔诚，装满了美好的祈愿。其实对于我自己而言，阿尼玛卿就是一个憧憬，是深藏在心灵里的不可告人的秘密。

从阿尼玛卿雪山脚下返回之后，我们没有停留，直接去了黄南州蒙古族自治县——河南县。原本要去果洛州玛多县黄河源头的计划不得不取消，原因是那边正在修路，车辆根本无法通行。放弃了去玛多县，也没有看到阿尼玛卿雪山上流淌的那股血红血红的水，这算不算遗憾呢？当然，我更不知道，下一个人生历程是否还能来这里。谁承想，此时我已从玛多返回，再次路过了玛沁。

玛沁县的路牌一闪而过，我的记忆也被强行拉到高速匝道口。驶出高速，转入国道，一个多小时后，终于到达达日县，时间已是第二天一点二十分。

达日地处果洛藏族自治州南部，巴颜喀拉山脉从西北向东南横贯全境，将达日分为长江、黄河两大水系，平均海拔四千二百米以上。和在玛多县的情形差不多，我一晚上处于半睡半醒之间，靠在床上，迷糊到太阳出来。

大街显得很空荡，寒风鱼贯而入，三三两两的行人裹紧衣衫，消失在四面路口。面是高压锅里煮的，吃起来很筋道。

出了面馆，开始拦出租车。达日县跑出租车的八成都是甘南人，因而很容易遇到老乡。果不其然，一拦就拦到了熟人，然而却并没有那么亲切，反而多出了意想不到的生分。

看黄河最好的地段是达日格萨尔林卡。坐在车上，我们没有多说什么，到了山顶，他要返回，我说，你等我吧。

他沉思了一下，说，要等多久？

我说，就一会儿。

他说，那就再加二十块吧。

我说，行。全部四十，到县城我给你。

从达日格萨尔林卡望去，达日县全景及雄浑的黄河谷地尽收眼底。黄河流过高原湖泊，雪山草地，垭口荒野，失去了顶天立地的雄姿，在杂生的灌木丛与无边无际的草原上立刻缩小了身形。这条被誉为伟大母亲的河流在这里似乎不再是大动脉，而成了无处不在的毛细血管。那些溪流不断汇聚，手拉手，肩并肩，恣意蜿蜒，静谧而不张扬，内敛而不喧嚣。威风凛凛的格萨尔雕像注目远望，黄河也似乎迟疑不定，放缓了脚步，没有了奔流到海不复回的决心。山顶上更是凉风习习，迎风飘扬的经幡发出呼啦啦的响声，像是诉说历史的久远，又像是喃喃自语光阴的永恒。

返回路上，我有意打问了一下虫草的行情。他果然来精神了，说，青海虫草最好的在玉树杂多县，达日有虫草，但没有大武的好，达日的虫草现在还不到挖的时候。又说，达日不让挖虫草，你要的话可以给你弄到玉树最好的货。

我说，你不是开出租车的吗？

他说，开出租车只是暂时的，主要是做虫草生意。

我又问他，果洛的虫草贵不贵？听说假的很多。

他说，虫草不可能做假。

我又问，不是说市场上许多虫草都打了铅粉吗？

他笑着说，那是何年何月的事。现在科技这么发达，如果再去打铅粉，只能自认倒霉。又说，虫草的确很贵，挖虫草的艰难你根本无法想象。

其实从四月中旬开始，草皮已松动，群山之上依旧冰雪连天，可山下牧场上的虫草早就偷偷出芽了。挖虫草的人们跋山涉水，要提前十来天进山，搭好帐篷，安好火炉，要在大山里住一个月。虫草大多生长在高寒潮湿的地方，而且只有约两厘米火柴根粗细的芽尖暴露在外，颜色和其他草茎没有区别。寻找虫草时要完全匍匐在潮湿的草皮上，一寸一寸扫视地面，如果没有常年挖草的经验，就很难挖到。那段日子，每天都有好多老板在山脚下等候，从山上收购鲜草，不但便宜，而且可靠。虫草一旦落到老板手里，就难说了。价格肯定会上升许多，因为刚挖出来的新草要及时清除粘在身上的泥土，泥土要用刷子刷，刷时要用巧力，不能刷断，这些都是人工活，要耗费大量的劳力和时间成本。之后还要筛选，挑拣，分类，瘪草和断条要另装……

他继续说，如果刻意说假虫草，只能说你买到了人工种植的虫草。一根人工虫草的成本八元左右，而高品质野生虫草的价格最低也要几十元一根。人工虫草只需要两到三个月就可以上市，野生虫草的生长周期需要四五年，其中的功效可想而知。

虫草也能人工种植？我吃了一惊。

他说，人工种植的虫草已经到了第六代，其外形和野生虫草十分相似，如果没有十几年虫草收购经验的话，很难辨别。

我问他，你能辨别出来吗？

他笑了笑，说，我们成天在虫草堆里，一眼就能看出来。又说，卖人工虫草不可恶，可恶的是拿人工虫草当野生虫草卖。

我说，到底怎么辨别呢？

他说，看背部纹理，看消化腺，看头部脖子，看颜色，反正很复杂，一时半刻学不会。

十几公里路，足足开了四十分钟，快到县城时，他索性将车停在路边，说，你要虫草的话直接跟我说，我给你保证，货绝对没有一点问题。又说，同样的虫草，我给你最低的价格，不信你去市场看看。

我说，好的。如果需要，我会找你。

没问题，他说，加个微信吧，需要的话给你发货，收到后检验合格了你再给钱，假一赔十。如果里面夹杂有人工虫草，你可以告我。

他说得很真诚，我都有点动心了。不过一想，似乎用到虫草的地方并不多，身体虽然单薄，但还不至于用如此昂贵的虫草去补。和出租车老乡分别后，我又打车去了一处不知名的市场。市场不大，却很杂乱。皮毛，蔬菜，瓜果，衣服，鞋袜，甚至修手表的，拔牙镶牙的，应有尽有，最惹眼的当然就是冬虫夏草了。盛放冬虫夏草的小簸箕十分讲究，是用非常精细的柳条编制的那种，白中泛黄，恰如骨瓷。用刷子刷得干干净净的冬虫夏草放在小簸箕里，像一个个金做的虫子。也有泥土包裹住的，不见庐山真面目，但价格永远跟随市场，水涨船高。

我蹲在市场门口观看着，大多数人只是看看议议，卖出买进成交者并不多。一憨厚大哥是甘南人，他一开口我就听出来了。我上前去和他说话，他却十分警惕，更不愿说起冬虫夏草的渠渠道道。后来他知道我不是生意人，才说起话来，谈话依旧遮遮掩掩。

他问我，虫草真有那样的功效吗？

我说，不知道。太贵了，吃不起。

他笑着说，那就买点回去，泡茶喝。

我说，我还是觉得胡萝卜实惠。

他的脸立刻阴了下来，过了很久，又说，十年前一个专家说过，一只虫草的营养和一个胡萝卜的营养差不多。人家是专家，随便一说，我硬生生亏了十几万。

我说，亏了那么多，怎么还做？

没办法，要过日子。他接着又说，这几年虫草生意还可以，这就说明它还是比胡萝卜好。

我说，甘南不是也有虫草吗？怎么到达日来了？

虫草还是人家青海的好。他不假思索，当然也是事实。又说，甘南虫草上市后，也可以拿过来，拣大的夹到青海虫草里，看不出来。

这位大哥真憨厚。不过我不在这个行当内，人家也看出我没有要买虫草的意思，说说也无妨，何况这样的夹杂方式在虫草生意行当里，早就不算啥伎俩了。

虫草是好东西，好东西一旦被炒作，不但会大打折扣，而所需之人也会难辨东西了。虫草市场历来就是鱼目混珠之地，除非行家，亲兄弟有时也会暗藏尖刀。何况人工种植的虫草已经横行霸道，无论色泽，还是味道，包括虫草的眼睛都真到无可辨认。那些冬虫夏草卖到天南地北，虚劳者或煲汤，或入药，功效和营养价值能比胡萝卜好多少呢？

那位大哥见我即将离开，依旧不死心，说，是青海的，假了你找我。他都掏出身份证让我看了，我依然婉言谢绝了他。其实，当我们把世间万物都视为珍宝的时候，一切自然就真了。可惜的是，我们都变假了，被誉为"软黄金"的冬虫夏草欺骗我们一回，不也在情理之中吗？

中午离开达日，直奔门堂。因为黄河在门堂拐了个弯，也因为门堂的对面就是甘肃玛曲。到了门堂，就相当于到家门了。

4

达日到门堂全程二百多公里，四个多小时。门堂乡在青海久治县西北部，但北部却与甘肃省玛曲县木西合乡只一河之隔。和玛曲县不一样的是，门堂乡地处黄河谷地，地势开阔，黄河漫游于广阔草地。玛曲木西合属高山峡谷，前有川北高山拦住东进去路，后有阿尼玛卿山和西倾山的阻拦，黄河唯有眼前这条四百多公里的狭窄走廊可行。所谓"天下黄河第一弯"，并不是黄河有意而为，事实上是无路可选。于是黄河惊人地一掉头，转而向西，绕行玛曲后再返回青海。

九年前的门堂乡非常荒凉，只一条小街，几乎见不到人。

乡村振兴战略的实施让门堂焕然一新，早年的小瓦房都不见了，代之以崭新的楼房，道路也由原来的沙砾路变成了沥青路，小卖铺也比以前多了。还好，黄河在门堂有个大转弯，才不至于孤独寂寞。其实黄河来到门堂后，突然改变向北走势，朝东南方向奔去，抵达唐克后与白河汇合，才转身走回头路，向西流去，形成著名九曲黄河第一湾。门堂的这个大转弯也被地方称作"黄河第一湾"，但相比玛曲县木西合的"黄河第一弯"就有点逊色了。

玛曲县木西合乡与门堂乡的确只一河之隔。当年也曾听玛曲其他朋友说过，木西合到门堂只是一条村级路，因而我一直拒绝从门堂过黄河直达玛曲。来门堂乡，也只是路过。我看了几眼通向木西合的路，然后又将目光投到门堂黄河大桥对面的山上。天空突然飘起雪粒来，高处的雪不断堆积，而低处的落在草原上的雪早变成湿漉漉的水珠。过了黄河大桥，黄河就不随我一路同行了。越往前走，越是荒凉。如果不是修路的工程队偶尔出现的话，这里真就是无人区。

行走一小时后，天气倒是晴了，沿路也有了几家牧场，牧场的栅栏门口停放着摩托车，但是看不到人。到了久治县，我又打消了去玛曲县的想法，因为去玛曲的那段路正在维护，也因为久治到唐克有一段德马高速（指德令哈到马尔康）。去唐克镇的理由更充分，唐克镇对面是玛曲县采日玛镇，同样隔河相望，然而唐克镇的黄河日落早已声名鹊起。

黄河一级支流白河流经唐克，并汇入黄河，造就了唐克独特的生态景观，随着黄河九曲第一湾景区的成功创建，唐克镇正以崭新面貌和姿态快速发展。同样在黄河第一弯温柔的臂膀里，甘肃玛曲并没有将采日玛日出打造成游人的天堂。

看过采日玛的日出，当然要看唐克镇的日落，这样才算是看完整了首曲最迷人的景观。事实上，这也是同一事物的不同表现而已。同样的景观，更多是因为情致的不同，才带给人们完全相反的感受。朝阳从草原升起，人们总想追着希望前行。而晚霞坠落河谷，人们会踏星辰入梦，期盼希望成真。

已经到了五一，唐克小镇提前接纳了许多旅客。宾馆爆满，客栈红火。好不容易找到一家小旅馆，感觉不到饥饿，倒头便睡。不知是什么时辰，我睁开眼睛，就看见了刺目的灯光。幸好临行前在包里装了一袋牛肉干，我撕开袋子，慢慢嚼着。这家小旅馆恰好临街，拉开窗帘，就看见了挂在高原中天的月亮，它的四周是略带微红的流云，流云的四周是几颗明亮的星星，天空深黑，十分深邃，遥不可及。

唐克和川西的任何一个小镇一样，有着现代文明的气息和商业城市的繁华。大大小小的车辆拥挤在小镇上，花花绿绿的手工披肩挂在阳光下，各种各样的牦牛肉干替代了常见的充饥食品，红景天、贝母等满街都是，珊瑚、松石、蜜蜡也是随处可见。在这里，你已经很难看到昔日牛羊肥壮、牧草连天的景象了。

沿着小镇转了一圈，回到小旅馆，我又睡倒了。想起来都有点害怕，短短的四天时间，从甘南到西宁，从西宁到玛多，再到达日、门堂、久治，最后到唐克镇，已经跑了两千多公里。

看首曲黄河日落，最佳的地方是索克藏寺后面的山顶上，海拔接近四千米。索克藏寺依山而建，宏伟壮观，寺院的经堂、僧房、转经的长廊都分散在各处，使整个建筑显得错落有致，看上去更像是一个聚居的村庄。寺院在景区核心位置，走在寺院四周，旁边的小屋里时不时会传出诵经声，阿克们见到陌生人都会主动微笑，极为友好。

为便于游人观景，地方政府依山修建了一条实木的长梯，同时修建了天边云梯（台阶式电梯），一旁的蓝牌子如是介绍：自动观光扶梯是黄河九曲第一湾景区为提升游客体验，增加游览舒适度，拓展景区服务而打造的经营性项目，是黄河九曲第一湾创建国家级景区重要的配套设施。项目位于景区核心区域，连接景区标志性建筑法螺景观台，由十四台可独立运行的扶梯构成，总长度五百三十八米，垂直落差一百五十八米，运送能力达每小时六千人次，全程需耗时十五分钟左右,是现今西南乃至全国海拔最高的自动观光扶梯,誉为天边云梯。

"让黄河成为造福人民的幸福河"。我特别注意到路边的一块宣传牌上的这行字。是的,自然景观服务于大众,而大众拿什么回馈?为打造旅游产业,我不由得对天边云梯肃然起敬。同时,也想起了对面的采日玛。看日落在唐克,看日出,自然要在采日玛。采日玛和唐克隔河相望,采日玛日出当然也是黄河首曲最迷人的景观。黄河在这里拐了个弯,两地均在黄河的拐弯处,奇怪的是多年来,玛曲和若尔盖为打造天下黄河第一弯之景观而你争我夺。实际上,无论从哪边看,景观都大致一样。景观非一人所有,何必非要争出你我来?

云梯旁边还有个刻在石碑上的故事:传说生于青海的黄河本一路朝西寻找大海,却在半路听见了生于四川的白河呼唤他。一见钟情于美丽的白河,黄河改道四川,在若尔盖草原迎娶了这位心仪的姑娘,携手踏上奔涌大海的旅程。在两河牵手的地方,他们始终轻声细语、情意绵绵地迂回于唐克金银滩,向世人展示着他们旖旎缠绵的爱情。黄河在这里拐了个弯,究其原因是看上了美丽的白河,做了一次联姻的买卖?文人墨客们的杜撰竟然让两地间相同的景观和不同的争论消弭于无形,成了一家人,自然就不说两家话了。

早年写过一首短诗,此时又想了起来——

> 落日同样给采日玛披上光辉的外衣
> 而千里之外因为落日而引发的战争
> 并没有停息
> 唯有山坡上那座寺院是宁静的
> 它在山坡上静静注视着尘世的美好
> 和广阔……

随云梯攀缘而上,黄河渐渐显出了身形,它完全失去了昔日的磅礴,没有浊浪滔天的气势,也听不到惊涛拍岸的巨响,更看不到高出地表的堤岸,始终情意绵绵弯曲迂回于草地深处,犹如一道道飘带平铺于大地之上。

天气极好,晚霞开始慢慢染红了这一片水域。法螺景观台自然是观看落日的最佳位置了。法螺景观台人满为患,还设有各种摊点——烧烤的、卖牛肉干的、卖雨伞的等等。观看落日的人们层层叠叠,也有人于寒风里直播。想了半天,终于想到一个令人信服的词——生存。人在生存的条件下,或者说为了更好地生存,各种手段或许才会发挥到极致。但我不想过分强调精神的可贵和崇高,只有在生存这个巨大的压力下,各种高贵和卑贱才会出现。让黄河成为造福人民的幸福河,难道错了吗?

夕阳一点点变红,并且朝山边落下时,整个天地被笼罩在一片金黄中。看不见岸边的灌木有丝毫绿意,它们和落日融为一体,顿时令人心生无限孤寂。

天刚亮,我又出发了。没有经过若尔盖县和花湖,因为黑河牧场,我选择了这条路,但走到半途却有点后悔,路难走不说,最主要的是黑河牧场和我想象的不一样。黑河牧场的植被破坏非常严重,草地上全是无数隆起的土堆。路越来越难走了,草地与石头中间往往隐藏着湿地和大坑,我真的有点怕。

突然想起母亲来。母亲在世时,我每次出门,她都会点灯、磕头、念经的。她还会说,心里有了挂念,就应该念个经,佛就会保佑。佛在哪儿呢?如果我们内心始终持有慈悲,持有善念,那么佛就时刻在我们身边。我这么想,但没有说。因为我知道,信仰就是信任和尊敬,更是一个人内心的行为准则,它不允许你仅仅挂在口头而随意亵渎。

Ⅲ

车巴河纪事

1

车巴河是洮河南岸主要支流,发源于甘南州卓尼县境内的车巴沟,河源海拔四千余米,全长八十多千米,流经甘肃卓尼县境内的尼巴、刀告、扎古录三乡镇,并在扎古录镇麻路村之北汇入洮河。车巴河与洮河交汇的三角冲积地带上,矗立着一座长满千年古柏的柏香山,山下有村镇,村镇比江南水乡多了一丝硬朗,又比北方古居少了一丝沉重,藏式木楼与红瓦相间,贴近自然,又充满了民族气息,这便是扎古录小镇了。沿着扎古录小镇,向南进山,约莫十公里,就到了龙多。龙多是车巴河岸边的一个普通牧村,也是我即将工作和生活的地方。

沿车巴河向南,几十公里全是深山老林,因而这里也被誉为车巴沟。抛开其他,车巴沟倒也是个休闲的好去处,这里山大林深,物种丰富,有鲜嫩丰腴的龙须菇,有珍贵无比的羊肚菌,有漫山遍野的党参和红芪,岩羊、马鹿、山豹也经常出没,蓝马鸡、雉鸡成群结队在树丛中觅食,奇山异水被点缀得风情万种,而我内心还是有很多不愿意,因为语言上的障碍和生活上的麻烦。

住在村委会朝西的小二楼上,和住在冷藏车里没有啥区别。一个旧的生铁炉子,炉面烧得通红,依然难抵直入骨髓的寒冷。每天晚上将身子裹得严严实实，半夜经常被冻醒，只能顾头不顾腚了。每天早上起来的第一件事不是急于上厕所，而是整理乱如鸡窝的头发。在小二楼洗头需要极大的勇气，只好将毛巾在热水中泡一下，拧干捂在头上，等张牙舞爪的头发完全贴在头顶上时，才可以飞奔下楼，舒舒服服尿一泡长长的尿。严冬时分，怒吼的风像魔鬼迎娶新娘，让人不敢出门。于是在漫长的冬夜，我只好把塑料罐改成一把夜壶，坐等春和景明，时间给我一个光荣的身份。

村里的人们中午都不休息，我也习惯了。中午天气暖和，这时候我会走出院子，沿小二楼背后的巷道去河边散步。二月过后，地皮依旧是硬邦邦的，可车巴河里的流水声却变得悦耳起来。河对岸就是柏木林，阳光溢彩的午后，我已从林里回来了。拥有了清新质朴的乡野日子，原本就可以安稳下来，而事实上我还是无法做到静心处世，一边想着山林的神秘，一边想着城市的热闹。

巷道褊狭，右边是篮球场，左边是青稞地。孩子们沐浴着金色的阳光，但他们很少玩球，只注视着对面的山林，露出狂野的笑容。走出巷道，便是一片宽阔的田地，二月的风把田地扫得空空荡荡，只有一排柳树挤眉弄眼，发出沙沙的声响，炫耀头人镶在皮袄边上的白珊瑚般的芽苞。

春天要来了，这是令人振奋的消息，然而风依旧很大。

田地背后就是我居住的小二楼——向阴，没有阳光，日夜被风雪扑打，即使万里无云，房间里依然布满冰凉。田地前面就是车巴河，三月之后，河水彻底解冻，缓慢柔软，寂然无声。密密麻麻的青稞架站在岸边，于无穷尽的风雪中打盹、做梦。更远处的山林里是豹子的嚎叫，它们穿着水纹的新衣，呼吸急促，夜深人静的时候，就跑出来隔河望着小二楼上的灯光。堆砌在河道两边的是铁青色的酥油石，它们在阳光下享受河水的冲洗，而对身后小二楼里的担忧无动于衷。

每天早晨起来，最先见到的是阳光，然后才是房间里的铁皮炉子，以及炉子旁木箱里那堆烧柴。烧柴也是柏木的，多么奢侈。也难怪，这里生长着的全是柏木。柏木除了不易腐烂外，火力旺盛而凶猛。

这天，我早早离开小二楼，沿车巴河北上两公里，再转身踏上一座木桥，便进了柏木林。进柏木林是需要足够的精力的，因为溜道陡，上的时候肺部要炸裂，下的时候膝盖会打战。一同进柏木林的还有旺秀道智。旺秀道智很开朗，威信高，村里人人都喜欢。我们磨合了十天半月，之后便成了无话不说的好朋友。旺秀道智一到夏天就忙了，他要在草原与山巅间穿行。像柏木林这么点小溜道，他不会放在心上的，但他此时要随着我的速度，到了山顶，却也气喘吁吁。我知道，这世间拖累才是真正的累。

整座山就是一个巨兽的脊背，密密匝匝的柏木在巨兽身上丛生。透过林荫，山下的村子小得可怜。相对而言，小二楼算是最气派的建筑了。

我摘下帽子，敞开衣襟，风就开始尖利起来。

旺秀道智大声喊，山顶上敞开身子的都是傻子。又说，汗眼都是张开的，邪风钻进身子里，不成傻子也会成疯子的。

我被他的喊叫惊出一身冷汗，慌忙把自己裹进衣衫里。

没有看到想象中的柏木林，我们风风火火上山，又战战兢兢下坡。其实，柏木林之顶根本没有从窗户里看到的那么雄伟且高大。

穿过稠密的柏木林，忍受了不少枝条的挂划，到达那座木桥时，又迎来了狂野的风。风沿车巴河肆意横行，目中无人，就算目中有人，也是所向披靡。旺秀道智见我瑟缩的样子，便加快了脚步。

回到小二楼，旺秀道智对我说，要不先到我家吧，有奶茶。

我回答旺秀道智，还是喝清茶吧，习惯了。旺秀道智下楼去劈柴，我在屋里洗杯子。一会儿，炉火就红了起来，房间暖和了许多。

旺秀道智说，还是柏木柴有力量。

我说，过几年，柏木林就让你们烧完了。

屁话！旺秀道智脱口而出。柏木林里有许多枯枝，还有闪电击倒的木桩，那些总该需要清理吧？不清理，小树怎么会长起来？停了一下，又说，我们只是捡拾枯死的和断裂的木桩，住在林边，能占到的便宜也只剩这些了。

我笑了笑，没说啥。一般情况下，牧区的人们是不说"屁"字的，旺秀道智说得很顺口，他自己大概也意识到了。他红了脸，立刻改了话题，说，住这里还习惯吧？现在条件好多了。又说，以前这里可没有楼房。

我说，慢慢就习惯了，只是距离柏木林太近，有点害怕。

怕的没有，只要有人住，野生动物就不会轻易跑出来。不过我得给你说个有趣的故事。旺秀道智拿火钳子给炉子透了下气，添了几根柏木柴，顺势坐在炉子旁的木箱上，认真说了起来——

十几年前，村里条件不好，没有多余的粮食喂猪，猪除了在山坡上吃草根和蕨麻外，总爱往厕所里跑。有天，某家来了亲戚，恰好他肚子不舒服，慌忙跑到厕所，没想到拉到猪身上了，猪受惊之后疯狂抖动身子，结果将屎渣子全摔到亲戚屁股上了。第二次、第三次亲戚上厕所时，总要提着茶壶，先将开水倒下去，赶走猪之后，才能安心蹲下来。至此后，亲戚来了都不敢去厕所，自然也不吃不喝了。

旺秀道智说完之后哈哈大笑，笑完之后问我，你怎么不笑?

我说,这有啥好笑的,一听就是胡编的。俗话说,狗改不了吃屎,可你说的是猪,猪绝不会蹲守在厕所里。

旺秀道智瞪大眼睛,可能因为没有惹笑我而略感失望吧,停了一会儿说,你改天到我家来,你的烧柴不多了。

我说,正好,你不提我还不好意思开口。

旺秀道智说,没啥不好意思的,都是朋友。

我说,那我做好芋头草芽鸡请你吃吧,芋头草芽鸡是我最拿手的。

旺秀道智说,那好,芋头草芽鸡我真没吃过。

必须去趟扎古录镇了,我也想吃芋头草芽鸡。扎古录镇卖蔬菜的铺子我几乎都认识,一一问过之后,都说没有见过芋头。没有芋头怎么做芋头草芽鸡?怎么向旺秀道智交代?带着最后一丝希望,我走进平日基本不去的那家蔬菜铺子。

有芋头吗?我问。

鱼身子都没有,哪有鱼头。她回答。

是芋头,煮汤的,是蔬菜。我说。

我知道鱼头是炖汤的,但我们都不吃鱼,自然没有卖鱼的。她回答。

我比画着说,和洋芋差不多,但比洋芋黑,身上长有细毛。

她笑了笑，说，紫薯有，紫薯长毛就坏了。

回到村里，我开始犯愁。躺在床上，想着，从哪儿整几斤芋头呢？

旺秀道智来了，他抱着一捆柏木烧柴。柏木烧柴放在地上，就是一堆温暖的火焰，可是芋头草芽鸡呢？

旺秀道智在屋里站了一小会儿，对我说，改天带你再去一趟柏木林吧，天气一热就没有时间陪你去了。

我闭着眼睛，装作睡觉。旺秀道智见我不说话，叹了一声——真是懒死的家伙，这么好的时间也要睡。他说完就走了。

我就那么一装，没想到真睡着了。可是偏偏没有梦到芋头，也没有梦到草芽鸡，只有风，那风在柏木林四周回旋着，大得无边无际。

后来，我突然想到，就算有芋头，也找不到草芽鸡。一月的车巴河两岸风雪飞舞，草芽不曾苏醒，鸡还在鸡蛋里，芋头草芽鸡原本就是一句空话，一种想象罢了。

2

芋头草芽鸡的事情就那样释然了，然而无法释怀的是当我见到旺秀道智，心里总觉不自在。旺秀道智大概猜到我会尴尬，因而有意回避，好久不来小二楼。

这天，旺秀道智风风火火来小二楼找我，说村里来狼了，大家要重视起来。又说，正值假期，万一孩子们出事麻烦就大了。

狼来村里，只是偶然的事。我说，再说了，孩子们哪敢到狼跟前去呀。

旺秀道智说，没见过狼的大人都分不清哪是狼哪是狗，孩子们能分得清吗？

我说，那怎么办？

想想办法吧。旺秀道智说，你是驻村干部，千万不能大意。

一月马上就完了，荒野依旧没有春天的迹象。北风狂卷着雪粒，我蜷缩在房间里，没有出门，狼也没有彻底离开，它时不时出现在小二楼外面的田地里。旺秀道智来了好几次，我们依旧没有想出让狼离开村子的好办法。

狼来村里，的确不是件好事。生态保护管理非常严格，没人敢打狼。狼的确比以前多了，但它们几乎不来村子，吃人的事儿更是前所未闻。狼来村里，原本和扶贫扯不上关系，但狼的出没容易导致群众收入受损，所以狼来村里，还是和扶贫有关系的。和扶贫有关，就等于和我有关系了。

几日后，关于狼来村里的事情似乎被淡忘了，旺秀道智也没有来找我。没到开学的时候,孩子们都聚在河边,或折柳条编筐,或沿河边捡拾洮河石蛋蛋。小二楼隔宽阔的车巴河与柏木林相望,河靠柏木林,而小二楼靠河之间还有两亩田地和灌木丛。

二月还未到来,可车巴沟里的风就开始不分昼夜发狂起来。这时候,柏木林里时刻都在演奏各种大型的交响乐。小二楼四周的电线也配合着,发出呜呜的哀鸣。我不敢开窗,甚至不敢拉开帘子,田地里的薄土漫卷着,有些附着在枯叶上,有些落在河面未消融的冰上,污浊而丑陋。更多的则落在窗台上,慢慢钻进来,浮在桌子上,飘进杯子里。

几日后的某一天,破天荒没有刮风。我拉开帘子,看见地里有人,先是两三个,一会儿成四五个,再一会儿便是一群,他们个个拿着木棍,起哄和喊叫的声音很大,像在推选武林盟主。

旺秀道智又来了。刚听见他踩在楼梯上的重重的脚步声,人已到了眼前。

抓住了——抓住了——旺秀道智上气不接下气地说。

我朝窗外看了一眼,远远的,一只狼躺在地上,没有了前些日子的嚣张。地里的人越来越多,可没有一个是提棍上前的"英雄"。

到底啥情况?我问旺秀道智。

旺秀道智说，放了夹铙。

夹铙我是知道的，是一种铁制的捕杀猎物的工具。不过这种东西现在很少见，现在铁匠们都不打铁了，因而夹铙也成了稀罕的物件。

说夹铙，你可能不大明白。如果说狼夹子，你一下就明白了。

夹铙形如两个合在一起的半圆铁环，重合的一边全是锋利的锯齿，放的时候要将两个半圆铁环向左右拉开，然后打上保险扣，一旦触及保险扣，左右拉开的铁环会立马重合，死死夹住触及保险扣的活物，想逃脱是非常困难的。

狼被夹住了。当然，狼并不知道有人在地里放了夹铙。因为夹铙放好后，总是用枯草覆盖起来，根本发现不了。

他们在地里纠缠了一个下午，只有起哄和喊叫。

旺秀道智说，也是为了安全，可现在怎么办？狼的腿子肯定夹坏了。

我对旺秀道智说，夹住了狼，可是没人敢去收拾狼呀。

旺秀道智叹了一口气，没说话。

整整一个下午，他们远远地看着躺在地上的狼，狼也冷静地注视着他们，始终无法和解。孩子们可高兴了，他们捡拾枯枝，叫嚷着要把狼给煮了，还说谁让它有事没事跑到村里来呢。

第二天旺秀道智早早来到小二楼，一进门就说，狼跑了。

我问旺秀道智，腿子都夹坏了，怎么可能呢？

旺秀道智说，狼咬断了被夹的那条腿，用三条腿，跑了。

狼可杀，不可辱。我一边学老人的口吻，一边朝夹狼的地方走去。旺秀道智跟在后面，一直没说话。

到了夹狼的地方，我望着地面上的夹铙和咬断了的那半截狼腿，对旺秀道智说，狼会记仇的。

旺秀道智说，再不会来吧？

估计狼来村里的次数会多起来，这次它一定心怀仇恨了。我说。

旺秀道智无声地收拾夹铙，没有抬头，也没有开口。地上那摊狼血早已变得乌黑，而夹铙上却干干净净，没有一点血迹，甚至连一根狼毛都没有。

3

不怕雨泡，就怕雪浸，可三月底偏偏是甘南春雪最多的时候。车巴河岸边的草木已经发芽了，河水也翻滚着绿意。春天来了，风也来了。风的吹刮日夜不停，呼啸着，翻卷着，它们经过村委会小二楼，浩浩荡荡去了扎古录小镇。毕竟是春天了，理应是万物温润，春和景明，然而雪偏偏要趁风喘息之时，肆意飘洒起来。一夜之间，视线所到之处全是白茫茫一片。这个时节，干净洁白也只是一阵子的事情，等不到太阳出来，白茫茫的世界就已斑驳不堪。再过一阵子，秃枝荒草全暴露出来了。马路上溪流汇聚，无处着脚。也正是这个时候，令人担忧的事往往会发生。

一年前因为房屋漏水，我曾几移其居。后来做了修补，度过了高原寒冬，也躲过了高原短命的夏日和细雨不断之秋。那只是暂时的，或者说是运气不错，而问题并没有根除。究其原因，大概是高原光照强，冬雪覆盖时日久，侵蚀严重，除此之外，便是房屋修建的质量问题了。无论如何，这次必须解决，否则这一年又将不能安心。

村委会小二楼要彻底维修，我只好搬到扎古录小镇去住了。原想一周时间应该差不多，而实际情况是一周时间维修工作才刚刚展开。所有房间狼藉一片，我的被褥也被扔在过道里，裹满了大白灰。住小旅社其实特别好，起码不用半夜裹被跑厕所。可我依然不舒心，因为接二连三的雨雪天气。

雪的浸透性十分强大，当我返回小二楼的时候，刚刚维修好的房间又漏水了。其实大家心里都不舒服，何况这样的天气里重新做防水，也是不太现实的。经过多次交涉、协调，最后一致认为做个彩钢楼顶是最有效的。

做彩钢又花了一周时间，再次返回小二楼时，令人烦恼的不再是漏水问题，而是无处不在的垃圾和死死沾在地板上的大白灰。

整整花了三天时间，同时我还央求了村里好几个人前来帮忙。地面冲洗了好几回，墙裙和地板用抹布擦了好几遍。算是凑合能入住了，接下来便是劈柴生火，提水做饭。一切妥当之后，才发现所有厨具不翼而飞了，我的内心充满了震惊和悲愤。除了他们还会是谁？怎么去要？如何开口？我反而成了贼一样瞻前顾后。跑一趟扎古录镇吧，忍一忍就过去了，撕破脸谁都难受。

我伏案写工作日志，房门突然被人推开了。不知道是谁，我没有抬头，也不想理会。

啊让（相当于"喂"），饭不吃吗？

锅都被人偷走了，用啥做饭？我张口就来。

谁会偷锅？你的是金锅还是银锅？

铁锅都偷，金锅银锅早就被抢了。

从语气和口音上我知道是旺秀道智，换了别人，我或许选择沉默。

看，锅我给你背来了。

我抬头一看，旺秀道智果然背着一个新背篼，里面有我所有的厨具。太不像话了，你们农区不注重自己的饭碗？怎么不收拾一下呢？

我说，都让你偷走了，我收拾啥。

你这人怎么说话？旺秀道智有点恼怒，说，是打扫卫生时康主草操心收拾起来的，既然是饭碗，就要珍惜，不要让人踢来踢去。

我满怀怨气无处发泄，不过听旺秀道智这么一说，反而有点不好意思。自己的饭碗要自己珍惜，这是多么伟大而朴素的真理。

谁说的？我问旺秀道智。

旺秀道智说，康主草说的。

又买了一套，真是不应该。我喃喃自语。

旺秀道智也看到了放在地上的锅碗，他连忙说，这是你自己的事，不能怪别人。康主草帮你收拾了饭碗，你应该感谢一下人家。

细细一听，我的饭碗似乎和康主草扯上了关系。我勉强露了一下笑容，对旺秀道智说，那就送给她吧，我已经买了一套新的。

旺秀道智说，人家不好意思送到你房间来，才央我送来了。不过还是那句话，饭碗要好好珍惜，不要随意送人。如果要送，还是你自己去送吧。旺秀道智说完之后，放下锅碗就走了。走了之后，便又返了回来，说，过几天蕨菜就出来了，我带你进山是可以的。

蕨菜要出来了，今年天气暖和，雨水也广，想必蕨菜一定肥壮而鲜美。对了，我就多收购点康主草折来的蕨菜，也算是感谢了她。

自己的饭碗一定要好好珍惜，多么伟大而朴素的真理。我一定要记住，那个叫康主草的住在车巴河边的女人，她说出了读书人说不出的真理。

4

旺秀道智一定是遇到麻烦了，他频繁来小二楼，就是不肯开口。他不开口，我也不打问。

没有事情旺秀道智一般不来小二楼，最近来了几回，每次总是时机不对，要么洗锅，要么还没做饭。住在小二楼，最麻烦的就是做饭，不做不行，一做就剩。旺秀道智又来了。总是这样错过，我也觉得怪不好意思。

旺秀道智一进来就说，村里已经算好了日子，你知道吗？

不知道呀，算好了什么日子？我放下手中正在刷洗的锅碗，问他。

要开始耕种了。旺秀道智说，你可能真不知道，我们这里种田是要算日子的，算好日子才可以开耕，割田也是一样的。

我是在农区长大的,自然不知道牧区的这些讲究。可惜旺秀道智也只是知道有这样的讲究,却说不上具体的缘由。当我问他时,他显得不好意思起来。

小二楼不方便的地方太多了,除了上厕所,倒污水、倒炉灰也是很不方便的。还好,窗外是一大片空地,我只好自取方便了。

旺秀道智见我打开窗户,一边慌忙阻拦,一边大声说,从今天起,不准将洗锅水倒地里。

我被他的叫喊吓了一跳。说,你来好几次,就为这事儿?

就是。大家都碍于面子,没来直接责问你。旺秀道智说。

有那么严重吗?我说。

怎么不严重?严重得很。倒了洗锅水的地方庄稼就不长。旺秀道智说着就急躁起来。

倒水不是滋润土地吗?我说。

滋润啥?洗脸水中有肥皂,洗锅水中有洗涤剂,庄稼能长吗?他继续说,肥皂水和洗涤剂的水渗到地里,连杂草都不长。

剩饭、剩菜倒出去,喂了猪和牛,你怎么不提?我觉得我的话也有几分道理。

你那是浪费，老人们都看在眼里，没有当面骂你，已经给足你面子了。旺秀道智稍停了一下，又说，这里的猪和牛都没有下过馆子，吃不惯，吃了反而会拉肚子。

听着旺秀道智的胡搅蛮缠，我不由得笑出声来。谁家的猪和牛还下馆子呢？

城里馆子所剩的饭菜不就全喂牲口了吗？我就见过。旺秀道智认真起来了，牛吃了馆子里的剩菜后，挤出来的奶都是酸的，你没听说过吗？

我蒙了。酸牛奶的事情早有耳闻，但不曾知道是吃了馆子里的剩菜所致。

旺秀道智又说，一个人一生的粮食是注定好的，你那样浪费，迟早要饿死的。

我无言以对，只是很凶地瞪了一眼旺秀道智。

旺秀道智又来了。他说，开始种田了，窗外那片地要种洋芋。还说我经常倒污水的那片地方留给我，让我去种白菜。

中午时分，窗外那片地热闹起来了。旺秀道智开着手扶拖拉机，拖拉机后面挂着犁铧，手扶拖拉机比脱缰的野马还野，我明显看到旺秀道智有点驾驭不住。来回犁两沟，他就要熄火休息。也是在他休息的时候，放种子的人才忙活起来。放好种子，再犁两沟，如此三番，一个多小时，那片地彻底耕完了。

旺秀道智抹了一把汗,过来和我拉闲话。

旺秀道智说,播种机方便,但很费力,不像耕牛那么听话。

我说,那看你怎么操作了。

旺秀道智说,怕要亏种子了。又说,二牛抬杠的日子已经过去了,铁家伙使不惯也得使呀,不会使唤,铁家伙就会欺负人,你看我都累了一身汗。

那是你欺负人家。我说,谁让你不好好学习呢。

旺秀道智说,没办法,重新念书也来不及了。

我笑着说,抽空我们去河边那片沙滩,我买上草籽,你开上拖拉机,拿上说明书,我教你怎么操作。

旺秀道智也笑了,他说,草籽难买。

我说,草籽我想办法。

放洋芋种子需要好几个人,放完之后还要将两犁沟之间分开,盖上地膜。这期间,旺秀道智用铁锨将我经常倒水的那片地方翻了起来,最后也盖上了地膜。

旺秀道智说,买上些菜籽,用筷子戳个洞,将菜籽放进去就可以了。又说,不知道菜籽会不会发芽。

我说,如果不发芽,就没有菜可吃,活该对吧?

旺秀道智哈哈大笑,说,放心吧,我家园子里多得很,不会让你吃水加面。

我明白旺秀道智的意思,只是心里嘀咕,以后倒污水、倒炉灰,的确是一件令人头疼的事儿。还好,春耕之后天气会越来越热,不用裹着被子上厕所,已是最大的安慰了。

5

五月到了尾声,似乎是转眼间的事儿。不过河岸边依然没有绿意,大地也没有完全热闹起来,天气倒是日日晴朗,正午时分尤为暖和。这时候,大家都集聚在小二楼对面的小卖铺门前,透透气,说说话。话题除了增产增收,最多的便是城里的花花世界了。我也会参与其间,偶尔发声。不过这样的时间不长,太阳一转身子,狂风就会席卷而来。狂风将大家匆忙赶回家后,巷道就空了。也是在这时候,旺秀道智一定会来小二楼的。

旺秀道智又要出远门了。原本说好要去高山牧场,看来又成了一句空话。

年前他来村委会小二楼找我,让我帮他订票,说河北有家专门卖二手大型拖拉机的厂子。我建议坐飞机,他偏偏要坐火车,说机票太贵,坐火车可以一路看风景。

我说,你买那么大的拖拉机有啥用?

贩卖。旺秀道智说，一台到手可以净赚五千元。

我说，用处不大吧？

他说，很多人打问，肯定有用到的地方。

我说，你是怎么知道哪家厂子的？

他说，从抖音上看的，合同都签了。

两周之后，旺秀道智给我打来电话，恳求给他买张机票。说的时候整整坐了二十一个小时的火车，腰都断了。

我笑着说，不是一路要看风景吗？

求求你了。他说，再贵也要飞回来。

几日后，旺秀道智来村委会小二楼找我。一见我就露出天真可爱的表情，说，还是飞机好，嗖地一下就到了兰州。天上的云彩绵得很——啊啧啧。

我将一口没来得及咽下去的茶水全喷了出来。我说，云彩没有你说的那么绵吧？

他惊奇地看了我一眼，说，你也坐过飞机？

我说，坐过，也摸过云彩。

他问我，云彩绵吗？

我说，你不是摸过？

旺秀道智哈哈大笑起来。

拖拉机看得怎么样了？我问他。

他说，东西确实好，人家不包邮，拉到这里赚不了钱的。

不是签了合同吗？我问他。

旺秀道智叹了一声，说，撕票了。

撕票？你绑人去了，还是看拖拉机去了？我被他整糊涂了。

哎呀，就是定金泡汤了。旺秀道智反而因为我的不理解显得不高兴。

那叫违约，不叫撕票。我说。

啥叫撕票？电视上经常"撕票撕票"说着。旺秀道智盯着我问。

撕票就是绑架了人，以人质作为条件，对方如果不能满足其要求，便将人质杀害。我认真给他讲解。

他哦了一声，又问，啥叫违约？

违约就是不遵守合同条约的规定。我说。

呀。他点了点头，自言自语：是违约了。说罢后，脸上微微泛出红晕来。

这次旺秀道智没有去河北，而是去了康县，之前我并不知道。

又是一份合同。旺秀道智是村里唯一会解方程的人，可他对法规似乎一无所知。他来找我，自然为合同上的条文规定。不过他的想法很有意思，只是可惜过于盲目，有点脱离实际了。

旺秀道智说，国家扶贫政策这么好，我们自身更要有发展动力和发展思路。你平常也是这么说的，不是吗？

我脸蛋有点儿发烧，笑着对他说，发展是对的，但思路更要对。

种木耳的思路对不对？旺秀道智问我。

种木耳完全可以。你要种吗？我问他。

合同都签了。旺秀道智说，下个月就开始修建大棚。

合同都签了，你还来问我？我说。

还有不懂的地方，就来问你呀。旺秀道智说，他们说一年能种出两千多斤。又说，真能种出两千多斤，我们就富裕了。

你们村早就脱贫了。我说。

旺秀道智说，光脱贫不行，要真正富裕起来才行。

我认真帮他看了大棚修建合同与菌包订购合同，都没问题。一周后，村委会不远的一片空地里果然开始修建大棚了。一月后，大棚建出，上千个菌包也拉来了。再一月后，大棚里搭满了钢架，上面挂满了菌包。后来大棚就成了河岸边一道亮丽的风景线。

这天，旺秀道智又来找我。

他拉着脸，一进门就嚷，合同有问题。

我说，合同一点问题都没有。

他说，合同上应该写清楚一个菌包能长出几斤木耳的。

我的头嗡地响了一下，不知道该给他做怎样的解释。谁敢保证一个菌包能长出几斤木耳呀？我说。

没有就应该加上，你就没认真看。他生气地说。

我说，合同上已经保证所有菌包都长满了菌丝，且产品合格。又说，打个比方，给你五颗豆子，我保证都能发芽，但怎么能保证这五颗豆子的产量呢？

应该要保证，否则怎么能富裕起来？他不停地嘟哝着。

种木耳应该不错，这里的环境和气候都适宜，不要担心。我说，到时候我给你们帮忙。

你能帮什么忙？说不定越帮越忙呢。他依旧嘟哝着。

你们种出的木耳卖给谁呢？这才是你们应该担心的。我说。

这么一说，他立刻表现出一脸茫然来。

思路是对的，但所有事情切忌忙着签合同，合同不会让你们立马富裕起来的。我说，不过别担心，到时候就找农村电商走货，只要东西好，问题就不大。

他点了点头，说，合同真能害人。

我说，合同不害人，盲目求富会害人。

这次他真懂了，同时还给我打了个比方，说，文明和富裕在不停地装修我们的房子，住在房子里的我们也要跟着不停地装修，是这个道理吗？

我说，太对了，就是这个道理。

旺秀道智已经懂得了这个道理，只是可惜，他的心思不在大棚里。村里人说他是老司机，只喜欢干本行。

后来旺秀道智将木耳大棚的所有股份转让出去了，他说，要去工地拉沙子，合同签了。又说，干自己最拿手的工作，踏实，也有把握。

我赞同他的说法。可不明白的是，他既然懂得生活中的许多道理，为何对合同如此钟情？

6

"过几天蕨菜就出来了，我带你进山是可以的。"很早以前旺秀道智这么说过，我并没有在意。这天早上，我还没有起床，旺秀道智就来敲门。不喜欢大清早就被打搅，尤其是刚睁开眼睛。睁开眼睛并不等于完全醒来了，我习惯醒来后还要躺上半个小时，天马行空，想象一些世间最美好的事情。

谁？这么早敲门让不让活了？我说。我知道，除了旺秀道智，压根就没有人这么早来小二楼的。

是我，开门。敲门的那人回答。

你是谁？一听声音，我完全确定是旺秀道智了。

我。敲门的那人回答。

说名字。我故意戏弄他,他打断了我的美好想象,这是该有的惩罚。

门外没有声音了,可我的美好想象也没有了,我只好穿衣服。

还没起来吗?是不是干坏事?敲门的那人问。

报上名来。我回答。

旺秀道智。敲门的那人恶狠狠地说。

房间里自然很乱了,旺秀道智一进来就打开了窗户,窗户一打开,一股冷风就扑进来了。

我说,这么早你疯了吗?

他说,早啥早,太阳都照到屁股上了。

我笑着说,没有呀,屁股还是凉的。

他也笑了起来,说,赶紧进山。

我说,干吗去?

他说,折蕨菜,前天下了雨,这两天照了太阳,蕨菜一定长高了不少。

没有顾上洗脸,我们走出村委会大门,穿过小巷,踏上河边那座小桥,闪身进了柏木林。

有阵子没来柏木林,感觉像是进入到另一个天地。龙胆已冒出地皮两寸高了,点地梅一片接一片开着,小鸢尾花也撑起了幽蓝的花朵。旺秀道智健步如飞,一会儿就把我抛在山底。当我气喘吁吁赶到他跟前时,他的手里已经捏了一把蕨菜。说实话,在车巴沟蕨菜不算啥名贵的菜,比它名贵的自然还有很多,比如虫草、狼肚菌、木耳、酥油蘑菇等,可大凡名贵的菌类都以隐者身份生存,难以寻找。倘若遇到,绝不是一两个,而是一大圈,遇到者自然是有福之人。整整一个季节下来,踏遍千山万水,收入依然微薄,因而那些名贵菌类趁人不注意期间悄然成熟。一旦成熟就蒂落,既不能吃也卖不了。有福人毕竟是少数,所以大家都把目光聚集在最为常见的蕨菜上。

蕨菜又叫拳头菜、猫爪、龙头菜,属凤尾蕨科,喜生于山间向阳坡地,其食用部分是未展开的幼嫩叶芽,它不但含有人体需要的多种维生素,还有清肠健胃、舒筋活络等功效,食用前在开水里焯好,再浸入凉水中除去苦味,拌以佐料,清凉爽口,是难得的上乘的下酒菜。

按照车巴沟的气候来说,六月初便是蕨菜"心惊胆战"的时节。几场雨过后,蕨菜就按捺不住激情了,一夜之间便在向阳的山坡上齐刷刷抬起头颅。它们刚刚开始握紧拳头,张望新鲜的世界的时候,铺天盖地的折蕨菜的人就来了,顷刻间所到之处狼藉一片。

从六月初一直到六月中旬,蕨菜家族根本没有机会繁衍。

这段时间如果不来春雪倒也罢了，春雪一旦到来，蕨菜就会夭折在泥土之中。折蕨菜的人们恨死了春雪。也是因为这个原因，他们从一个山头到另一个山头，从一片坡地到另一片坡地，从不歇息。

六月过后，蕨菜就完全舒展开了。叶子完全展开的蕨菜形如手掌，地方人叫"扬手"，"扬手"之后，蕨菜令人垂涎的茎秆已成为老败了的枯枝，煮不烂也嚼不动。这时候蕨菜便不会被人们青睐，和其他植物一样，才可以放心大胆在阳光下生长。只是可惜，一季下来山坡上留下来的蕨菜并没有多少。对车巴河边常年劳作的人们而言，折来的蕨菜的确弥补了时节里物资的匮乏，而对蕨菜自身来说，却是过早完成了生命的代谢。

人们对吃的研究总是精益求精，却从来不会想到某种生物的锐减。尽管这样，略有收敛的、科学的做法和想法始终没有出现。

小满一过，扎古录小镇就变成最热闹的地方了。在那里总会看见一把一把被橡皮筋扎得整整齐齐的蕨菜。不论泥泞当道，还是烈日当头，他们守在小镇子不宽的街道上，眼睛里蓄满了渴望和等待，脑袋随着南来北往的游人来回转动，嘴巴像涂了蜜。钱把许多珍贵的物种推向了绝境，钱也让许多珍贵的物种改变了它的本性。

蕨菜在汉代有一个传说。相传刘邦的儿子有天出城打猎，突然一阵狂风把他卷到云雾之中，等睁开眼睛时发现自己躺在草地上。他在树林里转了许久，肚子饿了只能吃点蕨菜充饥。等随从找到他时，他已死去好几天。太医们从他的身上找出了致死的原因，但为时已晚。从那以后，汉朝人都不食蕨菜。传说是没有历史依据的，或许当时聪明的人们为了保护这类植物而想出了如此高明之策。传说也罢，高明之策也好，可它永远阻止不了现代人的贪欲之心。人们看到的只有眼前的利益，却看不到利益背后隐藏着的灾难。长此以往，蕨菜的历史恐怕要回归到恐龙时代去了。然而事实上，并不是我所叙述的这样，现在扎古录街道上你根本就找不见卖蕨菜的人，我的计划也泡汤了。

一大早出去，中午时分回来，我和旺秀道智足足折了一大盆子。

旺秀道智说，这么多你吃不完，留一碟，剩余的晒在我家暖廊下吧。

我说，中午多叫几个人过来，吃完就对了。

旺秀道智说，晒点干蕨菜，逢年过节吃。

我说，买点吧，然后多晒点，可以送亲戚朋友。

旺秀道智说，你想得美，现在谁卖呀？人家折来的蕨菜要么晒干了，要么用盐腌了，都有亲戚朋友呀。

我说，前些年不是都卖吗？

旺秀道智说，现在没人卖了。

我说，我都答应给亲戚朋友们买点的。

旺秀道智说，那你自己去折吧。

我说，为啥不卖了？

旺秀道智说，日子不像以前那么紧张，自然就不卖了。

我说，酥油呢？

旺秀道智说，酥油也不卖了，都留着自己吃。又说，机器打的酥油合作市有卖，想要手工打的，你就死了心吧。

我说，那我就到你家吃。

旺秀道智哈哈大笑，说，一次两次是可以的，天天来吃，怕是你也不好意思吧。

我没说话，旺秀道智将折来的蕨菜留了一大碟，其余的都带走了。

旺秀道智说，等晒干了我拿来，尝点新鲜，一碟就够了。又说，下午我去牧场，后天回来，给你带点新酥油。

我说，我下午也走，后天回来，给你带两块砖茶。

送走旺秀道智后，我开始烧水，焯蕨菜。突然间我又想起康主草来。我说过要多收购点她折来的蕨菜，因为她帮我收拾过饭碗。现在看来，需要换个方式，因为康主草家早就富裕起来了。

7

快入睡时,旺秀道智才回来。下午四点多他来电话说让我等着,很快就到了。旺秀道智去牧场我是知道的,但我想他不会只为取酥油而去牧场,也没想到这么快就回来了。

凌晨了,迷迷糊糊当中我听见急促的敲门声。是旺秀道智回来了。开了门,但见他满头大汗,气喘吁吁,背上的一个挎包也落在臂弯之间。我打了个哈欠,揉了揉眼睛,让他进来坐。

差点见不到你了。旺秀道智说,悬得很,在山梁上遇见了一只狼。

胡说啥呢,遇上狼你还能站在这儿说话?我说,你就知道哄人,好像除了你,别人就没见过狼似的。

真的,你还不信。旺秀道智说,不过狼离我远,没等它过来,我就一口气飞过山梁了。

我差点笑出声来,但还是忍住了,看他样子的确是像碰到了野兽。

我说,狼是黑的?还打着灯笼?

旺秀道智说,火焰红的,额头是白的,上下唇是黑的,蹄子是黄的,尾巴是灰的。

我说,你带了望远镜?没见喜羊羊吗?还有美羊羊,暖羊羊……

没等我说完,旺秀道智说,我不是小孩子。

我说,你也看过《喜羊羊与灰太狼》吗?

旺秀道智笑着说,没看全,不过我喜欢沸羊羊。

我说,你喜欢它的啥?

旺秀道智说,我喜欢它的义气。

我笑着说,你没有沸羊羊义气。

旺秀道智将挎包扔到我跟前,气呼呼地说,看看里面是什么?还敢说我不义气?

打开挎包,见里面满满的全是芦笋,青翠欲滴,香嫩可人。

从哪儿弄的?我兴奋极了,这可是好东西,没想到这儿也有。

野菜嘛,到处都有呀。旺秀道智的语气突然变得骄傲了起来,这东西炒腊肉一绝,你没吃过吧?

没吃过,但我知道这个叫芦笋,也知道它的历史。我说。

野菜还有啥历史,山里到处都长着。旺秀道智说。

好好的一个东西,让你用"野"字给糟蹋了。我又说,不过也是,我们从小就叫它"猪尾巴",但始终没看出它和猪尾巴哪点相似了。

旺秀道智说,"猪尾巴"也好听着呢,能吃就好,再别讲究啦。

芦笋原产于地中海沿岸的海岸边，古希腊人在公元前二百年就栽培芦笋作为蔬菜食用，正式传入欧洲是在十六世纪，民间开始大量种植，芦笋也在那时逐渐成为欧洲的传统食物之一。我国芦笋正式规模化种植，端上餐桌要到清朝末期，但这并不代表它就一定是从国外引进的新品种……

我还没有读完资料，旺秀道智就显得极不耐烦，说，你这人真婆烦，我们的柏木林里几千年前就长着这种野菜。

几千年前你见过？我说。

别废话了，明天进林。旺秀道智说完就摔门走了。

我没送他，见他不可一世的那个样子，也气呼呼睡了。

我起来得早，因为怕他早早来敲门。可是他一直没有来，直到太阳照到窗台上，直到我将挎包里那些芦笋一一切成寸许长，放在锅里焯好。

旺秀道智终于来了，显得很疲惫，缺少了平日的狡猾和活力。

怎么迟了？我对他说，太阳都照到屁股上了。

旺秀道智露出羞愧的神情，说，睡过头了。现在进林刚好，太早露水大得很。

你不是起很早吗？怎么就今天睡过头了？我问他。

旺秀道智说，实话告诉你吧，昨晚从牧场返回来的时候，路过了死人弯,心里怕,总感觉一路有人跟踪,一晚上没睡着,快亮的时候才睡过去了。

我笑着说,胆子这么小,死人弯只是个地名,不是把死人堆在那里。

旺秀道智说,谁不怕?天都快黑了,听说那地方邪乎着呢,要不怎么叫死人弯?

我说,就是个地名,是你想多了。

旺秀道智说,或许吧,反正昨晚心里虚,好久没睡着。

我说,以后别走夜路,走夜路记得要放声歌唱。

旺秀道智点了点头,说,如果不折那些野菜,也许很早就回来了。

我们走出村委会小二楼大门,穿过小巷道,行至车巴河边那座小桥时,遇到了村里几个折蕨菜的女人,旺秀道智和她们说了几句,便和我踏上小桥,进林了。

来柏木林已经很多次了,然而每次进柏木林,所见所感皆不相同。柏木林在光阴下似乎发生着不同的变幻,一茬花儿谢了之后,另一茬却又葳蕤起来。鸢尾花缩小了身段,马樱子菜也被丛生的马莲淹没得找不见影子。高大的山白杨展开了叶片,于密密匝匝的柏木丛中显得格外与众不同。野芍药的花苞越来越大,野蔷薇的刺越来越尖,蕨菜开始扬手,莨菪开始灌浆。

我找到"俄柔宁"的窝了——旺秀道智愉快的喊叫估计村里人隔河都能听见。

那是一片密林中露出来的向阳的山坡,抬头能看见一片蓝天,低头却有阳光,还有一片大得无边的芦笋。

"俄柔宁"真多,算是没有白来。旺秀道智对我说。

我不明白他说什么,不过他说的那三个字让我提高警惕,于是我问他,你在说啥呢?

旺秀道智笑了笑,说,你说的"猪尾巴"就叫"俄柔宁"。

扑哧一下,我的鼻涕都笑出来了。我说,你太能扯淡了,啥都能说出口。

旺秀道智也哈哈大笑起来,说,这个野菜在我们这里就叫"俄柔宁",同时还有个故事,我给你说说吧。

三十年前村里有个学生,星期天折了许多你说的"猪尾巴",星期一就拿到学校,送给了他喜欢的数学老师。数学老师是个女的,外地人,课上得非常好,人也漂亮。数学老师大概没见过那种野菜,就问学生,这是啥东西?学生说,"俄柔宁。"数学老师一听便大怒,一个耳光就把那个学生打蒙了,之后数学老师哭着去找老校长了。那次因为"猪尾巴"闹出了很大的动静,学校领导、家长、老师、学生在一起唱了一台"三对面"。结果经大家讨论,一致认为那个学生没有恶意,错就错在语言的沟通上了,女老师以为那个学生拿点野菜就想欺负她,自然是羞愧难当。

我听罢之后也是一阵狂笑。我说,"猪尾巴"是忒俗气了,"俄柔宁"发音又太难听,还是芦笋大气讲究。

旺秀道智也说,我们都是这么说的,谁也没有想到别处去呀。

我说,芦笋真的是好东西,这里长这么多,如果移到大棚,人工种植,一定是有前途的。

旺秀道智说,谁种野菜呢?

我说,芦笋具有人体所必需的各种氨基酸,营养价值很高,何况好多地方都有人工种植的。

旺秀道智说,种出来卖给谁呢?满山都是。

我说,国家政策都鼓励群众兴办合作社,扶贫车间可以考虑市场营销。

旺秀道智说,我看不成。现在生活条件这么好,谁还稀罕野菜。

我知道,给旺秀道智讲太多他是不会明白的,然而关于人工种植芦笋一事真的应该提出来,或许能带动地方经济的发展呢。不过一切有待考证,不能听风就是雨。

回来的路上,我突然问旺秀道智,三十年前的那个学生是你吧?

旺秀道智立刻红了脸,并扯大嗓门,说,三十年前我还没吃过"猪尾巴",也不知道送东西给老师的。停了一下,又说,我想那个学生和你差不多,是城里人,有文化,喜欢巴结人。

8

旺秀道智是老司机?这话传到我耳中,我忍不住笑了。旺秀道智真是老司机?看他那样子,是老司机吗?谁会把"老司机"三个字写到脸上呢!但我就是看不出他有半点儿老司机的样子来。

整个刀告乡,旺秀道智是我最熟悉的一个,也是可以称之为好朋友的一个。旺秀道智有两个女儿,小女儿在甘南卫校学护理,大女儿在云南航空学院,可惜不是学飞行员,而是旅游专业。

旺秀道智曾给我说过,小女儿暂时了了心愿,她喜欢当医生;大女儿总是想上天,进了可以上天的学校,就是不能上天。旺秀道智说这些话时,满脸骄傲,看不出有丝毫自卑。只有两个女儿,这在整个车巴沟里是少见的。没有儿子怎么行呀?这已经是习惯,或是思维定式,更多是传统使然。

旺秀道智是上过学的,他常常说家里没大病大灾,平安着就对了。谁说小富即安不好呢?我从旺秀道智的身上看到了他对生活的态度，也看到了活着的自如和幸福。

五月底到六月下旬，是车巴河两岸最富裕的时候。蕨菜、淫羊藿、羊肚菌、芦笋等，样样都是好东西。旺秀道智的摩托车不在门口时，我就知道他进山了。他进山不带我，说我是有公务在身的人，不能拉拢，还说我身子单薄，进山不易。但是他忘记了，多次进柏木林，都是他拉我去的。到山林最为富裕的时候，他就抛弃了我，做人真不地道，我在心里骂过他好多次。

六月底的时候，他彻底闲了。一旦闲起来，他就会想起我，甚至一天跑好几趟小二楼。他一来小二楼，我就不能安心做其他工作了。因为他的话很多，问题也很多。他把我当成了无所不知的活词典，但中途却总要吵吵嚷嚷，不停地质疑、发问。

有天傍晚，旺秀道智拿了一小碗羊肚菌来找我，说是新采的，好吃得很。

羊肚菌你自己吃吧，那东西太昂贵，我吃不起。我说，好东西容易上瘾，一旦上瘾，就会成破落户的。

旺秀道智说，看你说得玄着，不就是一种蘑菇吗？

我说，蘑菇？你怎么不卖蘑菇的价钱？

旺秀道智说，其他蘑菇多，这种蘑菇少嘛，翻山越岭，一天才采七八斤。

我说，你还是拿回去吧，我不能一顿吃了你一天的辛劳。

旺秀道智说，没事儿，我陪你吃。又说，你们有知识的人吃了之后，脑子就更发达了。

羊肚菌拿牛肉炒着吃，这可是第一次。之前吃过羊肚菌炖小鸡，其味如何，早就不记得了。或许是在某个席面上的应酬，那种场合，羊肚菌的美名和社交功效往往会发挥到极致，而其味与补身健体的价值会退隐一边。然而今日不同，和旺秀道智一起吃羊肚菌炒牛肉，至少没有阴谋，也不存在复杂的社交。羊肚菌炒牛肉，肉的味道淡了，菌的味道也淡了，而两者糅合一起，却是另一种难以说出的新鲜的陌生味道。

今年雨水多，阳光也足，羊肚菌长得旺，一早上就能采二三斤。旺秀道智边吃边说，喜悦之情溢于言表。

我说，那你发财了吧。

旺秀道智说，羊肚菌的确比往年多，但价钱不如往年。再说了，人工种植的羊肚菌长势也好，自然生长的反而好像不受欢迎了。

今年的价钱如何？我说，羊肚菌肯定是自然生长的好呀。

那卖给你吧？旺秀道智说，一斤七十，别人收购的七十五呢。

那你还是卖给别人吧。我说，我不想占你这个便宜。

旺秀道智笑着说，卖给你一斤，你别想太多，人家大棚里种的都要七十块呢。又说，你是送人还是自己吃？

我也笑着说，送人呀，自己怎么舍得吃呢。

哦。旺秀道智停了一下，又说，那你买上二斤自然的，再买上二斤大棚里种的，和在一起。

你们就是和在一起卖的？我说，谁想出来的？太坏了吧。

旺秀道智说，再坏也坏不过你们有知识的人，还不是你们教的。

我沉默着，不过这个办法的确好，可以减少成本。作为商人，抛开诚信，倒也是可行的买卖。如果送亲戚朋友，就太不道德了。大棚种植的羊肚菌我没有吃过，但见过，模样端庄，色泽均匀，但菌味很淡，还带有泥土的腥气，和山林里自然生长的差距很大，营养就不必说了。

几天之后，旺秀道智果真给我带来了二斤羊肚菌。他带来的羊肚菌大小不一，有小拇指大的，也有中指那么长的；色泽也不一样，有发黑的，也有嫩白的。

我说，你的这些羊肚菌不会是和了大棚里的吧？

旺秀道智说，你是有知识的人，我敢和吗？

新鲜的二斤羊肚菌晒干后，只有一把。我想，立冬之后，朋友们都不愿来甘南看我，那么就炖只尕鸡娃，唯有自己好好享受了。

采羊肚菌的时节不长，夏至一过，大家都忙着去田里锄草，村里就不见人影了。帮扶工作一如既往，倒是白天闲，傍晚时分方可夫村里。这段时间，旺秀道智和我差不多一样闲。村口的篮球场旁边有一片草地，草皮厚，旺秀道智在那片草地上撑了一把太阳伞，天天和村里几个老人下棋。我知道，我所居住的小二楼周围就有旺秀道智家的几亩地，地里种了洋芋和大豆。旺秀道智答应过我，要分我几个平方米的地。这天我从扎古录买来了菜籽，就去找他。旺秀道智显得很吃惊，尽管如此，他还是从家里拿铁锨、镢头过来了。就在他家种了洋芋的地头，我们开出了不到五个平方米的地，分别种了白菜、菠菜和香菜。

旺秀道智笑着对我说，媳妇们做的事情你都会。

我说，你不会？只会吃？

旺秀道智说，我们这边的男人如果去地里，那就罢了。

我说，什么叫罢了？

旺秀道智说，就是入不到男人伙里。

我说，你的意思是我就入不到男人伙里？

旺秀道智不说话，只是笑着。

我说，你堂堂一个大男人，整天蹴在家里，好意思说这样的话吗？

旺秀道智有点急眼了，他说，谁说的？我后天就走，人家都叫了好几次。

我说,上天去吗?

旺秀道智说,不上天,上藏巴哇拉沙石。

我说,你会开车?

旺秀道智说,嗨,我当年跑大车的时候疯狂坏了。

我说,你跑大车跑出啥名堂来了?

旺秀道智说,两个丫头都上大学了呀。

我说,上大学就安稳了?你这样的男人真罢了。

旺秀道智生气了,他生气的样子特别可爱,铁锹、镢头都不拿,不过气冲冲走到地头又返了回来。

好些日子没有见到旺秀道智了,这家伙真出门了?

小暑过后的第二天,我见到了旺秀道智,他理直气壮地推开了小二楼我的房门,进来之后在床沿上坐了一阵,然后叹了一声又走了。

旺秀道智的确是老司机,大车跑了十多年,后来又买了挖掘机,再后来又将挖掘机卖了。两个丫头上学之后,他就坐在家里,赶上季节,就去山林里采羊肚菌,大多时间都在侍候老人。这是我后来才知道的,他父亲半身不遂,媳妇要在牧场和农田里忙活,因而他不敢出远门。旺秀道智从来没有给我说过他家的事情,看起来嘻嘻哈哈,实际上他真是个忠孝两全的"老司机"。

这天,旺秀道智又转到我的小二楼来,这次他来是专门证明他是老司机的。他拿出驾照让我看,同时也说起了他当年跑大车的许多经历。其间还说起了他的两个丫头,他的愿望只有一个,就是家人平安,两个丫头将来有出息。这个愿望是很宏大的,我不敢多说什么,因为人在尘世上活着,什么样的事情都会遭遇到,谁能保证好人一生平安?

旺秀道智是整个刀告乡里唯一会解方程的人,我想,他对生活的精打细算肯定不比别人差。旺秀道智的思想相对来说是自由开放的,他不刻意将自己圈定在古旧的传统里。他的两个丫头都很刻苦,旺秀道智给我说过,两个丫头都能自食其力,很少问他要钱。没儿子怎么了?日子过得并不比别人差。就这一点来说,谁说他不是"老司机"呢!

那天,我和旺秀道智谈论了很多,临走前,我将干透了的他采的十几斤羊肚菌全部带走了。其实我早就想好了,每个朋友或一斤,或半斤,无论大小,一斤按七十五块算,比市场上的便宜多了。这样的买卖谁不喜欢呢?我发现我也快成"老司机"了,我为自己变成了"老司机"高兴了一晚上,梦里都嘻嘻笑出声来了。

9

到了七月,万物便不再疯长。七月的万物和人到中年差不多,多了稳重,却也多了虚伪。就拿河岸边的茛苕来说吧,很多硕大的花蕊都弯身低头,却没有果实。高原铁线莲也是如此,蓬蓬勃勃,有向大地致敬的意思,可花谢之后,头顶只留一团绒毛,时刻准备着随风飘散。

小二楼窗外的那片地里,是我亲自点播的蔬菜。七月来临,它们便显露出孕妇一样的稳重和骄傲,当然也免不了许多秀而不实的花苞。我的做法残忍,对秀而不实的花苞绝不姑息,也不允许它们浪费丝毫养分。留下来的自然是朴实无华的好东西了,就像西红柿和辣椒,它们在七月的炎阳下呵护着果实,静候丰收的喜悦。不过从七月开始,西红柿和辣椒都需要搭架子。搭架子就需要树干,这时候我最先想起的是斧子。

斧子在树林中永远是王者,砍树的时候,斧子要成对角线砍,这样才能砍进岁月最深的年轮。每一斧下去,都能听到树木疼痛的叫喊,抡斧者也因害怕、担心、焦虑而乏困。当然,我也会想起锯子。锯子对年轮的切入少了斧子的粗暴,而多了柔情和细腻,它会从每一年的岁月里拉出细小的碎片,堆积起来,被人们称为锯末。

无论斧子还是锯子,都会使整个山林为之一颤。因为它们是凶器,是树木的克星。然而人类却离不开斧子和锯子,因为它是工具,是改造人居环境不可或缺的工具。

我居住在风很大的车巴河边已经一年了,抬眼一望,四处全是大山,全是森林。夏日鸟语花香,冬日奇寒无比。到了春日,一切便又从头开始。时节进入深秋,这里的一切可谓绚丽缤纷。之后,便是无尽的寒风,是大雪封山。

住在村委会小二楼上,看着车巴河缓缓北去,思考着如何度过即将来临的冬天时,炉火就着起来了。上等的、坚硬的柏木在火炉中由红转暗,渐而成了白灰,年轮的印痕在一丝火红中闪了一下,就不见了。任何事物的最终走向都是灰烬,不过柏木的灰烬我会拿到那块地里,它们是植物不能缺少的肥料。因为柏木灰烬的存在,秋风萧瑟之时,便能多收几枚圆实的果子。或许所有的做法都会激发肥胖而敏捷的野猪的进取精神,但为了自己的伙食变得丰富多彩,我不得不冒险耕种,认真施肥。

打开窗户,起先看见的当然是大山和森林,河流与灌木,然后才是那片青稞地。青稞地有三亩多,也是分成了好几块耕种——油菜,洋芋,青稞,燕麦,芫根,其中靠近芫根的一小片划给了我。

这片地是旺秀道智家的,他将地划成这么多片,实际上心思并不在耕种，他的牧场在扎尕那附近，忙得很，农作物种进去就没有管过，完全交给了老天。还好，那片地墒情不错，庄稼长势好，杂草也没有。尤其是芫根，个个如碗口一样大，红的、紫的、白的大脸蛋显露在外，惹人喜爱。旺秀道智给我划了不到五个平方米的地，我将这五个平方米合理优化，分成纵横交错的很多小块，一块种白菜，一块种香菜，一块种菠菜，剩余的一溜种了西红柿和辣椒。

西红柿和辣椒和其他蔬菜似乎难成亲戚，也难成朋友。从人类社会的惯性来说，大概类似志不同道不合，不相为谋。其他蔬菜倒是随性，而西红柿与辣椒从秧子出来就要搭架子。这块不足五平方米的地里，自从它们有了架子，"架子"就开始大起来了，我总要围着它们的架子转。

水源不是问题，这片地靠近车巴河，就算两天抬一盆水，也不会令它们饥渴。想法绝对没有问题，可在实际操作时才发现错了。整片青稞地干旱，只给那五个平方米灌水，结果导致蔬菜像猴毛一样，稀稀拉拉不说，瘦得如同牙签。浇进去的水似乎没有起到灌溉的作用，反而使这片不足五个平方米的地变得皲裂而干涸。是我违背了天道，还是不懂农作规律？

跟旺秀道智的做法一样，后来我渐渐不去打理它们，一直到西红柿和辣椒铺满一地。

必须收拾一下了，眼下最缺的就是搭架子的树干。这天，我和旺秀道智又进柏木林了。夏日雨水多，唯一通往柏木林的那座小木桥也被河水淹没了。旺秀道智脱了鞋，两只鞋的鞋带拴在一起，然后将鞋像褡裢一样搭在肩上，几下就凫了过去。我站在对岸，看着河水就有点发晕。搭成小桥的木头橡子在水里似乎变得更加粗大了，无法判断水之深浅。

对岸的旺秀道智朝我竖了好几次大拇指，我还是不敢下水。木橡子上都生了水草，一旦滑进去，一定会没命的。人间这么美好，谁愿提前去那个黑暗的世界呢。修道成仙，莫不是为长生不老嘛。

旺秀道智不耐烦了，他将竖起的大拇指倒立过来。一定要凫过去，让人看不起的确不是好事情。其实水一点都不深，但凉得渗骨。摇摇晃晃扶橡过河，两只鞋子里全是不住外溢的水。

旺秀道智哈哈大笑，说我太娇气，可他哪里知道扶橡过河的危险。

好久没有来柏木林了，我们找不见以前的那条小路，叫不上名字的草淹没住膝盖，走起来有点困难。

旺秀道智光着脚，根本不害怕扎刺，一会儿便将我甩开很远。他走到前面，还要停下来等我。也不嫌麻烦，还不如和我边走边聊。我走到他跟前，他总会唠叨几句，然后又将我甩开。他性子很急,似乎不允许别人拖拖拉拉。然而,人各有性,怎能做到完全的一致呢。

我说,你小心蛇。

旺秀道智说,放心,这里没有蛇,毒蛇大多在没草的地方,或石崖上。

整个夏天,柏木林变得十分富裕,蕨菜的季节过去之后,酸瓜子就挂满了枝头。羊肚菌枯败了,野草莓却红遍坡道,各种各样的树叶遮盖着天空,偶尔有能看见天空的地方,天空深得如同一口天井,大地之上的我们立刻成了井底之蛙。

要上山了,旺秀道智将搭在肩上的球鞋取下来,他的行走更加自如了。相反,我的鞋子里越来越滑,已经摔了好几次跟头。在山上转了一圈,我们又下来了。不是没有笔直的树干可以砍,而是我们不敢砍。旺秀道智套着宽大的衣衫,他将斧子藏在腰间,其实在他凫水过桥的时候我就看见了斧头把子。

旺秀道智说,每棵树里都住着一个菩萨,一斧子下去,我们会倒霉的。

我故意说,我们只是折点枯枝,又没带斧子。

旺秀道智扯了扯衣襟,说,是的,我们不是来砍树的。

我说,不砍树干,怎么给西红柿和辣椒搭架?

旺秀道智说,那是你的事情,过桥再说吧。

过了桥，我的鞋子里又灌满了水。

靠青稞地的这边有一大片灌木林，灌木林中间是一片十分开阔的草地。草地上长满了各种野花，蝴蝶蜜蜂蓊郁成群，秦艽和红参扎堆比赛，柴胡与黄芪成片连线任性生长，四周酸刺缝里的淫羊藿也是蓬勃无比。

真是富裕呀，这么多药材。我无不感慨地说。

旺秀道智说，别打主意了，村里有规定，只要挖一颗，就要赔一头牛、五只羊。

我说，太狠了吧。

旺秀道智说，牛羊可以再生，草皮挖掉了很难再生。又说，现在好了，早些年草皮破坏严重，只要河水一泛滥，满地都是石头。这片草地是全村人保护起来的，不允许任何人破坏。

我说，惩罚那么严重，谁敢破坏。

旺秀道智说，二三月下一场雪，牛羊的日子很艰难，村里就规定将体弱的羊羔和牛犊放到这里来吃。又说，这片草地实际就是保畜牧场，平常是不准进来的。

我说，那我们怎么进来了？

旺秀道智说，为了救你才破例进来了。

救我？我说，我不是好好的吗？

旺秀道智说，带你到这里来捡羊粪蛋。

我说，捡羊粪蛋干吗？

旺秀道智说，羊粪蛋埋到你种菜的地里，菜就会长大的。菜长不大，你吃啥？会饿死的。

我说，你真是野驴操着战马的心。

旺秀道智哈哈大笑，说，不操心成吗？我都把地划给你了，这说明我们成一家人了。又说，村里还规定，一人有难，全村都要伸出温暖的双手。

这家伙太油嘴滑舌了，不过我已习惯，和他在一起，如果不让他在口头上占便宜的话，他是会生气的。他一生气，就会半晚上过来跟你拉闲话。

捡了许多羊粪蛋，并且埋到地里去，算是给蔬菜施肥完成。西红柿和辣椒都结果了，可没有架子，它们似乎就无法长大，一个个趴在地皮上，没有丝毫精神可言。

我忍不住问旺秀道智，你腰里别的是啥东西？

旺秀道智说，斧子。

我说，别斧子干啥？

旺秀道智说，不是砍树干的，但你一定要记住，进林必须带斧子。

我说，为什么？

旺秀道智说，林里住满了菩萨，也住满了豺狼。

我说，豺狼是啥样子？

旺秀道智说，实话。山里的庄稼快被它们吃光了。谁都不敢打，安全起见，还是预防着好些。

也是。我说，反正我一个人是不敢进柏木林的。

旺秀道智说，最好别去。又说，最好准备一把斧子，放在手边。

过了几日，旺秀道智不但给我找来了树干，还带来了一把斧子。

旺秀道智说，树干是家里的，很多年前割的柳条，是编织背篼的，斧子是从扎古录专门买来的。又说，马上秋天了，还是小心点好，动物经常出没，去地里或河边散步，就把斧子别在腰里。

斧子放在床底，一次都没有别过。因为将斧子别在腰间，我的腰就直不起来。腰都直不起来，倘若真遇到野生动物，别说和它们搏斗，我首先就输给自己了。

斧子既是凶器，又是工具，我从来没有怀疑过它在生活中的作用。每天起床后的第一件事就是劈柴生炉子，首先碰到的便是斧子。劈柴的时候，斧子要成对角线砍，这样岁月最深的年轮就会显现出来。每一斧下去，我听不到柴火疼痛的叫喊，我是抡斧者，我的内心没有害怕、担心、焦虑和乏困，因为我看到的只有光亮和温暖。

住在车巴河岸边的小二楼上，每天要生火做饭，这样才能保持生命的跳动。活着，是伟大的。当然了，只有活着，才有更多的思考，才有焦虑和恐惧。

10

今年夏季雨水多，地里的青稞都翻倒了。大豆只长了身子，豆荚少得可怜。不知道柏木林里的物种有了什么样的新变化。我只知道，再也去不了小二楼对面的柏木林了。

村委会小二楼距离柏木林不到一千米，中间隔着一条车巴河，真是因为这条河流阻隔了我和柏木林之间的来往。多么遗憾，我再也去不了柏木林，因为通往柏木林的唯一的独木桥被河水冲垮了。沿着河岸，一直到肖吾村，我才找到了那根粗大的、曾承担过村子与柏木林之间来往的那根木头，此时它正静静躺在河流中央的一片沙滩上。岁月的侵蚀下，它的表层已经腐烂，开始变得乌黑起来。它承载过村民们或胖或瘦的身躯，也承受过或大或小的石头的撞击。令人心动的六月我们去柏木林采蕨菜，采羊肚菌；去柏木林折芦笋，挖淫羊藿，何曾离开过那座独木桥？如今它被冲垮了，我如何不伤心？它不应躺在沙滩上，可我找谁去理论？

旺秀道智又去了完冒拉沙石，他是个老司机，坐在家里心里发慌，他比我更懂得什么叫坐吃山空。拉沙石是很辛苦的，旺秀道智回来找我，我发现他黑多了，而且头发都没顾上洗，浑身充满汗味。

和旺秀道智的关系似乎越来越亲近，也是因为他是整个村里唯一会解方程的人吧。我倒了一盆水，他洗完头后，第一件事就是给我说他最近做的一个梦。

我当了警察，一路抓贼呢。旺秀道智说，男人要做些有意义的事情，常年待在家里，会成废人的。

嗯，你拉沙石，开翻斗车，谁说不是有意义的事情呢。我说，还想当警察，这个意义就更大了。

旺秀道智说，听说抓到偷牛的那个贼了，完全可以打死的，不犯法。

我说，啥时候的事情？我知道，在牧区偷牛是件大事情，是万人痛恨的，但也不能将贼打死呀。

旺秀道智说，十几年前了。

我说，十几年前的事情还说？现在没有贼了。又说，你怎么突然想当警察？

旺秀道智说，贼还是有的，天下无贼是哄你们读书人的。又说，我的几桶柴油让人偷走了。你知道吗？那相当于我白干了两天的活。

我说，贼抓住了吗？

旺秀道智说，没有，但我在梦中抓住了，已经打死了。

我说,打死了就好,免得再来偷你的柴油。又说,不好好拉沙,怎么来了?

旺秀道智说,老二丫头考上研究生了,我要去送。

这个消息令人兴奋,我说,给你恭喜了。

旺秀道智说,不算啥,村子里不是有好几个研究生吗?又说,你最近去过我家吗?白菜、生菜、香菜估计都长老了。你是知道的,家里种得多,没人吃。

我说,没人吃种那么多干吗?

旺秀道智说,媳妇种的,就是不想让园子空着。吃惯了糌粑,炒菜总感觉吃不饱。

我哦了一声,说,你不在,我就没去。

旺秀道智说,白天都去忙活了,家里没人。如果大门扣着,你就开开进去。如果大门锁着,你就从院子外面的栅栏翻过去。

我说,你在梦中都能打死贼,我怎么敢去?

旺秀道智哦了一声,若有所思地说,那还是别去了,没有男人的家里不去是对的。

我说,你再去完冒吗?

旺秀道智说,要去送丫头,回来再去。

几天后我去了一趟贡巴寺,也去了一趟光盖山,回来的路上却很意外碰到了旺秀道智,他正伸长脖子望着通往森林的小道。那是一条满布坑洼且不宽敞的小道，他就在路边坐着，旁边还放着几个手提袋。小道约五公里后就不通了，全是松木林。这一带都有田地，只是耕种得少。听说是因为大鹿和野猪的骚扰与糟蹋，就算耕种，也只有燕麦。燕麦在立秋前就收割，无须等到颗粒饱满，收割之后挂在高高的青稞架上，当作青储饲料。

我去那条小道是白露过后的第二天，田地变得干干净净的，只有茬草立着。仓鼠们活动频繁，被燕麦遮盖的小草重新展现出初春时的光鲜。小道右边是条小河，河水清澈，但不大，安放在小河之上的水转玛尼①也是小而精致的。四周杂草稠密，都已经弯下了腰，看不见它们喜悦的笑容，而钻进鞋子里的坚硬的草籽告诉我，它们已完成了一年的生命涅槃。四周田地空了，松木林也似乎变得开阔起来，只是湿气很重。枯旧了的松塔和形如针尖的落叶铺满整个森林空地，很难看到黑如炭墨的腐殖质土层了。

旺秀道智的突然出现让我感到意外。我停下车，没等开口，他先露出不好意思的笑容，说，丫头自己去了，不让送，说两个人去太费钱了。

我心里有点难过，但不知道怎么说。他的羊肚菌我是

---

① 一种利用水力驱动的转经筒。

全部拿走了的，价钱也给得很合适，接下来还需要做些什么才好？

旺秀道智说，丫头说得对，两个人过去是很费钱的，都研究生了，还有啥不放心的呢。他继续说，今年蘑菇真多，价钱也好，闲不住，就想收购点蘑菇。

我说，想当生意人吗？

不是，旺秀道智说，生意人不是想当就能当的，除了本钱，还要有聪明的脑子。

我说，你的脑子够聪明的了。

旺秀道智说，差远了。又说，我不是在完冒那边修高速路的工地上拉沙吗？想收购点，然后送给老板，他们肯定喜欢。

我说，你比我厉害多了，都知道用最小的成本换回巨大的收成。

旺秀道智笑着说，大东西送不起，蘑菇还是送得起的。又说，我一个开车的，不求大富大贵，但求干活干得畅快舒心。

我说，你怎么自己不去林里采呢？

旺秀道智不说话了，只是笑。我知道，他是为了面子。何况他说过，这里的男人们是不去地里干活的，捡蘑菇这种事自然更不会去做了。

那我们去采蘑菇吧，遇到熟人就说带我来的，帮我采。我们是好朋友，村里人不会笑话你。我说，采的蘑菇全给你。

旺秀道智想了一会儿，勉强答应了。他说，刚有几个人进林去采了。同时又指着手提袋，说，你看，这些蘑菇都很好，没有虫子。我看了看他手提袋里不多的蘑菇，把子粗而长，微微泛出暗红色，伞盖没有完全打开，摸上去很瓷实，是上等货无疑。

车放在一片收割过的燕麦地旁，我和旺秀道智提着袋子就去了松木林。林里的路不好走，滑湿，松软，倒垂下来的尖利枝条处处让我为难，我都有点泄气了。见不到蘑菇，自然提不起精神来，连初进松木林的那股兴奋都所剩无几了。好些日子没有来森林，我保持着内心的平静，也保存着体力，更加保存着松木林和柏木林一样富有的希望。就那样，我们又走了一段路。各种鸟儿看不见，可它们的鸣叫十分响亮；各种野兽不曾照面，可它们留下的粪便到处都是。越走越深，光线也随之渐渐暗了起来，下垂的枝条少了，不用躬身，然而路越来越陡，越来越湿滑了。

旺秀道智说，这就是曾经的溜道。溜道我是知道的，从山顶砍倒树木后，抬到溜道口，让树木在引力作用下自然滑到山底。砍树的人便将斧子别在裤腰带上，沿着溜道，哼着歌谣高兴地下山。树木溜到山底时，树干上的茬头已经被磕碰得干干净净了。砍树木的人只需用斧子剥皮，然后在树木根部凿两个孔洞，拴上大麻绳牵引出林，装上车，就算完成进林任务了。那样的岁月留给我永久的记忆，不过我未曾亲自砍过树，大多时间在河底替砍树人做饭，看牲口。砍树一般都在冬天，只有冬天，大地封冻，砍树人才有更多的时间。冬天的溜道比滑梯还利索，砍倒的树木放到溜道口，嗤地一下就到了山底。一堆一堆的树木垒起来，剥皮之后，白得瘆人，直得像筷子。或盖房子，或做家具。松木林成了农牧区无法离开的依靠，但松木林无法依靠农牧区而发展壮大，这是两个极端，也似乎是生活中两条平行的直线，永远找不到可以重合的交点。而此时的溜道已经失去了作为溜道的意义与价值，它的两侧全是杂草和灌木，如果不踩下去，你不会知道这就是曾经的溜道。

沿溜道一直走，大约一公里后，我们又进入到另一片较为开阔的松木林里。被砍的树桩上已经长满了青苔，轻轻一碰，树桩轰然倒塌，它们在漫长的岁月里早就腐烂了。腐烂后的树桩成了蚂蚁们蚕食的美味，也成了仓鼠们来回穿梭的隧洞。这片较为开阔的松木林里，我终于看到了一圈又一圈的蘑菇，各种各样的蘑菇多得让人眼花缭乱，多得让人忍不住想大喊几声。

旺秀道智说，这些蘑菇都可以吃，但不是好货，我们叫它辣蘑菇，吃起来有点辣味，还有点苦味。

恨不得将整片松木林装进手提袋里，蹲下来疯狂掀起大如雨伞的蘑菇。可惜的是伞盖之下早让虫子吃空了，甚至蘑菇的把子里也住满了虫子。我又泄气了。

旺秀道智说，树下的蘑菇虫子多，要找离树远点的，苔藓缝里的蘑菇才是好的。

我们分头找，一圈又一圈，围着这片松木林，果然找到了许多上等的蘑菇。我们找到了姬松茸，也找到了香菇，它们都未曾开伞，粗壮无比，形如馒头。当然也找到了许多狗尿苔和马屁包，它们已经成熟了。斗笠一样的狗尿苔轻轻一碰就会破碎，其色如墨，令人生厌。马屁包完全枯了，像褪了色的破旧的土黄色帆布，踩一脚，灰褐色的粉末便会包裹住双脚。还有长在树干上的蘑菇，可能是毒菇，也可能是地方人所说的灵芝菌。总之，长在树干上的蘑菇菌味浓烈，令人作呕且发昏。

蘑菇也是喜欢群居的，遇到一个，便会有一圈。我们还遇到了一种泛着金黄颜色的小蘑菇，其色在松木林透射而来的斑驳光线下，显得比黄金还耀眼，它们的伞盖刚刚撑开，伞盖下面还拉着一层帘子，脖子上还戴着一条黄白渐变的小围巾。因为太过耀眼，怕是有毒，自然不敢采摘了。有些蘑菇奇丑无比，却是上等货；有些蘑菇美丽妖冶，却剧毒攻心。

美丽的遮掩下，我们往往会犯错，还是早点离开，保持高度的警惕，以免为妖冶所蛊惑。因为我见过食毒蘑菇而中毒之人——呕吐，抽搐，翻滚。

旺秀道智告诉我说，上等蘑菇一定是长在清洁的草地上或粗大的松树旁，有毒的蘑菇往往生长在阴暗潮湿且很肮脏的地方。又说，狗尿苔就长在狗尿过尿的地方。

我听了旺秀道智一本正经的胡说八道后哈哈大笑——这么幽静而深远的松木林里，哪有狗？

其实旺秀道智也不会知道，狗尿苔可以吃，马屁包也是可以吃的，但因其样子和成熟后的颜色令人不适，所以就冠上了有毒的罪名。再说了，马屁包还是一味中药。《名医别录》有载："主治恶疮马疥。"《本草纲目》也有录："清肺，散血热，解毒。"可单用研末，治外伤出血。或与玄参、板蓝根等配伍，治喉咙肿痛、难下饮食之症。我想到的是将新鲜的马屁包切成小片，放入葱、姜、辣椒丝，和着牛肉炒了吃。口感细腻，滑嫩鲜香。想着想着，口水就流了下来。

看来这片松木林远比柏木林富有，柏木林实际上并不是单一生长着柏木，还有白桦、红桦、白杨、河柳及一丛丛灌木。记得有本书上说，灌木多了反而会减少生物的多样性。可是破坏了灌木林，同样会破坏整片森林的平衡性。一切皆天道，人为的介入与破坏，便是常言所说之逆天道而行了。

其实从生态角度看,蘑菇菌体可分解枯枝败叶,促进有机质的分解,除了维持生态平衡,还可与草木共生,互相促进生长。菌类也是衡量林区环境污染程度的标尺,如果大量蘑菇绝迹,说明环境污染就已经十分严重了。

下山时我们择近路而行,松木林右边有斜坡,斜坡处是灌木林。金樱子已经成熟了,挂满了枝头,红红的像个小油瓶子。

金樱子是好东西,现代人身体普遍虚弱,金樱子可以提补。我说,金樱子泡酒,可以弥补体虚。

旺秀道智说,这不是牛奶头吗?

牛奶头?这名字听得人心头一颤。

你看,这里还有许多淫羊藿。我指着红桦树下的淫羊藿对旺秀道智说。

旺秀道智却说,这就是沙拉叶。

其实他说的倒也神似,金樱子像极了牛奶头,不过上面多了小刺;淫羊藿的叶子薄而硬,摸上去"沙拉沙拉"直响。只是我们在其称呼上做不到统一。

手提袋都满了,蘑菇种类太多,旺秀道智给它们一一安顿出名字来——香菇、酥油菇、蓝眼菇、辣蘑菇、松花菇等等,他眼里,最次的当然是如小圆球一样的马屁包了。

生活偷走了我的梦想,时光偷走了我的愿望。又说,拉点沙石倒也可以，现在却沦落到采蘑菇的地步了。旺秀道智突然感叹起来。

我说，你住在松木林附近，算是世上最富有的人了。生活偷走的只有烦恼，时光偷走的只有失败。你还有啥不满足呢？

旺秀道智笑了笑，说，你是聪明人。又说，过于聪明的人，不能住在森林附近。

我也笑了笑，没说话。

当我们走出松木林来到大路上时，太阳快偏西了。手提袋沉沉的，蘑菇的菌味很浓，头有点晕。我告诉旺秀道智说，怕是中毒了。

旺秀道智说，你是没见过这么多好东西，不是中毒，是迷醉了。

我斜靠在座椅上，车由旺秀道智来开。迷迷糊糊中，感觉又到了松木林，蘑菇真多，一圈又一圈，一直铺到遥远的天边。

又做梦了，没有变成蘑菇，倒是变成了商人。一堆蘑菇山中，我分拣出上等货，将它们寄到南宁的星光大道，也寄到了上海的浦东新区。

11

农历九月刚刚到来,车巴河沿岸的庄稼全收完了。看不到整个夏日里映入视野的青稞、油菜、大豆和洋芋,心一下就空了。篮球场此时成了全村人共用的大场,情形和农区完全一样——打碾、扬场、筛、装、背,颗粒入仓,之后只有草芥堆在场里。草不能露天,要用油布严严实实盖住,四边还要用石头压得死死的。草在牧区定居点用处似乎不大,如果在农区,可以烧火做饭,或喂牛羊和骡马。然而这是在牧区,炕是连锅炕,只能烧木头,等饭做好,炕也热了。再说了,从田地到大场都是机器在操作,草坚硬而粗粝,牲畜根本不吃。

牧区用草烧火,就成笑话了。自从大面积定居后,许多人都放弃了牧业,开始寻找其他致富路径,于是就有了养殖专业合作社、种植专业合作社等。男人们有了一份自以为骄傲的职业,便有了各种不回家的理由。牧场上的女人辛苦,要挤奶、打酥油,还要拾牛粪、贴牛粪饼、剪毛捻线、捡烧火柴,从睁开眼睛,一直到夜深人静,没有一刻是闲坐的。

牧场上的活都是苦活,都是女人在干。男人偶尔去牧场,也是送点肉食,给予物资补给的同时,再安抚下空洞多日的精神世界,之后开着摩托车穿林过湖,又去热闹的地方了。

牧场很辽阔，晚上更是辽阔得无边无际，天幕里的星星和草场连起来，形成一个新的浑圆的世界。帐篷里灯火明明灭灭，太阳能电池释放着它应有的能量。坐在帐房前的是两只大狗，它们竖起耳朵，聆听来自远处的风吹草动声。牛羊在栅栏里消化着食物，鸟儿和虫子都入睡了，鼹鼠钻出洞穴，扒开草丛，看见黑乎乎的天地，又转身回去了。这样安静的世界里，女人们还是安静不下来，她们要将白日里打好的奶子煮熟，取出奶皮，然后放到瓷缸里，等积攒到一定程度，又要开始打酥油了。

冬日一到，对身体单薄的牛羊要单独喂养。喂养的饲料要单独做，黄草要铡碎，还要拌上豆瓣和盐。这些都是女人的活，这些活要干完白天的活后才能干。牛羊见了女人，就像见了亲人一样，总跟在屁股后头转圈。有时候，女人心够狠，除了早晚定量的豆瓣，从不给它们多吃一口。牧场上的女人劳动强度大，休息得少，加上高原气候的侵蚀，久而久之就生病了，或气血不足，食少倦怠；或心悸气短，咳嗽虚喘。这时候，首先想到的是党参。党参味甘性平，可补中益气，健脾益肺，养血生津，是上好的补药。治一般虚症，党参可代替人参。人参是多么珍贵的东西呀，既然党参可替代人参，那党参的珍贵谁敢质疑呢？

党参在车巴河两岸或林或坡，从来就没有缺少过。地方种植药材是最近几年兴起的，因为农作物的收成跟不上日益增长的物价，也是因为大家遇到好时代，不愁吃穿，因而农作物的种植越来越少了，替代农作物的另一种作物那就是药材。药材种植投资少，收益高，且大多是两年生，根深埋于大地之下，不怕被冰雹砸死。黄芪、柴胡、当归，几乎每家都种，一段时间里，还种过高原藜麦，可后来又渐渐缓了下来。再几年，又种了大黄。总之，换了又种，种了又换。

自古以来，中药材对产地是十分讲究的。天然药材的分布和生产离不开一定的自然条件。在我国纵横万里的大地上，自然地理状况十分复杂，江河湖泽、山陵丘壑、平原沃野以及辽阔海域，水土、气候、日照、生物分布等生态环境各地不完全相同，因而各种药材的生产，无论产量或质量，都各有一定的地域性。自古以来医家非常重视"道地药材"。"道地药材"的经验积累，对于今后发展药材生产，开拓新的药源至关重要。然而各种"道地药材"的产量毕竟难以完全满足需要，实际上在不影响药效的前提下，也可不必拘泥于"道地"的地域限制，因而车巴河两岸的田地里便开始种植起党参来了。

党参，在古代也被称为人参。唐代大历十才子之一的韩翃，到上党游历时曾写有《送客之潞府》："官柳青青匹马嘶，回风暮雨入铜鞮。佳期别在春山里，应是人参五叶齐。"诗中写到的"铜鞮"在今山西沁县,这里的"人参"就是指党参。

党参是常用的传统补益药,古代以山西上党地区出产的党参为上品。党参因其故乡在上党而得名,可在往后的岁月里,它渐渐离开故土,开始大规模迁移,以至于现在不少地方都种植党参,党参的种类也达数十种之多。说起党参,自然不乏各种动人的传说了。然而在车巴河边,我却没有打听到关于党参的任何传说与故事。我必须要等旺秀道智回来,通过他才能了解到关于党参的更多秘密。因为村里的老人们都不大知道党参,只有从山里挖一根拿给他们看,当然他们所说的名字自然也不叫党参了。

我的家族里有位老哥哥,常年卧病于床,寻遍了名医,可效果不大。家里人该想的办法都想到了,甚至连跳神弄鬼都尝试过。后来得一偏方,说需要用到千年野党参才能治好。千年野党参从哪儿找呢?中药房不缺党参,但那都是后期炮制过的。山地里种有党参,可那只是两年生的苗子。家人知道我在车巴河边,于是三天两头就打电话。车巴沟沟大林深,植被完好,千年野党参不敢说,但百年野党参防不住会寻到的。驻村的这些日子里,我一接电话就犯愁。不是不去寻,而是村里有规定,任何人不准进山挖药。我只好敷衍,也只好等旺秀道智回来。

八月十五过后,整个山川就呈现出一片荒芜来,唯有小二楼对面的柏木林显得异彩纷呈。山白杨最不经考验,一场寒霜它们瞬间就脱了外衣,只留光秃秃的身躯。桦木却不一样,桦木在深秋里才开始换上火亮的衣衫,远远看去,像点了一道火把。松柏脸色铁青,永不改色。流水清澈了,漂浮在水面上的叶片像一叶扁舟,载着岁月的风尘一去不回。这样的日子里,我的内心就不安起来,因为接下来又将是冬雪弥漫的日子。

八月底,旺秀道智回来了。高原的八月底已是百草枯败、满目萧瑟了。那天中午,我去了旺秀道智家,和素日一样,煮茶聊天,从夏日说到深秋,从工地说到山林。话题绕来绕去,最后落到野党参上来。旺秀道智说啥都不愿去,但在我的反复游说下,勉强答应了。毕竟是救人一命,就算村里人找上门来,我也有说服他们的理由。

下午我和旺秀道智去了村子背后的那座山林。山连绵着、延伸着,一直到碌曲草原。阴面是林,阳面是山,阴阳相对。林里潮湿,山坡干涸。金樱子早熟了,它们掉落在地面上,开始腐烂。松针落了厚厚一层,苔藓也泛黄了,各种草木或黄或白或红,失去了夏日的傲骨,开始低下了头。山坡上更是一片荒凉,草茎干了,地皮都露了出来,只有几丛小的灌木还强撑着隐隐约约的绿意,而挂在枝头的果实早已干透,只等迎风零落。

说好是来挖野党参的，可是我们没有带镢头。村子里对挖砍是十分忌讳的，早些年就立了村规民约。野党参的根须很发达，加之从来没有人挖过，因而这里的党参可谓是"神参"了。旺秀道智熟悉这一带山路，哪片地方长黄芪，哪片地方长秦艽，哪片地方长野党参，他了如指掌。不是每片土地都生长着珍贵的药材，跑了很远的路，爬到很高的山梁，在一片黑刺林附近，终于发现了野党参的茎干。我们围着黑刺林小心谨慎地侦查了好久。挖药原本是为救人性命，可我们行动隐秘，完全成了山林里的盗贼，就算有充分的理由，终究是件不厚道的事儿。

出门前只带了一把小刀，旺秀道智清楚，但他不会想到我带的刀那么小。还好，有黑刺做掩护，就算有人路过也很难被发现。我们的工作是从下午四点开始的，坚持到五点半，已经挖了一个巨大的坑，野党参只露出半个身躯，小刀也从刀把处断了。这棵野党参足有五厘米粗，保守估计根须应有一米多深，用手是不可能挖出来的。面对如此艰难的工作，我和旺秀道智有点泄气。

我说，晚上拿镢头来吧？

旺秀道智说，晚上不宜进山。

我说，这么小的刀是挖不出来的。

旺秀道智说，找尖利的石头挖。

于是我们又用尖利的石头挖了一个多小时。挖下去的坑很深，也很大，周边牵连着的植物根须都挖断了，那棵野党参此时只露出了三分之二的身段。

天色已经不早了，太阳一直在乌云里没有露面。风越来越紧，手有点僵硬，牙齿也开始相互打架了。没想到为一棵野党参花费了这么多时间。那棵巨大的野党参长了好多年，这么多年来它深居大地，提心吊胆，终究还是没有躲过这一劫。可惜的是，我们终究也没有将它完整地挖出来。能看到它的虎头，却看不到它的蛇尾。虎头之处，也被破坏得七零八落，胳臂腿脚都残缺了，流出的乳白色汁液沾了泥土，让它珍贵的身段看起来十分丑陋。拿着挖断了的足有二尺长的野党参，我们都不说话。唯有野党参的汁液沾在手上，气香味甜。

我们在山坡上坐了很久，旺秀道智似乎没有回家的意思。一直到天色完全暗下来，他才慢慢将挖出来的土填进去。他动作缓慢，不允许我帮忙，也不允许我说话。填好坑后，他从山坡上捋来几把草籽，撒在上面，又盖了一层土。

离开山坡时天完全黑了，我和旺秀道智一前一后无声地走着。那棵巨大的野党参被我揣在怀里，我没有感觉到它的温暖，反而十分冰凉。

手指生疼无比，周身发凉。回到村委会小二楼，打开灯，从怀里取出那棵野党参，突然间有点恨自己，也有点恨党参。我知道，实际上我需要的并不是党参本身，那么究竟是出于什么目的而非得要去挖它呢？那棵野党参伤了我和旺秀道智之间的情感，那棵野党参让旺秀道智有了负罪感，他不但违背了村规民约，更重要的是，他的心灵里放不下破坏了的那片草皮，还有大地之上与大地之下那么多的生命。可是我做不到彻底的放弃，家族里那位老哥哥饱受疾病折磨，他们寄希望于我，实际上也是将一个生命的全部交付于我。孰轻孰重？而至于偏方的真假，谁曾考证过？但我已经成了山林里的盗贼，一个盗贼担负着生命的延续与希望，想起来终究有点滑稽。

12

鲁迅先生在《从百草园到三味书屋》一文中提到了覆盆子，可我并不知道覆盆子就是老家众所周知的一种叫作槵子的植物。家乡有句俗语——驴吃槵子，龇牙咧嘴，大概是说槵子难吃。其实槵子十分好吃，让驴龇牙咧嘴的不是槵子的味道，而是槵子周身长满的小刺。

覆盆子一般在灌木林里生长，更多的则生长在灌木林向阳的山坡上，它对环境的适应性很强，落地生根，属于命贱的那种植物。覆盆子是蔷薇科木本植物，实际上也是一种小灌木，根系很浅，但很发达，果实味道酸甜，植株的枝干上长有倒钩刺，高达一米多，枝干呈褐色或红褐色，叶呈长卵形或椭圆形，叶面上有柔毛，叶面下有灰白色茸毛，边缘处是不规则粗锯齿，顶生小叶上有稀疏小刺，花瓣匙形，呈白色。覆盆子有很多别名——悬钩子、覆盆莓、树莓、野莓、木莓等，然而所能查到的关于覆盆子的别名里，唯独没有"楒子"这个称呼。不知道家乡人怎么就将覆盆子称为楒子了，但家乡人眼中口里的楒子的确就是覆盆子，因为有人在热闹的街口叫卖，大盆子里盛满小覆盆子，小茶杯里又装大的覆盆子，一杯五块钱，十分抢手。

楒是古书上说的一种树。《玉篇》注为"木心也"。楒与楒子有着什么关联，家乡人自然不会去考证，更不会去探讨它的起源与发展，大家只关心着楒子好吃，至于纲目科属、木本草本一概不论了。

楒子的说法只是家乡的说法，至少我没有找到它就是覆盆子的文字证据。然而谁说楒子不是覆盆子？在家乡，这可是铁证如山的。

楒子的果实十分好看，是由许多圆圆的小颗粒聚合而成，形如小球，像蘑菇伞盖，又恰似小孩子戴的没有边檐的帽子，且周身布满了短茸毛，气香味甜，食之略酸。由白到青，再到红，继而蒂落，聚合了天地之精华，收拢了万物之灵气，阴阳和谐，所谓负阴而抱阳，冲气以为和，到我们口中的便是酸甜可口的果实了。

家乡人们对檽子情有独钟。情有独钟其实也只是对老一辈人而言，年轻一代就不知檽子为何物了。市场上各种各样的果子令人眼花缭乱，檽子已经没有了一席之地。实际上檽子在中国大量分布，但少为人知，其主要原因也是它上不了台面，占不住水果市场之一角。沦为鸡肋的檽子也只是昙花一现，大多人吃惯了香甜可口的培育水果，反过来对原生态的自然之物深表不齿。檽子难以上市的另一个原因可能是缺乏栽培，仅靠自然生长，怎么能跟得上市场需求？再退一步说，如果大面积栽培，就失去了檽子的纯自然属性，也许就和台面上的所谓名贵水果一般无二了。

檽子化名为覆盆子之后，其地位就大大不一样了，它不再是鸡肋，而是人见人爱的温补之宝，其茎秆可治虚劳、肝虚恶寒、肾虚逆咳之症；其果可益肾固精缩尿、养肝明目。《本草通玄》载：覆盆子，甘平，入肾，起阳治痿，固精摄溺，强肾而无燥热之偏，固精而无凝涩之害，金玉之品也。枸杞子二百四十克、菟丝子二百克、五味子六十克、覆盆子一百二十克、车前子六十克——这便是有名的五子衍宗丸之方了。

覆盆子美名远扬，和著名方士葛洪有关。相传葛洪一生炼丹修身，由士太过操劳，患上尿频之症，导致睡眠不好精神不济，为此翻山越岭，寻找良药。有一日稍行不慎，坠入荆棘丛中，全身被荆棘刺伤，与此同时，发现了荆条结满小果子，于是就摘了几颗，酸酸甜甜，十分好吃。意料之外的是，自从食小果后起夜的次数竟然明显减少。遂又摘了许多，过了一段时间，起夜的毛病完全消失了。之后他逢人就推荐此物，很多人都因此受益，于是覆盆子的名声就传了开来。

我问过许多老人，他们都不知道覆盆子为何物，也不晓得樆子是啥东西。樆子是家乡人的叫法，家乡在农区，而我所在之地却是牧区，农区的叫法到了牧区就变得风马牛不相及了。无奈我又跑了一趟家乡，专门去向阳的山坡，花了一整天时间，只找到为数不多的几粒樆子。

记得三十年前，家乡人为了解决温饱，便大肆开垦荒地，但凡耕牛犁铧能走的地方，都变成了田地，尤其向阳的山坡，小灌木一夜间被连根拔起。樆子在家乡人眼里纵然赛过苹果，但还是不能和青稞相提并论。奇怪的是，开出来的荒地并没有给家乡人带来富裕，要么墒情不好，杂草淹没了青稞，要么坡度太陡，种子尽数被雨水冲到沟底。于是家乡人不得不放弃辛辛苦苦开垦出来的荒地，只是可惜了那么多植被，可惜了那么多精致的樆子。

当我把千辛万苦摘来的榾子带给车巴沟里的老人们看时，他们哈哈大笑，说，这东西满山都是，但不叫榾子，叫"绰恩"。世间万物，因地域不同，叫法也是五花八门。

八月底去采榾子其实已经过时了，但我还是踏遍了柏木林对面的整个阳坡。我猫着腰，低着头，所到之处的确都生长着榾子，而且是一大丛一大丛的，枝干健康，成熟饱满而刺尖锋利，可惜已经见不到红晶晶的果子了。我颓然坐在山坡上，想就此回去，又怕落下不听老人言的把柄。对面的柏木林已经转了颜色，渐白渐红的定然是桦木，渐黄而转暗的大概是河柳，四季呈现油绿的肯定是柏木和松树了。光秃而叶片发黑的却是白杨，前几日一场冰雹，彻底剥削了它参与秋日绚烂之赛的资格。

旺秀道智知道了我找榾子的事，这次他没有笑话我。他开口就问，找到了吗？

我说，没有，已经过时了，一颗都没有。

旺秀道智说，我知道还有一个地方，每年八月十五都不会落光。

在哪里？我问他。

旺秀道智说，在柏木林里。

别开玩笑啦，它不会生长在柏木林里的。我摇了摇头说，榾子不会在阴暗潮湿的柏木林里生长。再说了，夏日暴雨，早就将通往柏木林唯一的独木桥冲垮了，就算有櫔子，也只能望河兴叹。

旺秀道智说，到处都有，不要说柏木林里，青稞地里都有。

我听了很生气，因为旺秀道智严重颠覆了我的认知。

旺秀道智又说，走，我带你去。摘不到我就不是男人。

听他这么有自信，我突然也来了兴致。可是，要怎么过河呢？

我们走了大约五公里，到了唐尕村，之后又过了石桥，然后缠山梁又返回了五公里。哪有摘櫔子的心思啊，我想回去时干脆从山梁上滚下来算了，来来回回二十公里，想想双腿就打战。不过我们的确走到柏木林里了，小二楼就在眼前，看上去矮小了许多。独木桥没有冲垮时，我是柏木林的常客。现在可好，来一趟柏木林堪比蜀道之难。

林里的方位不好辨认，四周都相似，但此时所处的地方不大一样，因为是山顶，稍开阔，向东不再是稠密的柏木林，而是丛丛灌木。旺秀道智带领着我，一直向朝东的灌木丛中走。大约一公里多，灌木越来越少了。再往前走，便是铺天盖地的野麻，野麻背后却是一片一片的青稞地。突然眼前一片明亮，一大丛一大丛的櫔子就藏在野麻下面。櫔子有指甲大，顶部有点泛黄，根部却红得透亮。腿上、手上、臂上都有所划伤,刺疼无比。为了榼子,可以上刀山,也可以下火海,我只是恨旺秀道智,他坐在一片野麻旁边,对我的忙碌置之不理。

榼子算是摘了不少,心愿了了,让我害怕的是返回的路,难走不说,它是多么的遥远啊!

旺秀道智其实早就想好了回家的路,只是没有告诉我而已。天黑前,我们终于到达小二楼,我的鞋里灌满了水,双腿裹满泥。我们沿着青稞地一直走到头,再爬过一个小山梁,就到达车巴河边了。那里的河道很宽,水浅,两边是污泥,选择这里实在迫不得已,要避开长途跋涉,就只好涉水过河。

旺秀道智问我,要这么多绰恩干吗?

我说,泡酒。

旺秀道智有点不理解,他瞪着我,似乎要开口叫骂了。

我说,答应过朋友的事情一定要办到,何况自己也因久坐而前列腺肥大,没有绰恩是不行的。

旺秀道智还是不理解,他一边摇头,一边指着我说,你纯粹就是太闲了。

我说,朋友病了很久,答应过人家,一定要找到绰恩。能买到绰恩的时候,我走不开,只好自己去摘了。又说,绰恩是药,药房当然有,但没有新鲜的好。

旺秀道智说,它也是药?

我说，是最好的药。泡到酒里，一月后捞出，焙干，研末，每天早晨用酒送服一小勺。

旺秀道智说，治啥病？

为了避免旺秀道智误解，我只好说，治不生娃娃的病。

旺秀道智若有所思，说，病了要去医院，靠这个是不行的。再说，那也不是大病，估计你的朋友和你一样懒，不锻炼，这怎么能生出娃娃来呢？

我说，年底我就离开车巴河了。

旺秀道智说，和这有啥关系？

我说："别了，我的蟋蟀们！别了，我的覆盆子们和木莲们！"

"如果不怕刺，还可以摘到覆盆子，像小珊瑚珠攒成的小球，又酸又甜，色味都比桑葚要好得远……"旺秀道智竟然也会背《从百草园到三味书屋》，背了几句后，他冷笑了一下，说，我再也不相信你了，馋归馋，吃归吃，把一切归到病身上，这就是你们读书人干的事。

这一刻我特别佩服旺秀道智，他的记忆力真好，这么多年还记得那篇课文，或许，这也是我特别喜欢他的原因吧，尽管他处处和我作对，说我的不是。

我叹了一声，再也不想和他说什么了。你想想看，化名为覆盆子的樼子能收摄耗散之阴气而生精液，能治阳事不起而健身，这些旺秀道智实在未必能懂，然而，好色之徒的坏名声，我当然也背不起啊。

13

阿云就是十分调皮且喜欢穿马丁靴的云毛草，阿道就是不大说话，总出出进进忙个不停的道吉草。

阿云和阿道是孪生姐妹，是一个皮袄筒子里长大的。阿云瘦，个头高，脸蛋白净，漂亮。阿道和阿云一样高，脸蛋一样白净，一样漂亮。

阿云和阿道是她们叫的，我轻易不敢叫。有次我去她们那儿，叫了一声——阿云。阿云不理我。又叫了一声——阿道。阿道也不理我。我羞红了脸，她们也露出羞赧的笑容。后来，旺秀道智给我说，你不能那么叫，那是人家家人心疼，才那么叫的。你必须叫云毛草、道吉草，知道吗？阿云，阿道，你自己想想，成啥样子了。

听旺秀道智这么一说，我更加觉得不好意思，似乎对人家阿云和阿道图谋不轨了。

第一次见阿云和阿道，是我刚来车巴沟的第一天。晚上，送我进沟的几个朋友执意要请我吃顿饭，他们的意思是，吃完这顿饭，他们就走阳关道，留下我一个人在车巴河边走独木桥。

吃饭的地点就在车巴沟中段,向南便是尕贡巴村,向北便是郭扎村,向西便是石矿村,向东便是有名的车巴河了。河水不舍昼夜,也无论四季,就那样哗哗歌唱。四处巍巍青山,花香鸟语。饭馆选在这么好的地方,何愁不发财呢。

饭馆在一个很大的院子里,地面没有硬化,杂草丛生,鹅卵石大得能拐倒人。同时,院子里还有个养殖专业合作社,社员们累了可以休息,饿了可以吃饭,所谓同吃同住。想见证人与自然和谐相处,在这里最好不过了。饭馆当然不会是露天的,饭馆设在一排瓦房里,外表陈旧,里面装饰却华丽,有木板长沙发,有桌子,还有炕,可以吃,可以喝,醉了还可以睡。

先生,吃炒菜还是火锅?她手里拿着菜单,眨巴着黑汪汪的眼睛,等我们的回答。阿云的出场没有什么特别的,不同于别人的是她普通话说得好。

我们吃火锅,点好菜后,就开始高谈阔论了。

阿道的出场不同于阿云。阿道那天穿了新衣服,微微带着笑容,言谈举止得体而大方。她冲我们弯了弯腰,说,不好意思,你们点的菜都没有。

都没有?我们觉得很奇怪,没有还开什么火锅店?这不诚心浪费时间吗?

车巴河纪事

阿道再次弯了弯腰，说，真不好意思，没有你们点的那些菜。要不你们换下？

我们很吃惊，都是平常菜呀，怎么会没有呢？哪些没有呢？

阿道翻着菜单，说，贡菜没有，毛肚没有，鹌鹑蛋没有，黑木耳没有，鱼丸没有……

这些都没有，那还有啥呢？要不我们走吧。有人提议。

这个地方有吃的就不错了，将就一下吧。有人很不情愿再去找另一家饭馆。

也有人随声附和，既然是请他吃饭，就让他决定吧。

这个问题既简单，又复杂。球踢到我怀里，我只好自作主张了。

我问阿道，这里有啥？

阿道说，有生菜，菠菜，大葱，白菜，萝卜，都要去后院自己拔。黑木耳的时间过了，羊肚菌的时间也过了。蕨菜有，但都是干的。这里没有从外地拉来的菜，牛羊肉也是当天宰的，就是没有毛肚。

我们想吃的都齐全着，而且是原生态的。我说。

大家也笑着说，谁知道是不是原生态的？羊肚菌我们吃不起，蕨菜还行，有新鲜的就更好了。

也有人问阿道，牛羊当天宰了，肚子上天了吗？

阿道笑着说，肚子要做道食合，下火锅太浪费了。

道食合，藏语的意思就是石烧肉，制作前先捡一些比拳头小的鹅卵石，洗净后放在火上烧。然后把刚宰杀的羊肉割成小块，拌匀佐料，之后先将拌好的肉块分一小部分装到羊肚内，随之装进烧红的石头，反复搓揉羊肚，直至肉块和石头装完，再用绳子扎紧肚口。这时肚内温度会升高，肚皮会胀起来。待肚内温度降下来，石块停止跳动时，用刀划开一个小口，倒出肉汁，最后将肚皮全部切开，至此，地地道道的草原野餐美食就做成了。原汁原味，不油不腻，滋味别具一格，妙不可言。

没等我说完道食合是怎么一回事儿，阿云就冲了进来，她有着红扑扑的脸蛋，说，你们自己去拔最放心，我带你们去。开了这么长时间火锅店，就你们难待候。

换了别的地方，服务员是不敢这么说的，但这里似乎不同。阿云和阿道站着不走，硬要让我们去拔菜。我们坐也不是，走也不是。这时候老板来了，老板是个中年妇女，和阿云阿道一样漂亮，语气温柔，而且很会说话。

老板娘先是用藏语和阿云阿道说了几句，然后对我们说，两个丫头还小，太调皮了，惹你们生气了吧？送你们一盘牛肉吧。又说，你们是过路人，自然不知道了，我们的这个火锅店只有自己种的菜，从来不用外地拉来的菜。都是阿道的主意，说啥原生态的好，吃了不得病。

我们有了台阶，便不住点头说，太好了，我们就喜欢吃原生态的菜，吃了还不得病。同时夸赞了几句阿道，说她的这个主意太好了。

阿云和阿道吐了吐舌头，冲我们露了下笑容，弯腰退了出去。

大家吃得可开心了，菜新鲜自然没得说，主要是便宜。那段时间，朋友们天天叫嚷，说要来车巴沟看我。我没有答应，他们只是想火锅，哪里还会记得我呀。

第二次见到阿云和阿道已是深秋了。

开始收割了，从坡地到川地，到处是收割机的吼叫声。青稞是车巴沟的主要作物，因为要磨青稞面，要吃糌粑。这段时间村里人忙得团团转，收割机开过去，大家就跟在后面捡穗子。如此往复，一直要到粮食拉进家里。

傍晚时分，我到了饭馆。饭馆有点冷清，但她们依然很热情。阿云和阿道都在，同时还多了一个姑娘。她们见我来了，便嘻嘻哈哈的，像是见了老朋友一般随便，其实我们只见过一次。

阿云说，不吃火锅了吧，菜都快黄了。

阿道说，我看见你在山林里拾蘑菇，林里的蘑菇不香，而且虫子多。

另外个姑娘也说，我也见过你。

我指着另一个姑娘问阿云和阿道，这是谁？她在哪儿见过我？

没等阿云和阿道开口，那个姑娘就说，我去山里赶牛时见过你好多次，背着照相机，总是偷拍人家，还提着一个破包，折蕨菜呢。

我说，我是路过来吃饭的，你别胡说。

既然来吃饭，就别站在院子里了。老板娘将头伸出玻璃窗，朝我们大声喊。

三个丫头嘻嘻哈哈跑进屋子去，我也跟着进去了。

老板娘用藏语和三个丫头说话，说完之后三个丫头就红着脸，向我吐了下舌头，弯腰去里屋了。

我问老板娘，给丫头们说啥了？

老板娘说，我告诉她们，你是村里的干部，以后不能开玩笑。

我说，干部就不能开玩笑？

老板娘说，那也不能太随便，三个丫头调皮得很。又说，你吃藏包吧，刚做的，现在菜都长老了，而且虫子吃得厉害，叶子上全是窟窿眼。

我笑着说，原生态的菜虫子也喜欢吃呀。

老板娘说，是呀，阿云和阿道也是这么说的。我们这里环境保护这么好，山林里的东西都吃不完，还说明年开春要变个花样，变来变去，没人来吃饭怎么办呢？

我说，这个不用愁，这个地方这么好，人一定会来的。

老板娘说，都毕业了，整天想这想那，也不出去打工，愁人得很。

我说，你这儿不是需要人手吗？

老板娘说，那也是。丫头们大了，说不动了。又说，不过阿云和阿道很聪明，今晚的包子就是她俩做的，不知道好吃不好吃，她们不让我插手。

我说，那我们一块儿吃吧，我请你们。

老板娘笑着说，不知道她们愿意不愿意。

我说，你去叫她们。

那好。老板娘说完就去了厨房。

一会儿她们都来了，三个丫头有点羞赧，不抬头，也不说话。

我说，你们都坐吧，我请客，求你们以后别说我坏话了。

三个人都笑了起来，开始抢着说话。

阿云说，不是坏话呀，说明你勤劳。

阿道说，这里环境好，植被好，闲了多转转，对身体好，还能找到羊肚菌呢。

另一个姑娘说，以后别偷拍人家了。

包子端上来了，是纯正的藏包，咬一口，水汪汪的，香味溢满了整个屋子。我接连吃了十个，阿云和阿道见我吃得那么香，便忍不住笑出声来了。

我说，云毛草，道吉草，你们上大学就学做包子吗？包子真香。

阿云说，不是呀，我学的是农林经济管理。

阿道说，我学的是食品质量与安全。

我问她们，哪儿毕业的呢？

阿云说，甘肃农业大学。没等阿道开口，又说，阿道是西南民族大学的。又指着另一个姑娘，说，她没上学。说完，三个丫头都笑了起来。

我说，这个饭馆是你们的吗？

阿道说，是我阿妈的，我们是打工的。

这次轮到老板娘开心地笑了。

我说，云毛草以后好好发挥自己的专业特长，造福家乡。道吉草可以帮你阿妈开火锅店，把好食品安全质量关。

阿云说，你叫我阿云好了。

阿道说，你也叫我阿道好了。

另一个姑娘说，叫我西姆（丫头）好了。

阿道接着说，我不想开火锅店，我想当李子柒。

我说,那样更好呀,应该有自己的事业。

阿云说,我也不想待在火锅店里,我想当老师,还想当护林员。

老板娘笑着说,你们说的我不懂,但你们想离开这里,门都没有。

阿云和阿道扁了扁嘴,显得十分委屈。

说好是我请客的,可老板娘说啥也不让我掏钱。老板娘说,下次多带朋友们来,那时候就不客气了。

于是,我给朋友们打电话,可他们都不来。他们走了阳关道,只留下我一个人,在车巴河的独木桥上静静等候冬雪的到来。

第三次见阿云和阿道的时候,已经是立冬了。火锅店已经不营业了,老板娘坐在院子里,认真梳理着牛绒。她见我进来,便说,没做饭了,要等来年四月,现在没菜。

我说,那就等来年吧,来年你们的火锅店一定会火起来的。

老板娘说,那样最好,可是我要雇几个服务员了。

阿云和阿道呢?我问她。

老板娘叹了一口气,说,她们不帮我干了,都想当那个李子柒,我也不知道李子柒是谁,是干啥的。

她们在哪儿呢?我问。

老板娘说,你去家里看看吧,也说不定跑到山里去了。

阿云在家里,她坐在阳光下看书。见我来了,便说,不是来帮阿妈说服我的吧?

我说,不是,我是路过的。

阿云说,那就好,如果是,你以后就别叫我阿云了。

我说,那你是怎么想的?

阿云说,我想当护林员。

我说,护林员特好的,你就干自己喜欢的吧。

阿云笑了。

我又问,阿道呢?

阿云用手指了指山上,说,在那儿呢。

进山路上的雪很厚,走到阿道跟前,我已经累出了一身汗。阿道见我来了,就问,不是来帮阿妈说服我的吧?

我说,不是,我是路过的。

阿道说,那就好,如果是,以后就别叫我阿道了。

我说,那你是怎么想的?

阿道说,我想当李子柒。你看,这些都是我准备的,开春我就住这里。

阿道的身后是一排青稞架,上面挂满了荒根。青稞架下面是她切好的萝卜条,萝卜条皱皱巴巴的,差不多晒干了。

我说，当第二个李子柒也特好的，就干自己喜欢的吧。

下山的路更难走。中途，我坐在一处草疤上歇息。山下是清澈的车巴河，是浓雾笼罩着的村子；山上是茫茫大雪封锁着的群山，是成片郁郁苍苍的森林。

14

三十年前，少年最不愿听到的两个字就是芜根。那个类似萝卜，但比萝卜圆而甜的植物，让他的少年时代充满了激情，布满了回忆。和大葱、萝卜等一样，不同的是芜根耐涝耐旱，耐热耐寒，似乎生来低贱，埋在大地里无须操心，随性生长，像极了那个少年。

少年生活在农牧区交会地，他的生活里有着放牧和收割的各种乐趣，也有着特殊地域赋予他的快乐与苦恼。然而，他的整个少年时代，却没有离开过芜根。

迷迷瞪瞪中，电话的尖叫似晴空里砍了一刀。没有午休的习惯，在车巴河驻村的这段日子，更不愿意将中午的时间浪费到梦中去。有人说中午不休息，时间久了脑子会出问题。这是具有科学依据的，可我的脑子似乎没有遵循这样的科学。一旦头落枕，清醒过来太阳已爬上山头。背负脑子不好的心理阴影，但坚决不睡午觉。除此之外还有一个原因，午睡爱做梦，要么天上人间，要么恶鬼压床。最令人痛恨的是夜里毫无睡意，翻来覆去，那张比身子宽不了多少的钢丝床越发嚣张跋扈，不解人意。

今天情况却不一样，因为下着纷纷扬扬的大雪。打开窗户，对面的柏木林一片朦胧，山头全白了，寒流卷过林尖，形成了一团迷雾，在眼前形成一个新的混沌的世界。车巴河激越的水流也似乎小了很多，岸边的灌木林素日是鸟的天堂，可此时却哑然无声。房间里炉火由旺渐衰，水壶呲呲之声由大到小，最后也哑了。我躺在床上天马行空，却被电话尖厉的叫声惊醒。

电话是张老师打来的。张老师在大学里教数学，书法却十分有名。休闲之时，除了研修书法，还务操了一方菜地。电话里除关心我的生活外，还关心了另一样东西——芫根。住在车巴河边，芫根自然不是稀缺的东西，出门三步，河边的青稞架上到处挂满了芫根。

旺秀道智还没有来，我打电话过去时他正在开车。半小时后，旺秀道智回话过来，让我直接去河边，直接爬上青稞架，要多少取多少。青稞架是公用的，可挂在青稞架上的芫根却不是他家的，怎么好意思直接爬上去呢。

重阳节刚刚过去，村里有牧场的全去了牧场，他们要为接下来的转牧场做准备，那可是一件麻烦而操心的事情。不去牧场的也不会待在家里,或在寺院劳动,或在附近打工。孩子们倒有几个,然而却不大知道芫根是什么东西。芫根在牧区有好听的另一个名字——妞玛。纵然给他们说了芫根就是妞玛,却不能完整地表达出我要十几个妞玛的意思来,只好再次给旺秀道智打电话过去。旺秀道智忙着拉沙,找妞玛这件事对他来说太小了,他不大上心,有点敷衍。半小时之后,又来了电话,说有两个办法可以得到最新鲜的妞玛,一是去唐尕村找他妹夫。二是去若贡沟,尕豆扎西家这几天正在沟里拔妞玛。

雪停之后,又等了两天,第三天进沟了。若贡沟就在村委会小二楼前边不远处,最初的估计是开车二十分钟,步行一小时。提个大袋子,来回两个小时很累人,于是就开车去了。当车开进若贡沟半小时后,才知道若贡沟的深远超出了我的想象。两边松木林黑压压一片,路窄而坑大,周边全是雪,路面上只有拖拉机留下的两道深槽,深槽里全是泥,全是融化了的雪水。

行至约五公里处,终于见到了牧场,见到了青稞架和牛羊。牧场被栅栏围拥着,外面的草已泛黄,斜坡处的灌木像灌了血一样。车停在一片收割过的燕麦地里,环视群山而不见飞鸟,苍茫中只留孤独和寂寞。若贡沟里的牧场属于典型的高山牧场,也具有半农半牧的特色。住牧场的主人不再住帐篷,而住小房子了。小房子也不再是早年的土房子,全是彩钢保暖房。房门大开着,炉火温热,可是没有人。拖拉机的声音突然出现在门外不远处,我走出了房门,就认出了开拖拉机的苏奴加措。沿着山沟十分陡峭的碎石路开下来,苏奴加措真是个不要命的家伙。他的媳妇跟在后面,怀里抱着大石头。可以想象一下,拖拉机一旦失控,她怎么可能如此迅疾地将石头挡在轮胎之下呢?

我没有喊叫,慌忙躲在房子一角,怕他看见我而瞬时分心。还好,拖拉机顺利下了坡,并将一车薄石块倒在小房子前边。苏奴加措满头大汗,直奔房子,将炉面上的一大杯水喝得干干净净。

苏奴加措自然是看见了我,他缓了一口气才跟我说话。

怎么跑这儿来了?苏奴加措说,路太难走了,看见有车停在那边,还以为是给牛羊打针的。

我笑着说,你真是个不要命的拖拉机手。

哦。苏奴加措也笑着说,不要紧,经常开呢,怕的没有。

汗都出来了,洗洗吧。我说,拉这么多石头做啥呢?

苏奴加措说,刚才翻石头,当然要出汗了,你以为是吓得出汗了吗?又说,今年冬天我就住这儿。

不会吧?我说,会冻死的。

苏奴加措说,嘻,早些年住牧场哪有现在这样的条件。

又说,这个地方温暖,没有风,草保护得好,一个冬天牛羊会长不少膘。

拉这么多石头干啥?我继续问,住牧场还需要这么多石头?

苏奴加措说,盘炕。笑了笑又说,其实还是怕冻,重新盘个炕,冬天就不怕了。孩子们都不愿意住牧场,都说收入不好,我想认认真真住一年,一来想看看实际收入,二来真心想把牛羊全部出栏,那样也就省心了。

住牧场的越来越少了,牛羊也越来越少了。我说。

但生活真比以前好多了。苏奴加措说,住在家里都变懒了,总说收入不好,我看都是借口。又说,你怎么来这里了?

去拔妞玛。我说,尕豆扎西的牧场不在这里吗?

苏奴加措说,是呀,他们家牧场就在前边。又说,你要妞玛做啥?

吃。我说,妞玛是好东西。

苏奴加措笑着说,那是喂牛羊的,我们吃得少,偶尔也吃。早些年吃伤了,现在不想吃。又说,那时候生活不好,能吃到妞玛算是不错了,妞玛救了不少人的命。现在没有牧场的人也会种,种了又不去吃,只是晒干放在楼阁里,或许那样心里踏实点。

做酸菜,做泡菜。我说,妞玛的营养好,应该多吃点。

苏奴加措哈哈大笑,说,你们会吃。我家也种了,可不在这里。又说,沿那条小路一直上去,靠左边,会看到尕豆扎西他们。他一边说,一边指着路。

路越走越窄,走着走着就没有路了,四周全是大山,阴面是密密麻麻的松树,是匆匆溪流与残雪。阳面是无尽的灌木,是暗红而坚硬的岩石。前边的牧场就是尕豆扎西家的,可牧场上没有人,小房子铁皮上写了四个歪歪扭扭的大字——尕豆扎西,估计是孩子们写上去的。过了牧场,依然是连绵无尽的群山,根本没有田地,更找不见拔妞玛的尕豆扎西。

彻底没有了路,陡峭的斜坡全变成了草甸,根本无法行走。倘若刻意前行,也是不怕的,可挡在前面的除了凹凸不平的草甸外,还有一条河。河是从山上流下来的,河道宽,连接彼岸与此岸的只有两根椽子。纵然有再好的技术,要从那两根椽子上开过去,万万没有胆量。电话没有信号,无法联系到旺秀道智,也联系不到苏奴加措,找不到尕豆扎西,拔妞玛只是某种美好的想象了。

返回时又去了苏奴加措的牧场,没有人,房子门前是一堆石头,炉火已熄灭了。牛羊在栅栏附近吃草,太阳渐渐下沉,光线也越来越暗了。小房子旁边的小房子里也没有人,里面全是牛粪和柴火,还有一条拖拉机轮胎。苏奴加措去哪儿了不知道，但我不能久留，太阳落山前如果走不出若贡沟，就一定会有麻烦的。

天气明显感觉冷了下来，车窗上的雾气不断蔓延，路面上也似乎有了冰冻，车的方向盘空前的灵活，然而在经过一段过水的狭窄路面时，方向盘彻底不管用了，车子迅速下滑，一直到河底才哐的一声停了下来。河谷还算宽阔，车能开出去。我慌忙下车，朝前跑了一段。还好，不远处有一个地方可以开出去。那地方有个很大的斜坡，上了斜坡便是一片收割过的空地。想必是群众拉沙子或拉石头的车路。斜坡旁边有一丛河柳，河柳张牙舞爪，丝毫不收敛，它们同季节抗争着，为尽显生命的顽强和倔强？过几日就立冬了，然而这里的河柳枝条上却还挂满柳絮，是夏至未曾抵达这里，还是它们刻意保持青春容颜？柳絮的飘飞和地区以及气温、光照等密切相关，这里很显然海拔高了。海拔越高，芫根会愈加瓷实而甘甜，可我走了一大圈，没有拔到一个芫根不说，还险些出了问题。

碎石尖利，块块如狼牙林立。车子刮伤严重，但无大碍，坚持开出去就见到路面了。河底难走，担心着的轮胎倒也没有被扎破，最没想到的却是那片收割过的燕麦地差点要了我的命。因为前天那场雪刚融化，轮子陷进去根本出不来。地头处是一丛灌木，灌木不大，车子可以碾过去的。我用石头铺了一条最近的路，最后从那丛灌木中间将车开了出来。车算是出来了，可石头被深深压进酥软的地里。必须一个一个搬出来扔到河里，倘若将石头留在地里，过几天一定会有人找上门来的，那时候纵然有千万个理由，也无法说得清楚。搬石头不但花费了一个多小时，还砸伤了脚。坐在车上，稳稳情绪，不再想芫根的事儿。对我而言，能平安出来，已经超出了命定的某种价值和意义。

终于出了若贡沟，太阳也快落山了。大路上有许多拖拉机，他们拉着芫根去了村子附近的青稞架旁。没有回小二楼，我直接去了贡巴。到了郭扎村，又停了下来，因为芫根。村道两边的青稞架上爬满了人，他们都忙着挂芫根。芫根个个都很大，或红或白或紫，令人心生无限怜爱。

卖我几个吧？我停好车，对她们说。

给芫根编辫子的是两个年轻的媳妇，一个穿枣红衣服，一个穿淡蓝衣服，腰带都扎得很紧，身段显得匀称而标致。

她们盯着我看了一会儿，摇了摇头，说，不卖。

价钱可以贵点，就要几个。我又说。

青稞架上是一个年龄稍长的穿藏青衣服的媳妇，她看着我笑了笑，然后对那两个年轻媳妇说了几句话，之后她们都笑了起来。

枣红衣服的媳妇说，你要它干吗？喂猪吗？

我说，就要几个，几个怎么够喂猪呢。

她们又笑了起来，说，那你要它干吗？

我说，吃。

这么大，一个都吃不完。淡蓝衣服的媳妇说，你随便捡一个。

还是买几个吧，我要做酸菜。我说。

枣红衣服的媳妇说，不是吃吗？怎么又成了做酸菜？

我连忙说，做酸菜也是为了吃呀。

淡蓝衣服的媳妇对枣红衣服的媳妇说，给他吧，不早了，赶紧切。这时我才发现，她们手中都拿着一把精致的刀，手起刀落，硕大的芜根就被切成了"米"字形状，不偏不倚，不深不浅。倘若是我，芜根早就碎成几片了。

枣红衣服的媳妇十分利索，用刀将一个很大的芜根的叶子砍掉，问我，两个够吗？

我说，要十二个。

枣红衣服的媳妇显得很不高兴，她说，一会儿吃，一会儿做酸菜，一会儿几个，一会儿又成十二个，没一句是实话。

我也感到了为难，是因为我们相互沟通时有了偏差。

还是买吧，十二个多少钱？我怯生生地说。

可以给你两个，但不卖，我们要喂牛呢。她说完只等我的回话。

我说，切那么多口子干吗？

她说，晒干后会很硬，牛吃不动，必须提前切开，喂牛时用手一掰就好了。又说，你到底要几个？

我说，一个就够了。

声音刚落，砍掉叶子的芫根就飞到我跟前。枣红衣服的媳妇真生气了，直接将那么大的芫根如投掷顽石一般给我投了过来。幸好我接住了，如果打到眼睛上后果不堪设想。将芫根放到车上，我连吃饭的心情都没有了。也在这时候，我才发现了车身上的许多挂划，那血淋淋的条条道道简直就如懦弱的男人遭受了厉妇的惩罚一般，惨不忍睹。我拍了一张照片，传给了旺秀道智。

妞玛拔上了吗？旺秀道智及时地回复了过来。他肯定歇工了，这个点应该是吃晚饭的时候。

我回了一条信息：无大碍，命算是保住了。

就在我掉头回小二楼时，我听到了她们的谈话。

淡蓝衣服的媳妇说，道吉草，过分了，好好给他一个不就行了，干吗要扔过去？砸死了怎么办？

枣红衣服的媳妇说，山外面的人都不是好的，一会儿要买十二个，一会儿又说一个就够了，不是成心耍人吗？再说一个妞玛也砸不死人的。

青稞架上年长的媳妇说，估计不知道这是啥东西，傻子一样，拿回去都不知道怎么吃。

她们三人自然是故意说给我听的，我把窗户完全打开，高声说，妞玛可以炖汤，可以煮着吃，还可以在红石头上摔开了吃，这样的吃法估计你们也不会知道。又说，你们不要钱，我当然不好意思要那么多，别当我是"娄干"（傻子）。你们有啥困难了到村委会小二楼来找我，驻村第一书记还是可以帮些忙的。

她们停下了手里的活，露出惊讶的表情，看着我，不说一句话。

回到小二楼时天完全黑了，房间里有点冷，从一楼楼梯处取了一根柴，拿到房间用切刀劈开，点着了火。然后又从车上取来照相机，也取来了那个芫根，可做饭的心思没有了。

若贡沟的景色的确动人，然而就在车子下滑的那一刻，我真成了傻子。平安到达房间后，才觉得心在胸腔里打鼓。好悬呀，如果稍有不慎，或于慌乱中猛打方向盘，或许现在已经躺在医院里了。

坐在床上，翻看着色彩绚丽的照片，想着整个下午的惊险行程，心里好害怕。同时想起芫根来，这一程如此危险，可恨的是没有拔到一个芫根。

芫根是高原上一种古老的药食两用植物，藏语名为妞玛，它味甘性温，具有清热解暑、滋补增氧、明目利湿、开胃消食、解醉醒酒等作用。同时对抗缺氧、抗疲劳、降血脂，以及缓解水土不服等症状有调节和补充作用。芫根可以直接生吃，也可以做芫根汤，还可以做成芫根干。作为高能量饲料的芫根，可以使牲畜体格强壮。高原寒冷，冰冻三尺，冬牧场被雪覆盖的时候，芫根对牛羊而言，简直就是高蛋白。除了字面意义上的芫根之外，我还想起了三十年前的那个少年。

三十年前那个少年体质虚弱，家人反对他生吃萝卜和芫根，可他就喜欢生吃。为避免家人的打骂，那个少年往往会跳进别人家的菜园里偷吃。吃生芫根是有讲究的，要找一块鲜红的大石头，在红石头上摔碎了吃。吃的时候自然少不了撒点盐，因为有流传的谚语做向导——芫根甜，撒点盐；芫根苦，放点醋。也只有在摔碎了的芫根上撒点盐，才会吃出回味无穷的甘甜来，否则会有隐隐之辣、淡淡之苦味。这是老人们流传下来的，爱吃生芫根的一代人如此效仿，竟吃出了芫根的另一种味道。

世间的事情一旦做了，就肯定会有人知道，于是少年在家人的恐吓下渐渐不敢吃了。多年之后，那个少年依然会做同一个梦——他变成了芫根，头被摔破了，脑浆裹满了鲜红色的石头……

不吃生芫根的少年并没有遗忘或放弃芫根，可芫根越来越少。缺少芫根的日子，少年的心怀总是感觉缺少了某种值得信赖的高原植物。在那个少年不断成长的岁月里,高原上的植物也不断进化着、更新着,优良的蔬菜品种一批批更替着,芫根在农区的菜园里渐渐消失,直到彻底变成一代人心怀深处的记忆。尽管如此,那个少年的情怀却永远停留在芫根上——使劲一摔,芫根在鲜红的石头上立刻裂成几块,其肉细腻而白嫩,其味甘甜而纯净。那个少年除生吃芫根外,还喜欢吃干芫根。霜降之后,把芫根如数拔尽,和白菜一样吊在房檐之下。等完全干透,煮洋芋的时候就可以将其放在洋芋中间。煮熟的芫根更加耐吃,不但韧性足,而且充饥性能无可替代。只是可惜,那时候留给芫根的地片十分有限,可以煮着吃的更是有限,因为大部分要留给体质虚弱的小羊羔过冬。

算是能圆三十年前那个少年的梦了,车巴河附近何曾缺少过芫根呢。然而我始终没能拔到芫根,也没有找到使劲一摔,芫根在鲜红的石头上立刻裂成几块时的那种愉悦。

手机信息一直提醒着,我知道是旺秀道智发来的,不用看,也知道他说了些什么。入睡之后,又想起给我扔了芫根的那个枣红衣服的媳妇来。问题到底出在哪儿呢?买卖?真诚?信任?在我驻村的这一年多时间里,我深深感到了沟通的必要性,可我还是没能做到。表面上看,我们之间的问题就在语言的沟通和理解上,而实质的问题依然是缺乏真诚。

五年前，我在玛曲大草原的齐哈玛就遇到了这样的事。

齐哈玛就一条街道，饭馆却很多。一年后，很多饭馆都关门了，只有一对四川青年夫妇在齐哈玛扎了根。将一件事做到让大家满意是不容易的，可人家四川那个尕媳妇还真做到了。从她那儿出来的人没有一个说菜不好吃，或人不热情的。来自四面八方的牧民群众，偶尔也有忘记带钱的时候，但在她那儿吃饭是不成问题的。都不认识，可是人家就不为难你。当然了，信任和被信任是相互的。赊账的人记得清清楚楚，某年某月某日吃了多少，欠了多少，倒是那尕媳妇忘得一干二净了。我们的基层工作为什么那么难搞？政府每年都要办双语培训班，几个月下来，会说藏语的有几个？到村子或牧场与群众交流的有几个？人家四川那个尕媳妇没有参加过任何培训班，也没有人专门去教她，偏偏藏语说得十分流利，原因只有一个，她是把自己的职业和群众的利益放在同等重要的位置上了，可我们没有。

这件事情似乎和拔羌根、买羌根扯不上太大的关系，但我想到这里，原因也只有一点，是我不够真诚，没有将自己的职业和群众的利益放在同等重要的位置上来。

第二天醒来时已经迟了，天晴了，远山上的雪不见了影子，对面柏木林愈发青翠而沉重，夹杂在柏木之间的桦树零碎而矮小，叶片在寒霜的虐杀下却十分耀眼。洗漱之后，我准备回家。每个周末都要回家，没有给张老师拔到芫根，心里有点过意不去，不过我想，只要有时间就一定有机会。

可在我打开房门的瞬间，心又沉了下来。门口立着一个手提袋，里面装满了芫根，个个都很大，都很干净，上面还放着一个小纸盒，小纸盒里是满满一盒芫根籽。

旺秀道智回来了，除了他还会有谁呢？停在门口的车也被冲洗得干干净净的。其实他昨晚就回来了，仅仅是为给我拔芫根吗？我想不是，但他赶黑回来了，并且拔来那么多芫根，悄悄放在门口又回去了。手机上有他的信息——我回来了，知道你明天走。我没有给他回信息，我知道，有些事情光凭一行文字是永远说不清楚的，一行文字也永远无法表达出内心的真诚来。和三十年前的那个少年一样，他至今也无法说清为什么对芫根有如此深沉的怀念。

15

俗语说"逢九一只鸡，来年好身体"，其意再明白不过了。进入大雪之后，河岸边的日子反而比立冬前后好多了，天气极寒冷，但不刮风。窗外飞雪停了又落，落了又停，等几日天晴，柏木林里的色调一下就单调起来了。再几日后，山野里的积雪也会变成一片斑驳。天空里的流云很薄，阳光也失去了秋日的狠毒，这时候会情不自禁想起夏养三伏冬补三九来。住在河岸边，除了做些面片，吃点野菜，人概也只有阜芽鸡值得回味了。可草芽鸡要等来年青草发芽，事实上，数九寒天炖只土鸡才是最好的进补。

应该是第三次了，原本我没打算去他那儿买鸡，可不由自主就走到那儿了。当初来他鸡场的时候，鸡场就在大路边，十分风光。那时候，他的鸡也是"鸡仗人势"，一只只抬头挺胸，在车巴河边像老爷一样仰首阔步。也是车巴河边过于富庶，它们不为吃而发愁。不过越是吃得饱、吃得好，距离下锅的日子就愈加近了。可是它们哪里知道这些，只是一味地觅食，没心没肺，根本不知道死亡就在隔壁。

鸡场生意好得不得了，作为老板的他也和那些鸡一样，整天挺着肚子在河边徜徉。在车巴河边养鸡感觉好像没有风险，在这里从来就没有听说过有鸡瘟。鸡场卖得最好的自然是草芽鸡了，草芽鸡顾名思义就是草尖刚冒出来时将鸡赶到草地四周，任其啄食而长大的鸡。圈养的鸡由于长期缺乏锻炼，宰了肉质也是酥软而松弛的。草芽鸡就不一样，它们自由自在地在河边啄食，加之小草经过整个冬天的储备，元气满满，吃草芽长大的小鸡，肉质劲道弹牙。

可是现在我找不到鸡场了。在那条路上来回找了好几圈，冻得发抖，问过几个路人，都说不知道。难道他不养鸡、不开鸡场了？

鸡场的确还在，地点也没有变，只是被新建起来的驾校挡住了。一个养鸡的小老板自然买不来那么大的一块地皮，鸡场被迫退隐路口，也是情理之中的。和养鸡的老板算不上是老朋友，但确实是老相识了，我没有少吃他的草芽鸡，他也没有少赚我的钱，大家各取所需，见面自然十分客气。

鸡场老板相比当年是有点老了，眼角的皱纹很深，胡楂看上去也有点泛白，但他的语气却没有变，依然很硬，他带我去鸡场的路上一直咒骂着驾校。驾校挡了他的财路，内心自然不顺，抱怨也是在所难免。鸡场就在驾校背后，与驾校相隔一百多米，中间是一条深沟，沟两边全是一人多高的蒿草。再往前走，便是灌木林，穿过灌木林，就是车巴河了。他的鸡场就在灌木林与车巴河的中间，地方没有以前那么大不说，最主要的是陌生人根本找不到。

所谓鸡场，其实没有多大规模，只是将一小片灌木林用铁丝围栏围了起来。灌木林原本就是一个很小的天然养鸡场，何况他选择的那片地点中间是空场地，没有灌木。我不知道中间的灌木去了哪儿。草地上除了几只鸡外，还有两间不大的铁皮房子——鸡的牢狱。他打开铁皮房子，一股臭气扑面而来。大部分鸡窝在铁皮房子的角落里，鸡似乎是在午睡，对我们的到来视而不见。或许它们习惯了这样的惊扰，也或许它们早已视死如归,对任何事物都失去了讨好的心思。

鸡蛋一个两块,母鸡一只八十块,公鸡一只一百块。他一边关铁皮小房子的门,一边说,今年生意不好,鸡蛋大多都让自己吃了。

我说,你卖得贵了点,你看,鸡像拳头大,不值这个价呀。

你拿出拳头比一比?我的这些全是当归鸡。他笑着说,不说鸡,就说当归,也是很值钱的吧?

别说当归鸡,人参鸡也不行呀。我说,你的这些都是尕鸡娃。

别说笑了,我真是用当归喂养的。他说,就要从尕鸡娃开始喂,长大了再喂个屁的当归,它们还吃不习惯呢。

当归比鸡值钱,你舍得吗?我说。

他说,你看,这些都是。

铁皮房子后面果然码着两个小小的垛子,是当归没错,当归的香气是无可替代的。

当归既能补血益气,还可以治疗虚劳,常与熟地、黄芪、川芎等补血益气之物配伍。然而我并不知道当归还可以喂鸡,或者说鸡也喜欢吃当归。铁皮房子后面码着两个小小的当归垛子很完整,看不出有被鸡啄食过的凌乱。

我问他,鸡吃当归吗?

他回答说，吃得可凶了，一年能吃完几百斤当归呢。

我说，那你的鸡卖得可真便宜了。

他笑着说，只要大家认可，少赚点也没有啥，何况天寒地冻的。

我说，我怎么没看见鸡吃当归呢？

他说，要将当归剁碎，散到草地上。这个你不用担心，它们看见剁碎的当归，就像疯了一样，简直不要命。

我说，你把鸡说得和人一样了。

他说，那可不是，抢食好东西，不要命不也正常吗？有些弱小的鸡抢不到，就需要单独喂。

我说，鸡抢食当归的时候你看着？

他说，是呀。对一些弱小的鸡单独喂几日后，它们就不去抢，就等喂。又说，长期下去，怕所有鸡都会这样，因而也就不单独喂了，要激发它们对当归的抢食，要让它们内部形成有目的的争夺战。

我听着听着就笑出声来，说，你喂出经验了，可我怎么感觉这些话不像是你说的。这样下去，你一定会成车巴河边的名人。

他丝毫没有客气的意思，更没有羞赧的表情，反而问我，你可知道为什么圈养的鸡行情不好？就是因为失去了自由，缺乏运动，肉松软，不好吃。又说，圈养的鸡和散养的鸡最大的区别在哪儿你知道吗?

我听着突然就来了兴趣,问他,如何区分?

他说,就在鸡腿上。教你一招,无论在哪儿买鸡,只要捏一捏鸡腿,便知分晓。松软的肯定是圈养的,瓷实的那就是散养的了。

我说,这样呀,那这些鸡的大腿一定很瓷实吧?

他很自豪地说,那还用说?

从鸡场出来,自然是买了一只鸡,其间我使劲捏了捏鸡腿,并没有感觉到瓷实,反而捏得鸡发出撕心裂肺的叫声。当然,素日买鸡也没有捏过鸡腿,因而无法对比。不过这些鸡的确是散养的,这个不用质疑。不好的一点就是他不宰鸡,后续工作全由自己处理,这个很麻烦。要想吃好东西,麻烦不可避免,世间的哪样东西不麻烦呢!

当归鸡在扎古录并不出名,甚至无籍籍名。回到村里后,我跟旺秀道智说起了当归鸡,旺秀道智摇头说,没听过鸡还吃当归的,前几年真有个合作社专门养鸡,后来散了。我知道,旺秀道智所说的就是他的鸡场,我当年在他那儿买鸡的时候,就是一个养鸡专业合作社,谁承想短短几年,合作社就换成了驾校呢。吃不上当归鸡,实属遗憾,就算我请人白吃,也找不到下刀之人,买来的那只当归鸡只好寄养在旺秀道智家。

当归鸡真是用当归喂养的吗？我突然有点怀疑，在场的时候并没有看到它们抢食当归的情景。当归鸡的确是一道色香味俱全的传统名肴，是以肥嫩母鸡为主料，中药材当归为辅料，再加调味品烹制而成的风味美食。真用当归喂养，那需要多大的成本？这个幌子十分高明，然而他的当归鸡始终没有火起来。

那只当归鸡已成旺秀道智家鸡圈里的一员，再也无法分辨它的高贵之处。出了小二楼，拐入小巷子，前行几百米便是车巴河，河边有野鸡、灰喜鹊、百灵鸟、蚂蚁、蜘蛛、七星瓢虫、车前草、铁线莲，也有艾草。这里何尝不是天然的鸡场？只是可惜，我既不能颐养天年，更不能安然养鸡。就这样，在长长的车巴河边，听风声呼啸，看河水奔腾，寒暑易节，只盼"衣锦还乡"，其他事宜则渐渐在内心淡了下来。

他的鸡并不是用当归喂养的，但他种了十几亩当归，这个没错。有人跟我这么说，我听到之后还刻意说了那人几句。那人又说，他的鸡以前卖得很好，后来用饭馆里的剩菜喂养，买的人就少了。那人还说，要鸡的话跟我走，我家有纯粮食喂养的鸡。我婉言谢绝了，并对那人说，我现在不喜欢吃鸡了，听说我们这里的鸡根本没有外地运来的鸡好吃。那人瞪大眼睛，一直到我离开，还呆呆站在路边。

16

十二月中旬，我最后一次去唐尕村，名义上是宣传安全防火，其实是一心要去牧场走走。当然，安全防火工作也并没有懈怠，因为这里是林区，防火工作不能有丁点儿大意。

雪整整下了四天，又整整等了一周多，十来天的时间感觉十分漫长，根本没有书本上所说的白驹过隙般疾速。这大概也是这一年里最后一次进村入户了，所以我做了较为充分的准备。相机的四块电池都充足了电，衣服也是多加了两件，同时，还穿了旺秀道智的一双长筒翻毛棉鞋。

寒冬的雪融化得相当缓慢，像熔铁一般。等了那么久，除了车辆碾过的两道深槽边能见地皮，此外全是厚厚的积雪。必须去趟唐尕村，不能再拖下去了。一旦拖下去，这项工作就会转到翻年，就有无法回家过年的可能。

进沟的路几乎让积雪完全封锁了，从我居住的小二楼出门，向刀告乡的方向行走，不到两公里就要左转弯，之后踏上小桥，穿过龙多村、加录塔村、扎乍村，便可到唐尕村。这段路大概有十来公里，旺秀道智陪着我。没有骑摩托车是十分正确的选择，踏上桥之后，积雪就越来越厚了，车辙也是越来越浅，鸟儿们不见影子，道路和两边的灌木丛打成一片，倘若没有偶尔露出雪面的河流的话，我们就无从判断路面的宽窄了。这条路原本再熟悉不过,闭上眼都能知道不同地段处用石块垒起了减速带,而此时,我们只能摸石头过河。

一路上沉默着,似乎都对这样的天气充满了敌意,甚至为自己没有生在江南而心怀怨恨。不过对我而言,一切完全可以换算成工资收入的一部分,而对旺秀道智就有点不公了。当然了,旺秀道智不会这么去想,他的恨意大多来自我的阻拦。旺秀道智常常说他的摩托技术无人能及,常在羊肠小道上骑摩托车放牧。我倒不是对他的技术有所怀疑,实际上是因为我最怕冻。早年骑摩托车留下的伤疤如碗口一般大,还有什么怕的?只是这里不同,车巴河两岸的风就是魔鬼,它们带着刺刀,带着尖利的牙齿,所到之处没有完形,坚硬的艾秆被拦腰折断,斜插在积雪之中,血肉之躯且瘦小的我想想都怕。

奇怪的是,这样的天气竟然偏偏没有风,过了扎乍村,我的背上已经出汗了。路段却渐渐可以分辨了。道路两边的青稞架像钢铁战士,它们背负着燕麦和芫根,没有表情,没有怨恨。各种鸟儿都会聚在这一带,各种奇异的声音一起鸣叫,热闹非凡。青稞架上的积雪在它们的扑打和叼啄下,早已变得斑驳起来。

灰喜鹊这么多,过两天天就晴了。一路没有开口的旺秀道智突然说。

能不能打两只灰喜鹊？我很认真地说。

旺秀道智头都没回，语气十分坚定且满带嘲讽地说，除了人肉，还有啥你不能吃的。

我一听火冒三丈，气冲冲对他说，你进天堂，我入地狱，但永远是邻居，你别想着逃脱我的骚扰。

旺秀道智扑哧一下差点笑出鼻涕来，他说，你就一张嘴，等下到村里好好宣传吧。

接下来我们又不说话了，默默走过了龙多村，快到唐尕村时，天空突然亮了，一坨一坨的蓝天也透了出来。我有点热，于是便敞开衣襟，将相机从左肩换到右肩。

旺秀道智说，你就知道照相，等下去村里该怎么说你想好了吗？

我说，不是有你吗？

旺秀道智说，我又不是干部。

我说，你是干部的翻译官。

旺秀道智哼了一声，说，日本鬼子的屁股后头才跟个翻译官呢。

这家伙变着法骂人呢。我依旧笑着说，你见过这么好的日本鬼子吗？

难说。旺秀道智说。

终于到了村里。因我们提前通知过，群众大多都在家等着。宣传工作起初还是挺不错的，我说一遍，旺秀道智再用藏语重复一遍，相互间配合十分默契，群众都竖起了大拇指。但十几户人家过去之后就显得有点疲倦了，旺秀道智也是结结巴巴，言不及意。到最后几户，索性由旺秀道智一个人宣讲，我完全变成了跟班。

宣传工作做完之后，天色已经不早了。旺秀道智见我没有返回的意思，便说，不早了，要不回去？

我指了指肩上的相机，说，去牧场，出门前就跟你说过了。

旺秀道智说，疯了吗？这个天气会冻死人的。

我说，都穿了你的棉鞋，怕啥呢。

旺秀道智看了我很长一阵，然后说，那走吧，你是干部，我听你的。

我们继续前行，穿过郭卓村，走了大约五公里，旺秀道智停下脚步，说，不去了吧，牧场在十公里之外呢。

我也有点犹豫，时间不早了，路上到处是野兽的足迹，根本没有人的脚印。雪很厚，小腿都被淹没了，走一步，积雪便拉出一道槽，行走费力而艰难。按照这样的速度，就算赶到牧场，怕也是不能拍片子了。到了牧场，也非得要在那里过夜。返回来的路会充满危险，防不住就被野兽打了牙祭。尽管如此，我们还是继续向前走了不到两公里。

旺秀道智说，回吧，不早了，重新选个时间吧。

我说，回吧，你的牧场要是在这个沟里就好了。

旺秀道智说，我的牧场要是在这里，就让你骚扰坏了。

我说，你真把我说成日本鬼子了。

旺秀道智嘿嘿笑了。

我们踏着脚印，原路返回了。感觉路变得更加狭窄了，眼睛也有点模糊，四周的灌木丛好像跟随着我们的身子，轻轻摇晃起来。风突然从四面八方来，尖利而勇猛，我禁不住打了个哆嗦。

旺秀道智笑了起来，说，受不了吧？沟里的风会更大。不过再刮两天，天就彻底晴了。

我不想让他看笑话，说，不是冻的，是尿憋的。

旺秀道智说，你看人家还在洗衣服，你就冻得连尿都夹不住了。

没有生气，实际情况也是如此。我提好裤子，顺旺秀道智所指看去，果然有人在洗衣服。

山在遥远的深沟里面，而紧靠郭卓村的这片地较开阔。准确地说，这里是一片荒地，荒地之上是一排排水轮小磨坊，因为溪水孱弱，流经水轮后就结成了晶莹透亮的冰柱，水轮已经转不起来了。溪水并没有完全封冻，一边流淌，一边结冰，又一边汇聚，在即将汇入车巴河河口的地方终于汇聚成一汪清潭。那汪清潭清得发绿，静得寂寞。洗衣人将手伸进去，清潭便荡起一圈一圈的波纹来。清潭四周全是白得耀眼的冰，冰面上是她洗净漂好的一堆衣服，我看着又忍不住打了个哆嗦。

旺秀道智和她说着话，她见我在一旁发愣，便笑着说，习惯了。

你会说汉语？我问她。

她说，一点点。

我说，这么冷，会得病的。

她依然笑着，说，习惯了，有手套呢，不太冷。又说，早些年手套都没有，还是照样洗。

我说，在家洗方便呀。

她说，家里洗反而不方便，水泼到巷道里，第二天冻成冰，娃们都不敢出门。又说，前几年没手套，但洗得少，冬天大家都穿皮袄。现在皮袄很少穿，洗得反而多了。

我哦了一声，说，你的汉语说得这么好。

她露出腼腆的笑容，说，一点点。

快到龙多村的时候，旺秀道智突然说，现在都不穿皮袄了，流行的衣服也是麻烦，要经常洗。

皮袄都哪里去了？我问他。

旺秀道智说，都在柜子里卧着，有重大节庆活动时才穿，都成样子了。皮夹克流行过几年，后来大家也不爱穿了，嫌笨重，连收牛皮的人都没有了。

牛皮都去哪儿了？我又问他。

旺秀道智说，很早的时候牛皮用处多，大家都不愿意卖，要缝皮袋，要割成皮绳。现在买的袋子和绳子都那么讲究，谁还用牛皮呀。

不知不觉我们走到了加录塔，风更加猛了。又下雪了，雪夹在风中，飘荡着，斜飞着，眼前的道路完全模糊了。距离村委会小二楼还有五公里，我们似乎都坚持不住了，也是因为天已经黑了。

旺秀道智打了电话，云次力在门口等着我们。

那夜我们住在云次力家，无意间又说起了灰喜鹊。其间旺秀道智翻来覆去对我说喜鹊不能吃，吃了会有罪。我说了实话，也是听了传言，说喜鹊肉能治湿疹。不管怎么解释，目的还是要吃的。旺秀道智沉默不语，似乎对我的这个理由不大赞同。于是，喜鹊的话题被无情地搁置在一边。之后的闲聊索然无味，十点过后，便早早睡了。

第二天，我早早就起来了。天气晴得非常好，不过风还是很大，地面上的浮雪被风卷起，在眼前形成一片絮状的雾团。没有了去牧场的强烈渴望，旺秀道智也没有提关于牧场的只言片语。踏着厚厚的积雪，无言无语，我们的目的地只是那个如冷库一般的小二楼。

快到小二楼的时候,我问旺秀道智,云次力家的门洞里挂了一张很大的牛皮,还是湿的。

旺秀道智说,大家都不要牛皮了,你打牛皮的主意,我不反对。

我只是摇头苦笑,没有接茬。

翻过年之后,我去过一次云次力家,那张牛皮不见了,却见到了一面大鼓。轻轻敲了一下,那面大鼓没有发出厚重雄浑的声音,而是尖厉刺耳的叫声。认真一看,原来云次力将那张牛皮蒙在了半截煤油桶上。铁皮的共鸣自然比不上瓷实的木板,也不知道他做那么大一面鼓到底有何用处。

我只是觉得,太可惜那张牛皮了。

17

十二月三十日,星期三,庚子年只剩最后一天了,我已经收拾好了所有东西。十二月二十九日中午,旺秀道智和他的几个朋友来过小二楼,他们知道我驻村期已满,离开是迟早的事情,因而提前过来为我饯行。实际上,我离开小二楼属"衣锦还乡",不是再次出远门。之所以说饯行,完全是我按套路去说了。因为旺秀道智提了一壶青稞酒,他的朋友还拿了几桶方便面、肉及几包榨菜。见此情形，我倒是想起《黄鹤楼送孟浩然之广陵》来。当然，旺秀道智和他的朋友不会去想什么是饯行的，何况我自己都误将回家当出门了。

也好，既然他们带酒肉过来，何不借酒敬路神？我先连端三杯敬了土地，然后各自干了三杯，最后提议猜牌喝。情况比预计糟糕多了，一副牌没有发完，我就倒下了。旺秀道智和他的朋友朝我伸出小拇指，鄙视一番，接着仰天大笑出门去了。

青稞酒属地方古法酿制之酒，度数不高，入口绵软，但容易上头。醉与微醉之间，只要风一入侵，便可四肢无力，因而地方人戏称青稞酒为"软腿大曲"。我和旺秀道智争论不休——他说我的酒量可以用鼻烟葫芦来形容，我说主要原因是房间冷，中途上厕所让风吹了；他说我是装的，故意不喝，看不起朋友。我说喝了青稞酒不能见风，风里走一趟，换了武松也会双腿发软，不能上景阳冈。谁也无法说服谁，旺秀道智扬言要在我动身前将我彻底放倒。其实，他哪里知道，天一亮我就走了。我不会给他打招呼，不是不够朋友，而是我的这个朋友太实在，我怕真会醉得出不了这条沟。

那天我是十分清醒的，他们伸出小拇指鄙视我也就算了，而且还仰天大笑出门去，多伤自尊。旺秀道智听我如此说道，便大骂不止，说我没良心，如果没有他的话，我早就冻死了。

旺秀道智说他半晚上过来看我，房间里冷得像冰窖，一扇窗户开着，玻璃上全是冰碴子。他关了窗户，拉了帘子，生着了炉子，还重新帮我盖了被子。又说，万一冻死了多可惜，不但少了一个当干部的朋友，而且大家也害怕从此小二楼上闹鬼。旺秀道智这番话充满了辛辣讽刺，倒也情真意切。不过一切都是朋友间的说笑，离开小二楼却是不容置疑的事实了。然而就在我收拾好所有东西即将离开时，突然接到通知，说春节前要对贫困户和老党员进行慰问，同时还组织了书法家协会的书法家前来村子里写对联。

新年送温暖，这似乎是惯例，但今年多了一项——写对联。

我说，对联就免了吧，这里是牧区，大家都知道牧区群众是不贴对联的。

但他们说，牧区早年不贴对联，说不定现在贴呀。

我没说啥，心里想，牧区的变化巨大，但不至于变化到所有形式都跟着变吧。

整整等了一天，小二楼上的铁皮炉子都通红了。都通知群众了，可他们那天没有来。说合作市下了一场大雪，路上很滑，只能推迟一天了。

头天中午雪就融化了，可第二天早上依然不能走，因为融化的雪在清晨全成了冰。一直到三点多，他们才来。群众来得早，他们集聚在小二楼上和我聊天。

慰问品很快就发放完了，领到慰问品的群众都没有走。我早就说好了的，还要写对联。小二楼院子里摆放了四张桌子，都铺好了毡，就等书法家们大展身手了。我在楼下院子里喊了一声：都准备好了。书法家们陆续从二楼办公室下来了，他们也是准备好了的，一手握着笔，一手拿着碗，还有专门拿墨汁的人。别人怀宝剑，我有笔如刀。那架势不由得令人想起《神童诗》来。

转眼间写了十几副，可是没有人要。我看着都着急了。想想往年，书法家们搞个迎新春写对联的活动，那简直是人山人海，能抢到一副对联似乎是得到巨大的福报一样。今天的情形却很不一样，书法家们被冷落了。不但如此，整个小二楼院子也显得有点冷清。书法家们写了一阵，都抱起手，说太冷了，墨都冻住了。我心里暗喜，往年为一副对联，私下里要打好几次招呼。今年不用，足足写了几十副，我可以用一个甲子了。

还好，藏文书法家也来了两个，他们见没人理会写对联的，便拿出事前准备好的竹笔，开始写藏文书法。小二楼院子一下热闹了起来，群众前拥后挤，争相抢夺。藏文书法家瞬间成了真正吃香的书法家，而其他写汉文的书法家却被晾在一边。这个情形也让我想起往年在农区的那些事来。到了农区，藏文书法家的境地不也如此尴尬吗？

午后时分起风了，晾晒在地面上的对联及书法作品立刻被风折叠起来。还好，春联写得早，就算折叠在一起也无所谓。藏文书法的墨未干，大家怕糟蹋了书法家的墨宝，呼啦一下，将晾晒在地面上的作品围拥起来，像保护稀世珍宝。

风停了，慰问活动也结束了。我将一沓写好的春联装到文件袋里，也准备要离开。旺秀道智却来了，他一进小二楼办公室就大声叫嚷，说我不够朋友。我被他无缘无故的叫嚷给整蒙了。不知道哪儿得罪了他，即将离开之前还故意找碴儿，和我过不去。

我说，你冲我发啥脾气？马上要离开了，连朋友都做不成了吗？

旺秀道智听我如是说，更是变得气势汹汹，他说，你就没有把我当朋友。

我说，怎么没有把你当朋友了？昨天还一起喝酒呢。

是呀，转眼就不当我是朋友了。旺秀道智说，你看你给真正的朋友都要了春联。

我说，你也不是我的假朋友呀？你又不贴春联。又说，贴的话你全部拿走。

旺秀道智似乎更加生气了，他说，你知道我不贴春联，所以才这么大方。那么多人都拿到了六字真言，拿到了扎西德勒，你怎么不替我要个？我这才明白他冲我发脾气的原因。

离开车巴河一月之久，一直没有和旺秀道智联系过。大家都忙着自己的事，曾经一起进柏木林、采蘑菇、找覆盆子、折蕨菜之种种趣事也似乎在记忆中淡了下来。

这天我突然接到旺秀道智的电话，他说新酥油下来了，专程给我带了过来。不知道该说什么好，那天我正巧不在，而且一时半刻也赶不回来。电话里我不敢实话实说，因为我太了解他的性格了。旺秀道智果然又生气了，挂了电话之后，我的心情十分复杂。之后好长一段时间，没有了他的消息。

终于有了机会，一次进社区活动中，我逮住了写藏文书法的尕藏桑吉，足足写了十张吉祥如意和六字真言。要去一趟扎古录镇，买点他喜欢的青稞酒。要去一趟车巴河，看看夏日来临之前的柏木林。做好准备后，我给旺秀道智打了电话，旺秀道智在电话里显得很高兴，他哈哈大笑，说再不来车巴河看他，就不是真朋友了。

去车巴河看朋友，要备足酒和肉。我们要对酒当歌，把酒言欢。当然他也肯定是备足了酒和肉的。但我确定，我们绝不会是酒肉朋友。

IV

草地纪事

一路与你同行

1

从梦中醒来时,才知道时间已过去十几个小时了。枕着白龙江入睡,淙淙江水也没能叫醒我。后半夜,狗的叫声渐渐清晰起来,它闻出了陌生人的气味,因而发出了警觉的叫声。我努力睁开眼睛,感觉一点力气都没有。月亮将昏黄的光线斜斜送进房间,这里显得愈加寂静而孤单了。

躺在床上,慢慢想了起来,那几天一直在南边的草原上行走。为寻找住在心灵里的那匹小红马,我这几年跑遍了整个草地。然而所行之处并没有给我带来丝毫安慰,心里一直是空空荡荡的。不知道为什么总要走那么长的路,在一程又一程的追寻中,依然没有找到可以安稳下来的理由。每个人心里都藏着一匹看不见的小红马,都在寻找,可旅途的疲乏和意想不到的错失往往让其忽略寻找的意义，多出了不应有的索求和怨恨。尽管如此，我还是一程又一程地追寻着，从来没有放弃。

南边的草原辽阔无边，深秋时节更是深邃无垠。这样的苍茫和辽阔下，细细想来除了孤独，真没有其他了。孤独是灵魂最好的伴侣，因为它的不容侵犯，因为它广阔无边的想象空间，更因为它带来了自由的伟大和神圣。

认识拉姆是因为她手工纺织的围巾。拉姆是贵州人，她在郎木寺用精巧勤劳的双手开起了这家店铺。围巾随处可买，而郎木寺却不同，郎木寺堪称流浪者的温柔之乡，当酒吧、咖啡屋、茶楼里不断传出不同声音的时候，他们便开始怀想亲人的温暖和记忆的感伤。买一条手工编织的围巾，不管身在何处，都会暖暖的。事实上都是心情使然。人总是喜欢想方设法找理由去维护自己对某种行为的付出，拉姆编织的围巾给红尘中的男男女女带来温暖的同时，自然也捎去了诸多记忆和怀念。

来到拉姆的围巾店时已经是下午了。我知道，再过一个时辰就很难找到出行的车辆。拉姆和前几年一样，洋溢着可人的笑容。我给她说了情况，目的是想让她帮忙找辆熟悉点的车。她说，我给贡巴打电话，让他送你吧。一会儿贡巴开车过来了。贡巴看上去不到四十，个头高大，脸蛋黝黑，两条胳膊像露在屋檐外面的木头椽子。看着贡巴结实的身段,我暗自羡慕。拉姆笑着对贡巴说,他,我的朋友,要去松潘古城,价钱你们商量。贡巴笑了笑说,你的朋友就是我的朋友,把钱挂在嘴边就显得生分了。

2

时值深秋,草原已卸去了昔日的艳丽装扮,远远看去,是一片花花白白的辽远和空明,少了妩媚而多了苍茫。从郎木寺到若尔盖只要两个多小时。十年前,这条路坎坷崎岖,沿途不见车辆,现在好多了。贡巴不大说话,只是专注地开车。我一次又一次沉浸在十年前那次远行的记忆里,因为十年前印在我心底的那种空旷和苍茫始终没有改变。

那次我和索南昂杰一道去若尔盖,索南昂杰是地方小有名气的诗人。他性格乖张,常把文学挂在嘴边,像个小学生一样喜欢卖弄。和他在一起的时候,我在心底总是暗暗笑他。一路上他滔滔不绝地给我说巴西会议,说若尔盖草原在共和国历史上的重要地位。我将头转向窗外,望着苍茫草原,没有接他的话茬。因为我知道,一旦和他说起历史就很难停下来了。他见我无意和他搭讪,便又说,这里有成千上万匹狼,白天在荒山野岭中睡觉,晚上便成群结伙出来觅食,亮着荧荧绿光的眼睛，围着废弃的牧场嚎叫。还可能有狈，它与狼纠缠一起，成为草原上的六脚怪兽，在草原上来回扫荡。我听着就出了一身冷汗。十年后，当我经历了种种草原生活之后才明白，草原在现代文明潮流的冲撞下已经变得十分沉寂，早已见不到狼或狈的影子了。纵然有，那也只是某种情景下思想作怪罢了。一个人往往喜欢与自己的想象作战，名副其实地"狼狈为奸"。这样的情形无处不在、无孔不入地侵入我们大脑，而我们又无能为力。

那几日我和索南昂杰走遍了若尔盖的巷巷道道，或者坐在距离黄河最近的地方，一直到明月跌入河流。他给我说起在牧区教书的日子和在高原上徒步穿行的岁月，以及冻醒在齐哈玛冬牧场的经历时，我就想起一个人在高原上行走的样子，他是那样的傲然独立，那样的坚韧不拔。和都市人截然相反，他们节衣游历，只为求得精神的愉悦。行走在高原上的人们总是将灵魂皈依于神圣的信仰之中。也许是民族和出生地所带来的局限，也正是因为这样的局限，大多时候我们才对命运有所认同。当我看见他们在高原上跋涉的时候，看见的恰恰不是苦难，而是他们内心的虔敬。那种虔敬可以使你忘记苦难，那种虔敬会给予你好好活下去的无穷力量，那种虔敬足以令你释怀尘世的一切荣华富贵……

记忆总是喜欢偷偷改变一个人的心情，这一路上我的心绪中盛满了无法言语的柔软。赶到若尔盖的时候天色渐渐暗了下来,远处的云朵慢慢朝我们头顶聚拢而来。贡巴说,草原上就这样,潮气重,云彩自然重。贡巴又说,草原天气的变化是无法料及的,但在天黑前赶到松潘古城是没啥问题的。我说,要不住下来吧,万一下雨会很麻烦的。贡巴笑了笑说,我们走近路,你去的地方是松潘,又不是若尔盖。住一晚要花很多钱,没那个必要。

3

第一次沿草地走,真有点儿担心,好在贡巴对这里的路况十分熟悉,我们花了一个多小时就赶到草原的边缘了。雨没有落下来,天边的云朵渐渐扩散开来,亮出了晴天。黄昏下,草原的静谧令人震惊。三两处牧场上还有人影晃动。贡巴停下车,他说,吃了再走吧,这里有我的老朋友。

车子停在离帐篷不远的地方,偶尔有牛羊过来蹭蹭头,又走远了。帐篷是用牛毛织成的,看上去黑乎乎的,很陈旧。牛毛织成的帐篷可以保暖,还可以防雨,这是牧人祖祖辈辈传下来的经验。然而现在这样的帐篷在草原上却很少,一来牛毛昂贵,大多被卖到遥远的都市去了;二来织起来麻烦,费时费力,何况现在有很多现代化的保暖防雨帐篷,不论搭建或搬运都很便捷。一些手工作坊的东西在光阴里就这样慢慢退出了生活舞台，而先进的工业化产品却不断彰显它的强大和无所不能。已经很难断定它们的幸与不幸了。

贡巴的朋友叫桑德加，他和媳妇在这片草原上住了好多年。贡巴见到朋友后像换了个人，他的话多了。他和桑德加两人你一言我一语地攀谈起来。我听不大懂他们的语言，连我父亲都不太会说藏语了。

桑德加的媳妇给我们端来奶茶、酥油和糌粑，我们在帐篷里一同吃晚饭。其实他们的汉语表达是十分流畅的，我们从小时候说到现在，因为某些共同的经历，相互之间的心理隔阂慢慢消除了。吃完饭后，天已经黑透了，草原愈发静谧，凉风在帐篷外面窸窸窣窣地走动。桑德加夫妇执意不让我和贡巴赶夜路，贡巴看着我，我看了看黑乎乎的天空，决定留下来。晚上，我们在帐篷里说得很高兴。他们说我是个路人，是个把风景和好奇装在眼里而不容过夜的浪子。唯有我自己知道，我是去寻找心中的那匹小红马的。然而天涯茫茫，那匹小红马它怎会待在原地等待我的到来？我甚至都说不清它长什么样子。只是一种好奇，一种随风而逝的追逐，或许到头来会错失许许多多灿烂而美丽的光阴。就在那夜，我想到了生命的真实，也想到了人心虚伪。胸有大志却又虚掷时光，这是多么愚不可及的事呀！

贡巴似乎也没有睡实,半夜里我分明听见他来回翻身的响动。我们都在心灵里构想着自己的幸福,然而幸福从来就是很简单的事,可悲的是我们往往把最简单的事情想成了极为复杂的追求,为此付出一生,结果在尘世上迷失了方向,少了认识,多了贪婪。贡巴、桑德加和我,我们都是牧民,我想倘若大家都把幸福看成是一种心态,世界就不会有太多的分歧了。怎么可能呢?期待以欲望的满足代替幸福的年代,大家的心灵都有所蒙蔽,已经看不清痛苦和烦恼的根源了。物质、权利、名誉使人产生的满足感,即使能叫作"幸福",那也只是一种短暂的感受。这种感受和我多年苦苦寻求那匹小红马的心态又有什么区别呢!

4

中午时分我和贡巴到了古城松潘,一路上贡巴给我讲起了松潘和他家族的事儿。贡巴的祖籍就在松潘,后来才迁居到郎木寺。贡巴说得不紧不慢,有条不紊。他说到松赞干布和文成公主,说到和亲政策与大唐安定边疆的政治手段,也说到了今天成为旅游胜地的现代古城。贡巴说,从春天开始一直到大雪飘飞,这里都云集着天南海北的人群,不知道他们来这里寻找什么。小地方声名远扬不是坏事,然而大家却在不经意间学会了相互使坏。开个小店铺，卖几两茶叶；盘个小旅社，赚几个银子，都是好事情，可偏偏夹杂了那么多心机。话又说回来，一切都迎合了虚伪的人心，所以这里才客满为患，充斥着令人作呕的铜臭。总是寻找香巴拉，却不懂得、也不愿坚守内心的香巴拉！

贡巴说他没有读过几天书，但他却说出了满腹经纶之人难以说出的惊人之语，这又让我想起此行的意义来。借高尚之名而填虚伪之心是十分荒唐的，这样的荒唐已经有好几年了，它掩埋在我的心底，衍生出无尽的贪欲。为什么还要千方百计找到合乎自我的行为的理由？小红马在哪儿？这些年没有方向地寻找和盲目地追随，使那匹藏在我心灵深处的小红马总是难以驾驭，究其原因，大概是欲求过多而丧失了心灵原有的本真和纯粹吧。这又是多么的无知和可耻！

一位印度老人对小孩说，每个人的身体里都有两只狼，它们残酷地互相搏杀。一只狼代表愤怒、嫉妒、骄傲、害怕和耻辱；另一只代表温柔、善良、感恩、希望、微笑和爱。小孩着急地问，哪只狼更厉害？老人回答说，是你喂食的那一只。在这样深刻而简单的比喻里，你怎能无动于衷？我决定放弃一度寻找的小红马，并不是害怕旅途的坎坷，而是明白了，在没有彻底清洗灵魂的前提下刻意去追求，一切将会成为虚劳。为什么我的记忆总是停留在许多年前？许多年前的记忆依然充满了甜美,因为那是少年的心怀!

5

没有贪恋沿途的景色,大概是因为贡巴的那些言语,我们在松潘逗留一日就匆匆返回了。当我们赶到川主寺时毛毛雨就来了。几朵闲散的云彩不见了,慢慢地,天空也变成了重重的黑。由于下雨,贡巴放弃了走近路,桑德加还在牧场等待着。等待也是一种缘,缘生缘灭却不由我们来驱使。

午后到了若尔盖,这里好像没有落雨,只是天阴得更重。实际上,我和贡巴走到距离若尔盖不到五十公里时雨就停了。按照贡巴的意思,最好在天黑前赶到郎木寺。他出来已经三天时间了,我也没有想着要停留,所以我们在若尔盖吃了点东西又继续赶路。下午五点就到了花湖。

花湖是若尔盖草原上的一个天然海子,五六月份,湖中开满绚丽的花朵,它们在雨水充沛的八月会把纯蓝的湖水染成淡淡的藕色,时深时浅,十分妖艳。"从城市到花湖,可以说是从地狱进天堂。"行程中但凡好"色"之人都这样评价。回回如此,扑入眼帘的除了青山绿水,就是苍茫辽阔的草原和铺天盖地的野花。因而花湖的妖艳勾不起我的好奇和贪恋。

又堵车了,已经到了秋季的末尾,而云集在花湖四周的人群却如蜂团。贡巴熄火后就去路边的店铺打问情况。我坐在车上，望着外面熙熙攘攘的人群，连下车跺脚的情绪都没有了。贡巴回来了，他说这里下过一阵雨，绕道走应该可以。

从一处剪开的铁丝栅栏里进去后，眼前就没有公路了。一条刚好容车子经过的小路坑坑洼洼伸向若尔盖一望无垠的大草原。贡巴说，草原上不容许行车，只是前些年有人为了节省过路费就从这里开了条小路，尽管如此，走这条路的毕竟是少数。贡巴又说，这条路很近，要不是为了早点回家，我是不会走的。我相信贡巴的话，因为我知道，生活在草地上的牧民们对草地的爱惜远远胜过对生命的呵护。走了十来分钟，雨又来了。雨落在草地上没有任何反应，噼噼啪啪打在车子的玻璃上，瞬间在车窗上聚成了条条水柱。贡巴有些紧张了，他说，雨会越来越大的，阵雨之后往往是阴雨。雨果然越来越大了，玻璃上的雨水铺成了一片，窗外啥也看不到了。我对贡巴说，停一会儿吧，等雨小些再走。贡巴说，不行，必须加大马力，这雨不会停，走不出草原会有麻烦的。

果然应了贡巴的话，车子陷进了泥坑，真的麻烦了。贡巴说，下雨时在草地上行车是很危险的，草一沾水就变得光滑起来，车子无法使力反而会深陷进去。天黑前出不来的话就更危险了，让狼群分而食之也不是不可能，车子陷进去出不来，我只好下去推车。

我用尽全力从车的屁股上推搡。贡巴已经把油门踩到底了，车轮飞转，我周身溅满了泥水。折腾了几分钟，贡巴也下来了，他见我狼狈不堪的样子差点笑出声。他说，我来，你去开。贡巴给我大概指点了几下，如此等等。一会儿，贡巴也成了泥娃娃，车子仍然原地未动。天边的阴云已经差不多和草地连在一起了，大地立刻暗了许多。浑身上下都被雨水淋透了，冷风嗖嗖，四处不见人影，唯有渗入骨髓的寒冷肆意宰割着我们。贡巴常年开车，办法还是有的。于是，我们便把外衣脱下来铺在车轮下面，这才把车一寸一寸从泥坑里挪了出来。

到公路上就放心了。我没说话，但无法克制相互打架的牙齿。这也是贡巴的意思，他说此时打开空调容易得风湿病，只能忍受了。贡巴死死盯着前方，神情中露出草原汉子的刚毅和坚强。经过这么一场折腾，我很快在颠簸的车上睡着了，车子怎么开到郎木寺的竟无任何印象。

当我从梦中醒来的时候，才知道时间已经过去了十几个小时。见到贡巴是到郎木寺的第二天中午，我病了，高烧不退。他看着我，微微露出了笑容。说，曼巴（医生）看过了，受凉了，无大碍，休息几天就好。

几日之后，我病好离开了郎木寺。贡巴没有送我，他去忙他的事情了。我突然想起梁实秋《送行》里的那句：你走，我不送你，你来，无论多大风多大雨，我要去接你。这大概是诉于挚友之肺腑之言吧。艾明雅《做伴侣，不要做知己》一文里也这么说：不要以灵魂知己的名义，去等不该等的人，去蹉跎不该蹉跎的青春。这个世界上，有些人，有些事，比爱情这种东西更值得感动。而我又以灵魂知己的名义，蹉跎了多少年华？和贡巴之间算不算知己？这样的远行值不值得感动？我也无从得知了。

之后的某个深秋，我再次来到郎木寺。这里的山山水水依然鲜活，它没有因为尘世的微妙变化而改头换面，也没有因为季节的更替而改变它的绿肥红瘦。拉姆的小店还在，她依然坐在那间小屋子里编织她的围巾，编织着红尘世界里的温暖和记忆。或许，人生就是一段永不疲倦的旅途，一切要到终点才能结束。

其实我一直都明白，能和灵魂做伴的人，实际上是孤独的。一路与你同行的除了灵魂和孤独，还有什么？！我没有去找贡巴，没有其他原因，我只是觉得更多的时候我们都为表层的语言而怀念，谁能理解我们把暖暖的记忆融入苍茫尘世的那种心情？

那年秋，我欠贡巴一件衣服，对于这份情谊，我又拿什么去回报呢？

蛇的故事

1

没见过活着的蛇,但一听"蛇"字,心就不由自主紧张起来。蛇到底有多可怕?干瘪了的、种类很多的蛇倒是在中药房见过很多,也吃过不少,干瘪了的蛇自然不用怕。家族里有小脚老太太常说起蛇,那是三十多年前的事儿。模糊的记忆里,她常拿蛇吓我们,说蛇如何如何毒,如何如何可怕,还说被蛇咬死的人将会变成厉鬼,不得托生。有清晰记忆的众多事件,都发生在村子里。那时候我还小,对草原很模糊,也很少去。一边耕种,一边放牧,住在这里的人们在这样的状态下已经生活了好多年。

父亲的大多数日子都在草原,来村里的时日极为有限,除非逢节过年。有天,我在巷口见到很多人围在一起,同时也看到了父亲，还有班玛次力大叔。班玛次力大叔躺在牛毛毡上，一动不动，裤管高高挽起，小腿肚上的一坨肉变成了深紫色，说是被蛇咬伤了。后来的事记不大清楚，班玛次力大叔也并没有因为被蛇咬伤而丧生。有那么一段时间，我总是在巷口遇见班玛次力大叔，他弓腰拄杖，嘴唇发黑，眼睛深陷，不大说话。见到他，我就想起小脚老太太的话，于是内心的恐慌迫使我一溜烟奔回家里，再也不敢一个人出门。也是因为怕真的看见没有托生的厉鬼，我再也不想和小脚老太太见面了。

时隔十余年之后，班玛次力大叔恐怕连骨殖都化为粪土了，但我依然不敢经过埋有他的那块地方。村里很多和我一样的孩子大多都害怕蛇，然而大人们的可恶之处就是总拿蛇来威胁我们。夏天去草场放牧牛羊，几乎全是孩子们的事情。牛羊跑到很远的地方，也需要我们去追赶。不是我们乐意，而是怕蛇。大人们用牛毛毡把自己卷起来，懒懒地躺在太阳下，然后眯着眼睛，对我们呼来唤去。对不听话的孩子他们总是说，抓条青蛇来，灌进领窝里，叫你不听话。顿时我们的皮肤上就会感到有冰凉的、滑滑的小青蛇在游走。于是，大家便飞一般从一个山头奔到另一个山头，不敢言苦。

有人做皮毛生意去了兰州，回来蹴在阳光下，说城市里的高楼大厦，新奇无比；有人贩卖虫草，到了遥远的南方，之后说起南方人吃蛇的事情。吃蛇？没有几个人相信。

蛇是女娲娘娘变的，小脚老太太这么说过。女娲娘娘是人类的祖先，怎么能吃呢？蛇一般不会跑到家中来，家里发现有蛇出没，那定是不祥之兆。这也是小脚老太太说的。三十年前的某个秋日，我第一次见到了蛇，就在我家里，准确地说，是一条小青蛇盘在屋梁上。它不足一尺，周身发亮，脑袋似青豆，蛇芯子来回伸缩，全家人都紧张坏了。后来，我们叫来族中的长辈，将蛇慢慢引到木锨上，送到门前的草地里去了。再后来，父亲从寺院请来几个和尚，给家里念了平安经。蛇到家里来是不吉祥的，但不能打死，一旦来了，就要好好劝它回去。因而村里多了几个念经的小脚老太太，她们在闲日里学会了念"劝蛇经"。村子四周都是草原，小蛇伺机光顾也是常事，有人会念"劝蛇经"，自然功德无量。我不知道有没有劝蛇的经，总之，但凡积德行善、化险为夷，就是好事。小脚老太太们在村子里的地位突然之间比以前高出了许多，大概因为那些子虚乌有的"劝蛇经"了。

见到了蛇，家里也就怕了那么一阵子，倒是请和尚来念经，我们跟着闹腾了几天，热闹的场面保存在记忆里，一直没有忘掉。

那年秋末开始，父亲没有去牧场，一直待在家里，不大爱说话的父亲比以前更加威严了。

2

村里有牛姓人家,因生有五个儿子,大家都管他家叫"五牛"家。土地下放不久,各种庙会慢慢繁盛起来。三牛不见了,祸端源自邻村。邻村来了一群卖艺的,他们个个武艺高强,能飞檐走壁,也能一掌拍烂摞在一起的砖。三牛跟他们学艺去了,据说临走前偷走了家里的黄铜烟锅,用以拜师。五牛家儿子多,三牛不见了,家人似乎不着急,四下打听几日,之后便不闻不问。两年之后,三牛回来了。三牛的父亲出没在村里的大街小巷,神气十足,说三牛从院子里一个滚翻就能飞到房顶去。村里人不敢惹五牛家,都怕三牛。三牛在大街上走路的样子和别人不一样,扬手抬脚,把指关节弄得嘎嘎直响。大家看着就想笑,却又不敢笑出声来。

三牛有武艺的神话就在他回来的那年冬天给打破了。那时候村里谁家出嫁姑娘,总要请电影队放几场电影。一村放电影,十里八乡的人都会集聚而来。人多嘴杂,你推我搡,加上年轻人不安分,结果一场混乱的群架就爆发了。三牛在那场群架中被人三棍子就放倒了,五牛家从此不再张狂,但三牛仍然不死心,他在门口两棵白杨树中间吊了好几个沙袋,三更半夜起来,练个不停。几月过去,他的手脱了一层皮,关节都变了形,尽管如此,村里青年不服气者甚多,可嘴上还是不敢说啥。

三牛说，失去的一定要挣回来，面子比命更重要。

他还说，君子报仇十年不晚。

春暖花开对高原而言只是传闻，等节气一过谷雨，山坡上的草木才似乎从梦中醒来，一直到农历四月后半截，绿意才渐渐覆盖住漫山遍野的荒芜，这时候我们就会去山坡放牧。放牧是多么开心的事呀，我们心里有许多怨恨，但因为怕蛇，也只能忍气吞声，听凭大人们躺在暖暖的阳光下懒懒地指挥着，东西南北来回奔跑。

第二次见到蛇，是在距离村子很远的一个草坡上。仍然是一条小青蛇，不足五寸，那蛇在阳光下极速穿行，分外明亮。蛇是三牛发现的，也是他捉住的。三牛不怕蛇，他用两个手指把那条小青蛇从脑袋下死死捏住，然后捡起一块石头，一下就砸烂了蛇头。掉了头的蛇摆了几下身段，之后便不动了。三牛拿着鲜血淋淋的蛇身，从脖颈里灌进去，然后又从袖筒里倒出来。看着他玩得开心自如，而我们连摸都不敢摸一下。张狂的大人们忘记阻止三牛，似乎被吓住了。

三牛吃蛇了！全村人都惊恐无比。我们在现场，倒是觉得好奇。三牛把那条没头的小青蛇的皮剥了下来，嚓嚓嚓两下就吃完了。他说，吃了蛇肉和别人打架就感觉不到疼。三牛还说，吃蛇最好是把它装到瓶子里，然后灌满水，蛇喝饱了水，就会把吃进肚子里的老鼠吐出来，那样吃才干净。哭声从后半夜传来，第二天全村都知道三牛死了，据说周身肿得像牛皮袋一样。

蛇是神灵，不敢对它有丝毫不尊呀。三牛的死让我不但更加害怕蛇，而且对蛇有了万分敬畏。从此不敢去草长的山坡，也不敢去碎石很多的河谷。

父亲说，人心不足蛇吞象。那年秋末没去牧场是因为他也遇到了一条巨大的蛇，那蛇在山崖上，对一头小牛犊虎视眈眈，牛犊不敢迈步，蛇也没有进攻，相互僵持半日，直到牛群经过，蛇才窜到深草里去。三牛戾气太重，被蛇要命，也是早晚的事。

蛇的确是能吃的，这是我在不断丰富生活经历和开阔视野的途中慢慢知道的。

食蛇的记载可谓久矣，唐宋传至中原。《太平广记》等书籍里都载有皇帝吃蛇的故事，《山海经》里也有吃蛇肉便可终生不得心脏病的记录。可三牛的离世却和蛇有关。也许和他说的差不多——那样吃才干净。那几年鼹鼠繁多，为保护草场，有人专门在鼠洞里放过药。蛇食鼠，而人食蛇，到头来人死于非命，不足为奇。蛇的种类很多，和三牛一样的食蛇者，总是急于达到某种目的而忽视了其恶毒的本性。恶毒常常隐藏其内，不喜张扬，聪明的人们在欲望的驱使下反而变得愚笨无比，丧失心智，丢其小命，何其怪哉！

3

父亲知道的关于蛇的故事不亚于小脚老太太，然而由于他的严厉，加之很少说话，我们都不爱听他讲的故事。无论什么样的故事，但凡与蛇有关的，大多是恶毒的。有一天，当我看了《白蛇传》之后，却真的对蛇动了怜悯之心。或许是讲故事的人心怀慈悲，也或许是故事本身善意无限，总之，我对蛇有了新的认识，也不再那么畏惧了。实际上这一切都源自一个人的心灵对某种事物的认知有了改变，并不是事物本身发生了变化。有那么一段时日，我经常沉浸于白蛇和许仙的故事里，痛恨法海棒打鸳鸯。毕竟是孩子，不懂尘世里恩恩怨怨的纠结，也不深究那么多恩怨与纠结的目的。看过，感伤过，也愤恨过，然而时间还给我们的依然是走过今天，等到天亮，再继续明天的路。

对蛇的认识还和父亲的一个特殊朋友有关。

父亲念念不忘他的那个"右派"朋友，消闲下来的时候总是提起，所以我多多少少知道些他们之间的事情。

父亲的朋友在二十世纪五十年代被下放到草原上，因为是"右派"，大家都排斥他，他也不愿和过多的人交往，大小事情上更是显得小心翼翼，十分谨慎。他是知识分子，父亲常说。在草原上，父亲和他经常一起出没。他在草原上没有据点，也没有牛羊，村里有个破仓库，冬天一到，他就住那里。父亲说，过年的时候，叫他到家里来，暖暖和和吃上一口。他不会放牧，且身体单薄，不了解草原上的节气变化，吃了不少亏，家里几个破旧的皮袄都给了他。起初他很谨慎，时间久了，慢慢习惯了下来，那种本能的防范和隔阂也渐渐少了。但他从不提他的过去，话题赶到那里，也只是重重的一声叹息。寒冬腊月，他一个人蹲在那个破仓库里，裹着皮袄，不言不语。父亲说，有好几次他看见他把树叶子卷起来当烟抽，神情木讷。也是因为他深知自己的身份特殊，父亲说，有时候叫他好几次，他都不愿到家来坐坐。

有年冬天，父亲带大姐去亲戚家。父亲疼爱大姐远远超过疼爱我和大哥。亲戚家有老人过世，算是喜丧。他带大姐去，仅仅因为一顿好吃的。据大姐回忆说，那时候她八九岁，亲戚家在另外的草原上，距离我们很远，加上大冬天，她在半路上就不想去了。的确，草原上的冬天是十分严酷的。父亲以为她走不动了，就背着她。回来之后，她的一双手被冻坏了，肿得像馒头一样，一热就喊痒，一冷就喊疼，一直喊到来年清明过后。父亲央求他的那个"右派"朋友给她治疗，可他也没有办法。治疗冻疮在那时候的确是有困难的，一来买不到合适的药，二来家人也不会因为那点小小的疼痛就卖羊卖牛去治疗。

草木发芽很长一段时日之后，我的担忧就会来临，尽管在口头上说不怕蛇，但潜意识里还是有所恐惧，那恐惧不随时间而削弱，反而有点变本加厉。我不知道这算不算是无形的伤害。因为班玛次力大叔被蛇咬伤的样子和三牛吃蛇的事经常萦绕在脑海中，让我无法在意识里坦然地接纳蛇。

有一天，父亲拿来一罐乳白色的油，放在橱柜上，叮咛我们千万不能动，说是给大姐治疗冻疮的。一到冬天，大姐的冻疮总是会犯。我们不知道那油是用啥做成的，那年冬天，大姐擦了那油之后，冻疮几日就全好了，之后再也没有犯过。后来父亲说，那是蛇油，是他那个"右派"朋友做的。

秋收时分，大家都在忙着抢收，父亲的朋友悄悄找来一个长颈的罐头瓶子，里面倒上一点酸奶，然后放在长草丛里。父亲的朋友在大家休息的时候，就去长草丛里。蛇和众多生灵一样，无法抵挡自己的贪欲，它们钻到瓶子里，吃完酸奶之后就无法出来了。父亲的朋友把有蛇的瓶子放在石头上暴晒，两三天时间，蛇就被晒化了，不见身形，只有半瓶白白净净的油。父亲的朋友说，蛇油不但可以治疗冻疮，还可以治疗许多皮肤病。他还告诉父亲很多蛇的好处，可惜父亲除了治冻疮其他的都没有记住，浪费了那些可贵的方子。

父亲的朋友因为那次捕蛇，再次遭到严厉的批斗。之后，他和父亲的交往越来越少，后来被下放到连父亲都不知道的地方去了。虽然他去了很远的父亲都不知道的地方，但那罐蛇油却为整个牧场带来了福气。

每年春初的转场是最为忙乱的，物资的驮运要靠马匹和牦牛，来来回回，马匹的背上都磨出了疮，盛夏时分，成群结伙的苍蝇总是围着马背转。这个时候父亲就拿出那罐剩余的蛇油，挨个给牧场上磨有疮的马匹擦。几日之后，马背上的疮好了，新的毛长出了，苍蝇也不见了影子。父亲告诉大家这神奇的药油是他的那个朋友给的。大家心里都感激他，但奇怪的是，没有一个人站出来替他说一句话。

4

几年过后的某一天，他突然回来找父亲，说要回城，一切都好了起来，临走前他给父亲写下了地址，说有时间他会来看望我们。一晃几十年，有些事情大概在记忆中已经没有了影子，而对于这个朋友，父亲总是说起。原来他是个很有名的医生，至于犯了什么错，父亲是不知道的，他也始终没有说。但他告诉父亲用蛇治疗疾病的众多方子时的情景父亲总是念念不忘。

我不知道父亲的那个"右派"朋友当年是怎么在草原上度过那些时日的，可以肯定的是，他经历了我们不曾想象的磨难。"光荣常常不是沿着闪光的道路走来的，有时通过遥远的世俗的小路才能够得到它。"想想看，父亲的朋友何尝不是这样？有自己的真实的信仰，有自己的性格和坚定的信念，并将它保持住，这比关心上帝更重要。

有一个古老的传说在民间流行，蛇性喜光明，于是蛇王经常率众蛇追逐太阳的脚步。不想，有一日，众蛇的追逐速度太快，离太阳太近，竟然被太阳灼伤了。愤怒的蛇王见此，集全身之力，腾空而起，口吐芯子射向太阳，奋力抗争。身处九天之上的太阳，又岂能如此轻易就可射到？蛇王射日不成，却将自己陷身绝境——处于万丈高空，没有飞行能力的它，唯一的结局就是粉身碎骨。众蛇知道了蛇王的危险，便一起向上苍祈祷。蛇王爱众蛇之心感动了上苍，上苍赐给蛇王一对巨大的肉翼，让蛇王得以避免惨死的命运。于是，蛇王不但获得了新生，还增加了寿命。这样，世上就诞生了一个新的种族——龙族！继承了蛇王血脉的龙族，不仅具有飞行的能力，还拥有强大的力量。传说已经无从考证，世人不明真伪，龙族也似乎从不承认这个传说，反而讥笑蛇族攀附权贵。人类往往信仰和攀附龙族，而将蛇置于高贵的反面，这却不是传说，而是现实。蛇背着恶毒的骂名游走于人类的肠胃与血液中，替人类缓解疼痛，治疗痼疾，谁为蛇说过一句公道话？凡此种种，蛇在我心里已经不再是大家所说的那么恶毒了。

5

数年之后家族完全脱离了游牧生活，定居下来。小脚老太太已化为粪土，村子亦是人事更迭。父亲老了，他总想拉住我们，讲讲他年轻时代的故事。而我们却为过好日子来回奔走，已没有那样的好奇心坐下来认真去听。苍老的父亲显得很孤单，也很失望。

贡曲是父亲的侄儿，也是我的大哥，他染上皮肤病已经好几年了。穿街走巷，寻找名医，走出大医院，进入小诊所，一年总有那么几次发作。疾病发作之时奇痒难忍，他常常拿木板来回蹭皮肤，蹭得鲜血浑身都是。每见于此，父亲就不住地怀念他的那个"右派"朋友。可我们不知道他在哪里，还在不在尘世。

贡曲的皮肤病是按季节发作的，春天和秋天不可避免，有时夏天也会折腾他。那些带有蛇皮的中药估计吃掉了一卡车。父亲坐在阳光下不说话，他像回到年轻时代一样，脾气暴躁，对我们动辄就破口大骂。而我们也习惯了，谁会和自己的父亲较真呢。

有一天父亲来电话了，电话里的他像孩子一样，这是几十年来我第一次听他如此言语和善情绪激动。他说他想起了那个"右派"朋友的名字，让我打问打问他在哪里。这世上同名同姓的人不知道有多少，仅凭一个名字让我在这茫茫人海里怎么找。可见他那兴奋的劲，我又不忍给他泼凉水，从此，那个名字在我脑海里纠缠着、折磨着我，直到有一天我真的找到了他。当时我不知道是不是他，但情况和父亲说的差不多，他是著名的皮肤专家，在上海某所医院。我打印了一沓关于他的资料和照片，拿给父亲看。父亲说，他没有变，一点都没有变。终于找到了，父亲高兴了好几天。我按照父亲的嘱咐，给他写了信，并且着重写了用酸奶捕蛇的事。

几月过后，我们的等待依然没有任何讯息。父亲沉默许久，然后不住地责怪他的朋友。秋末的某一天，贡曲的病又犯了。父亲执意要去上海，他铁了心，谁也拦不住。我、贡曲和父亲，我们收拾好所有一切，在一个秋雨蒙蒙的早晨，坐上了开往遥远的上海的列车。

平生从未出过远门的父亲，坐在飞一般的列车上，我穷尽想象，也难以猜测他的心思。因为，父亲在登上列车的那一刻，眼睛里就噙着泪花，那泪花里还隐隐约约闪动着不易发现的哀伤。

湖边的候鸟

1

春天渐渐来了，车巴河迅速高涨起来。然而春天的河水不只给我们带来丰沛的用水，同时还带来了早就预料到的木棍、空瓶和食品袋。我们视后者为垃圾，说前者是生活中不可或缺的珍宝。一根木棍从上游漂浮而来，搁浅在河岸边，风吹雨淋，最后进入火炉，或是成为一张桌椅的用料。这根木棍对时光而言，它的每一条纹理都会有着不为人知的历史。当然，我的世界里关注和关心的并不是这些，而是几百公里之外的湖边的候鸟——因为春天来了。

候鸟对春天的到来十分敏锐。当然春天一来，牛羊也会骄傲起来，大摇大摆走出栅栏，在公路上昂首阔步，过往的车辆都要停下来，要等它们摇晃着穿过油黑的公路，进入另一片牧场。这个时候，你会突然发现，我们相互拥有的这个世界是多么狭窄而富有情趣。

湖在几百公里之外的尕海，是淡水湖，是青藏高原东部一块非常重要的湿地，被誉为高原上的一颗明珠。湖中没有洲，也没有船只往来，四周是群山，雄壮威严，积雪茫茫。

高原上的春天来得悄然无声，却又热闹非凡。坐在距离湖面几百米之外的草地上，一棵龙胆花和红参就冒出了稚嫩的新芽。水鸟们掠过湖面，或一头钻进水里，既而又跃出水面，展翅于高空。我也是突然间发现，甘南的春天是从尕海湖开始的。南迁北返的候鸟最能感知季节的变化，此时它们已将尕海湖完全装扮了起来，湿地表层也已泛起了绿意，闪动着青春的动力与活力。

冰雪已融化，附近的草原也翻涌出不易觉察的新绿。野兔和鼹鼠们并不明白一年为什么会有四季轮回，但它们却知道，这个时候该走出家门了。它们满怀信心和希望，将大地深处的黑土送到地面，将要为新的生活努力奋斗时，草原上空盘旋的苍鹰突然就增多了，这又使它们对冰雪的融化和草木的发芽产生了一丝恐惧。

远处群山上依然是皑皑白雪，雪线以下的松柏暗黑一片，山底绵延无尽的便是尕海湿地，湿地就是候鸟的天堂。

破晓时分，这片草原湖泊与湿地上的情形只能想象了。

因为高原气候变化无常,四五月的清晨总有霜冻挂于草尖之上。一直持续到六月中旬,才能大大方方于破晓时分出没在湖畔。候鸟们自由歌唱,自由恋爱,巨大而安宁的湖泊湿地成了它们的舞台,各种精彩的表演一直要持续到疲倦的黄昏来临。高原漆黑夜晚里的秘密,只属于它们。地方群众的心目中,这是一汪圣水,一片圣湖,一座圣山,他们的脚步从不踏进。候鸟们的舞蹈纯属是给大自然的献礼。候鸟们南迁北返,靠这片高原湖泊与湿地繁衍生息,但绝不是为这片高原而活。它们的梦想与希望在天空里,它们的快乐与挑战在几万公里的长空之中。

为了看到候鸟美丽的舞姿,四月初我就做好了准备,并在工作日志上做好了标记,因为窃听春天的私语,绝不是件容易的事情。坐在草地上极目远望,高空飞翔的各种候鸟制造出一片喧嚣,它们或许刚从西伯利亚回来,也或许要返回云南。所有一切只能极目远望。尤其是四月,它们初来乍到,春潮刚刚涌动,任何小小的举动,在它们眼里都属非法入侵。

牦牛在栅栏外的草地上漫步,或在湿地附近的水洼里洗澡。牦牛和候鸟不同,牦牛从容大方,宠辱不惊,但对非法入侵同样表现不友好。相对而言,我们的入侵还不至于惹得它们恼羞成怒,草原毛虫才是牦牛真正的敌人。草原毛虫能适应高原严酷的气候环境,且繁殖速度很快、能力很强,它不但影响着牧草的生长，而且还会对牲畜穷追不舍，导致口膜炎疾病的大肆泛滥，而飞翔于湖泊与湿地上空的众多鸟类是草原毛虫的天敌。物竞天择，草原毛虫一代又一代突变，鸟类们更是想方设法进化。在弱肉强食的自然法则面前，我们为证明自己的强大生存能力，更是绞尽脑汁，为不断战胜自我而采用密集性的各种手段，获得了前所未有的战利品，但从长远价值来看，它已经发生了可怕的贬值，因为脆弱的生态已将我们推向悬崖。

湿地的表象很浅，而居其下的泥炭深不可估，不过很少有人以身去探。距离湖面的候鸟观测台还有一段路，这段路要穿过湿地。我们走得很轻，很小心，但还是惊起了湖面上的候鸟，它们集体反抗，不给你抬镜头的机会，就远成了一个个小黑点，消失在群山深处、雪峰之间。围绕在身边的却是无尽的、带着早已退化了的口齿的草原毛虫。它们飞翔着，碰撞着，正在寻找适合自己生存的领地。

2

尕海湿地是青藏高原东端最大的高原湿地，也是黄河上游重要的水源补给区之一。湿地周围是天然牧场，附近生息着勤劳朴实的藏族群众。他们信奉佛教，终身以崇尚自然、保护环境、爱护生灵为己任。湿地是鸟类的天堂,每年来这里繁殖越夏的候鸟达七十多种,其中有黑颈鹤、灰鹤、黑鹤、大天鹅等珍禽,地方群众视它们为神圣之物,不容惊扰,生态环境不断好转,其数量逐年增加。

四月是一年当中最好的时节,因为每年四月,这片高原完全是鸟类的舞台,幕起幕落,高原的春夏才会充满无限生机。

尕海湿地面积很大,想越过湖畔去看鹤群打情骂俏,是不可能的。对于两千多公顷的湖面之上与之下的情况,我们根本无法想象,五十米之内能看到的也只有斑头雁。自然保护局的工作人员带着我,穿过草滩,踏上通往湖面观测台的木板桥时,一群斑头雁撩水而起,发出令人心碎的鸣叫,排成整齐的一行,飞向了长空。

斑头雁是雁属中体形较大、体重较重的鸟类,通体大都呈灰褐色,喙扁平,头和颈侧呈白色,头顶有两道黑色带斑,在高原湖泊繁殖,迁飞距离远,且路线较为固定,每年三月中旬开始迁往高原湖泊繁殖,秋季南迁一般从九月初开始,迁飞时队列有序……工作人员给我解说。我想起了几十年前学习过的课文——一群大雁往南飞,一会儿排成人字,一会儿排成一字。雁阵,几十年后的今天,我才知道了这个词的深刻含义。也知道了雁阵如此有序,是为了节省体力。资料说，大雁的队伍成"人"字形，是为了加速。当飞在最前面的大雁在高空展开翅膀，其身后会形成一个低气压区。那样一来，紧跟其后的大雁在飞行时，就很好地利用了这个低气压区，少了气流阻力，就节省了体力。这样的阵形需要多高的素质，它们的团队是多么训练有素。再想想，呈"人"字形的雁阵飞过蓝天，难道不是一架向蓝天和气流发出挑战的战斗机吗？

我们走到湖面观测台时，已不见了一只斑头雁。遥远的湖面只有几对赤麻鸭在嬉玩，眼前的湖面十分平静，水草直直挺立。等待——工作人员说，要把自己当成僵尸，它们才会慢慢移过来。倘若有半点异动使它们有所警觉，它们就会高高地目空一切地从你头顶飞过，即使发现喜欢的食物，也绝不会停留。

果然如此，那几对赤麻鸭距离我们越来越近了。而当我举起相机的瞬间，它们又扇动翅膀，疾速划向湖面深处，其中两只干脆贴水而起，飞向远处的雪山。翅膀撩动水面的瞬间，溅起的水花让坚硬的水草把守望了一个冬季的忧思抖落殆尽，留在湖面上的只是一圈一圈的波纹。这样的惊扰之下，无论赤麻鸭、斑头雁，还是棕头鸥，它们再也不会回来了。

蒲公英贴在地面上，已经开花了。那黄色的小花似乎给整片草原打了一个标记——春天来了。是的，高原的春天已经来了。我们穿过栅栏，慢悠悠在草场上走着。牧草很显然没有往年高，但干枯的草根之下齐刷刷全是嫩绿。这片草原十分辽阔，走了一个多小时，还未走出第一道防护栏。四月到五月的这段时间，每一秒里都会有新的植物发芽、生长。六七月间，每一秒里都会有不同的植物开花。八月之后，每一秒里各种植物争相结果，完成生命的涅槃。八月底，雪就来了。为数不多的高原耐寒植物艰难地支撑着身段，等待着霜降把它们收割。现在我们虽然漫步在春光下，然而湖畔的寒风依然无情地攻击着我们。

三月底，所有牧草都要割完。从草场返回途中工作人员告诉我说，最初大家都想着保留牧草，后来发现那样对生态极为不利。曾经放附近牧场的牛羊来吃，牛羊一进来，或多或少还是有破坏，只好割了。工作人员说到这里，显得有些激动。三月寒风夹雪，从早晨到下午，割不了多少。又说，机器的轰鸣不允许出现在这里，后来地方群众帮忙来割。牧草质量特别好，喂牛羊没说的。整整一个三月，我们出没在牧草里，听着鸟儿的歌唱，看着不断飞到这里的来自不同地区和国家的候鸟，大家都很卖力。

湖面上的候鸟又多了起来，可惜黄昏来临了。风更加猛烈起来了，我们都忍不住打起寒战来。放弃了再次去湖边，朝保护局办公楼走去。到了吃晚饭的时间，彼此都不要惊扰，这应该是和谐至关重要的一点。

3

夜里更冷了。打开窗户，听到的除了寒风呼呼吹刮，还有雨滴下落的声响。冰雪融化之后，又迎来雨滴的下落，这样的夜晚不仅给甜睡的万物带来骚动，也给我带来异样的兴奋。对长居在这里的工作人员而言，大概已感觉不到有多么的新奇，但他所表现出来的依然是喜悦。这样的夜晚谈论些什么才适合呢？生态环境、湿地保护、候鸟迁徙，还是生活中遇到的曲折与困境？火炉上的茶壶欢叫着，茶叶在杯中未完全舒展，它们上下浮沉，似乎等待着要倾听我们接下来的话题。不过我们的谈论绕开了斑头雁，也绕开了湿地另一端的黑颈鹤。我们的谈论落在大天鹅上，或许是因为今年的春天来得早，大天鹅们已经撤离了天鹅湖。

尕海郭莽滩有一湖泊，水来自地下，常年不结冰，而且水生植物丰富，为大天鹅提供了越冬的条件，因而被誉为天鹅湖。这当然是自然条件，还有人为因素，因为郭莽滩出现了一位大天鹅保护神——西合道。

西合道是尕海秀洼村牧民，他保护大天鹅及其他候鸟已经二十多年了。西合道今年七十多岁，早些年他和别人打架、争吵,不是为了草原,而是为了候鸟。每年鸟类繁殖季,都会有人来惊扰,西合道就不要命地去保护。西合道为了守护来此过冬的鸟类,特地修建了牧区少见的小二楼。只要站在二楼窗户边,天鹅湖附近情况就看得一清二楚。有人追赶和捕鸟,他就会冲出家门,于是各种争吵就不可避免了。

西合道除了保护候鸟,还救治过大天鹅。有一年,一只大天鹅因受伤而未返回,他打针、喂药,像照顾孩子一样。受伤的大天鹅治好后,那年没有返回南方,一直留在天鹅湖里。西合道和大天鹅成了朋友,只要西合道一来湖边,大天鹅就会游过来和他亲昵一阵。有趣的是,第二年那只大天鹅不但没有返回,还有另外一只大天鹅也留了下来。

当然这是几年前的事情了。西合道被大家称为大天鹅保护神,实际上现在根本就没有偷猎者了。西合道已经老了,但他离不开天鹅湖里的各种候鸟,当候鸟南迁时,他总要伤心好几天。好多日子里,他总是坐在窗前,拿着望远镜,认真观看着那些掠水而起或撩翅入水的候鸟。

工作人员无意赞美或是夸张,我们做个这样的想象,当你漫步湖边,各种候鸟朝你围拥而来,争相诉说它们之间的情感时,谁还有欲望去觊觎?一群候鸟在头顶盘旋,它们或许有疑问,你怎么也在这里?我们怎么成朋友了呢?或许,你不是鸟类学家,根本不知道它们在叫嚷什么。但你在尘世之中，足以骄傲、自豪，因为你已经具备了一个良好公民应具备的素质。鸟类们表达情感的方式的确不同于我们，留下来陪伴西合道老人的那对大天鹅是很会共情的家伙吗？你用口哨向它们致敬、感谢，而它们也许会用扁平的嘴巴对你说——对感情的忠贞，我们与你们，还是不一样的。

拂晓时分的湖面总会给你带来意想不到的惊喜，当太阳从东边雪山跳出来的时候，你会看到另一个陌生而新奇的世界。我理解工作人员的话，事实上这里的一切并没有发生巨变，陌生而新奇也只是视觉上的变化，然而要等一切到来，似乎又是十分漫长的。这种等待最能消磨人的意志，因为你的整个心灵早为各种候鸟飞翔的姿势和变幻着的光线所占据了。

4

清晨冷得出奇，湖边寒风袭人，湿地表层带有薄薄的霜冻。工作人员带领着我，再次向湖面观测台靠近。第一缕娇羞的光线穿破云雾，透射到湖面上，多么伟大而富有色彩的光芒啊。站在观测台上，我们努力让自己成为"僵尸"。随时间的推移，我们心中的希望也渐渐有了转机——一群大鸟从远处缓缓而来，看不清它们多姿的舞蹈，但各种鸣叫构成的交响乐瞬间响彻了天宇。我专注于它们的舞姿与飞行路线，它们飞得很低，无视你的到来，却保持着高度的警觉，不肯落在湿地周围，回旋着，聚合着，分散着，最后又向远处的雪山飞去。

站在观测台上，饱受寒风的宰割，我们真成"僵尸"了。太阳完全露出了身子，湖面立刻铺满了闪动的碎金。候鸟们还是不肯过来，在距离我们很远的湖心，鸣叫着，撩动翅膀似乎在挑逗我们。

太阳渐渐升高了，天空与湖面紧紧连成一片，它们的鸣叫更加热烈了，似乎是为某种持久的生息进行争论，又似乎对不发言者做出中肯的批评。许久之后是嘹亮的集合声，喧闹之音渐渐小了下去，最后集体沉默于湖面——午休时间到了。

返回的路上，工作人员再次提醒我，这样不但拍不到候鸟，反而会有所惊扰，它们原本正常的生活秩序会紊乱。又说，我们为拍到各种候鸟，往往在太阳未出来之前就做好准备，有时候在湖里站上好几个小时。听上去有点可怕，不过工作人员接下来说到的竟和我的猜想完全一致。当然，我忽略了深入湖水还必须有一套专业的潜水服。

一定要让候鸟觉得你就是湖中的一棵水草。工作人员语气坚定。除非专业人员，或专业需要，否则是很难做到的。

在湖水中是水草,在湿地上是石头,在观测台上是僵尸,才能取得候鸟们的信任,方可目睹它们更多的秘密。工作人员又说,有一年,为拍到湖对面湿地上的黑颈鹤,足足准备了一个星期,有人都被冻伤了。

专业的观测虽然是工作上的需要,但对候鸟而言,则是痛心的背叛,因为每年南迁北返之时,为给候鸟们补充体力,工作人员会定时投放食物。他们之间在一定程度上已经建立了某种信任,信任的目的是更好更安全地接近对象,而具有强烈目的的信任,一旦暴露,往往会令对方痛心,甚至反叛。于是,候鸟们的警觉与提防愈加明显了。

四月和五月是候鸟的繁殖期,最好不去惊扰。工作人员说,七八月还可以,那时候是它们训练幼鸟的时节。九月、十月,它们就会离开,幼鸟初飞长途,那段日子对投放食物的要求很严格。等来年三月,依然要投放食物,飞行几万公里,飞到高原它们已经疲惫不堪了。来来往往,生命就这样循环着,衰老着,而具体实际的意义也只有它们知道。

快到保护局门口,工作人员没有挽留我的意思,他说,真想拍候鸟,就一定要做好充分的准备,没有八百以上焦段的镜头,就别来惊扰它们。我笑着说,不拍候鸟了,我选个时间来拍花草。工作人员迟疑了一下,又说,这里不但是候鸟的天堂,也是花的海洋。你肯定没有了解过,尕海湿地境内分布着三百四十多种植物，有国家保护植物山莨菪、冬虫夏草、红花绿绒蒿，还有角盘兰、凹舌兰、小斑叶兰、尖唇鸟巢兰……

兰科植物一般生长在深山幽谷和保水性良好的石隙里，或在稀疏的山草旁与次生杂木林的林荫下。越是珍贵的植物越是对环境挑剔，兰花能生长于这片高原，当然并非天意，它与所处环境能建立起某种和谐，足以说明尕海生态的优良和这片草原的富足。试图将它们挖出来，带到另一片牧场，像挖一棵树那样。很显然，这种想法是有悖天意的。想想看，当我们背着锯子，提着斧头，走遍整片森林的时候，我们最后得到的又是什么呢？在另一片牧场上播种兰花，这才是一个公民伟大而光荣的想法。然而，我们的另一片牧场是否具备和尕海一样优良的生态环境呢？人类的发展是持续不断的索求过程，那些珍贵的植物一旦和人类同居阳台，会不会也和人类一样，惯养之后的珍贵或许就不名一文了。是的，很多生物的无端消失，几乎引不起人们的悲伤，而对生物进化来说，却是一次惨重的损失。

离开保护局，突然觉得这个四月来湖边的确有些冒失。不过许多事情随时会发生，不可预知，未到旅游季，公路上就已经停着好几辆大小不一的客车。湖面与我渐渐远了，而候鸟的鸣叫却越来越嘹亮。闭上眼，似乎就能看见它们在湖面上，在湿地边，乃至在硕大的草原上空高傲地回旋着、聚合着、分散着。它们在这片高原上留下了繁衍与逃亡的足迹，它们掠过四月的湖面，叫声划破长空，在整片高原、湿地、湖面上，那是一首多么悠扬而充满了野性的诗歌啊！

花朵的丰碑

1

和小艾赶到美仁大草原，太阳还没有出来。风在无边的草原上狂卷，似乎在告诫我们——高原夏日的风绝不比寒冬温柔多少。群山一动不动，铁青着脸。寸许长的草尖顶着沉重的露珠，摇摇晃晃，最后弯了一下腰，啪的一声，掉在地上碎成一片湿润。草原被寒冷包裹，静谧无比，令人悸动。天空辽远，空旷，和群山连成一片，天地间的距离突然感觉缩短了许多。

这时候，从某个遥远的深处传来一阵清脆响铃，铃声轻柔有力，落在寂静的草原上，让草原更加静谧起来。一会儿，便是与之相呼应的一大片嘈杂声。没有辨清嘈杂来自何处，绵密而奔跑着的浓雾又将天地变成了混沌一片。

风突然停了。整片草原冷寂无比,浓雾包裹着湿气,肩上的包变得沉重了起来。我们将包从后背移到前胸,并将双手捂在包之下,谁都不愿开口说话。

时间绝不会因为我们与之对抗而停滞。四十多分钟后,浓雾渐渐散开了,一个新的世界在花白相间中缓缓呈现了出来。太阳的光线越过我和小艾的头顶,斜斜射向身后无垠的草原。可以从黎明的瑟缩中稍作舒展了,小艾搓着双手,大声说,这里的日出不但和其他地方没有区别,而且还是无边的冷库,再也不信你的话了。的确,我早就想到清晨时分草原的寒冷。无法改变的事实是身居海拔三千多米青藏高原的东北部边缘地带,说不寒冷就是自欺欺人,是妄自尊大的吹嘘。

眼前的草地渐渐清晰起来了。浓雾在群山间缭绕,在更遥远处的草地上滚动,一小时后,整个草原亮起来了。我专注于草地的开阔与静穆,一声尖利的鸟鸣却划破了草原,接着便是一大群鸟儿,它们似箭镞般从头顶掠过,又如箭镞般落在遥远的草地上。新的一天就这样开始了。

鸟儿应该是云雀吧,或者干脆依当地人的叫法——上天雀儿,它们在草地深处生息繁衍,也在成熟之际的青稞地里哺育子嗣。夏日清晨的草原上,这么多上天雀儿嬉闹,也是第一次见到。是我们惯于操心自我幸福,而忽略了鸟儿们的作息。牦牛和洁白如雪的羊群也亮起来了,草原被各种颜色点缀着,成了热闹无边的舞台,黎明前的沉寂和荒凉不见了。尽管如此,夏日的美仁大草原上,牧草只有寸许长,植被浅薄之处黑土层依稀可见。

美仁大草原在甘南州合作市东侧,和其他草原不同,这里是青藏高原上特有的高山草甸草原,没有概念之中草原的平坦,它由大小如锅盖一般的草甸连缀成片,辽阔雄浑,独特迥异。重点保护植物红花绿绒蒿遍布四野,草甸之中,土层罅隙之间,野花竞相开放。

红花绿绒蒿是这片草原上的佼佼者。花葶从莲座叶丛中生出,微微下垂,花瓣呈椭圆形,颜色深红而炫目,如丝绸一样,令人迷醉。它们占据着大半草原,远远望去,像一面面鲜艳的旗帜。除了绿绒蒿,这片海拔三千多米的高山草甸草原上还有莎草科、苔草科、蓼科、菊科、毛茛科等许许多多的耐高寒植物。生态环境的优良与富足带给我们的除了宝贵的财富,还有口福。美仁大草原不但是野花的天下,还是野生食用菌及山野菜的基地,酥油蘑菇就是菌类中的极品。每年七八月,当地牧民都来采集。此菇金黄,色如酥油,味甘肉瓷,能生血养血,补脾健胃,还能化痰理气,滋阴益阳。

我们领会自然的特征与对艺术的观察是一样的———切从最美好的东西开始。我们的这种观察在具体实际的生活中不断完善，一直发展到堪称完美，却无法抵达满足。虽然如此，但我们对这片草原的认识似乎才刚刚开始。这片草原或许来自遥远的冰川时代，在亿万年的进化中，它们丢弃了不利于生长或无法生长的菌丝。时至今日，它们的进化却为我们的日常生活提供了基础条件。因此，在短短的七月中旬与八月上旬之间，牧场密布的广阔区域里，它们加速成熟着，直到菌膜破裂，孢子飘飞，直到那些孢子散落于潮湿阴凉之地，再次形成一圈蘑菇家族来。

小艾对此非常了解，他曾将酥油蘑菇的孢子带到阳台上，只是可惜，阳台上根本不具备其生长的条件。三番五次，后来泄气了。小艾在草原站工作，对草原上的一切很熟悉，可他的专业素养却十分"糟糕"，总是想着在阳台上种出一大片草原来。但我却很佩服他，因为他对于草原上各样的物种都能说出你不知道的条条道道来。

小艾说，甘南草原上还有几种特别珍贵的兰花。我听了之后，再也按捺不住了。美仁大草原以前是一片开放的草原，随着禁牧政策的深入与游客的不断增长，再也不允许任何人随意进出。我们只能站在公路上，最大程度的接近，也只是踏上伸入草原不足二百米的观光木板桥。二百米的距离实在太短，难以寻觅小艾所说的那种兰花。于是，黎明之前，借看草原日出之名，我们抵达这里。

2

用"兰"作名，不可胜数，奇怪的是乡下者居多。城里人似乎忙着赶流行，而忘记了兰之贤淑温雅，清远溢香。当然了，乡下取兰作名，家中一定是有位老先生的。中国人历来把兰花看作高洁典雅的象征，与"梅、竹、菊"并称"四君子"也是因其具有质朴文静淡雅的气质，符合大众审美标准。

甘南草原上也有兰花，而且是特别稀有的贵品，这样的论断出自小艾之口，我不会质疑。各种职业的美称都需要用具体的实践来表现，于是植物学家就以他们偏爱的花草做掩护，不能被称为植物学家的小艾因此也经常出没在禁牧的草原上。职业的需求和工作的需要，使贪欲得到了公然的许可，他们很容易就能找到一个自由自在、不受制约且让私心得到满足的地方。

小艾只是草原站的普通职工，让他体现出自我存在的价值，也只是那份职业的优势而已。我不得不跟随他，也不得不听他毫无理论根据的谈论。不过有一点可以肯定，小艾想通过考察，让高原上的兰花出现在他家阳台上。我没有理由不信任，我的想法何尝不是如此？

走出了很远，用于观景的木板桥已经模糊起来了。兰花在哪儿呢？青藏高原东北部边缘地带上的兰花长什么样？依然无从知道。

看来,这片草原没有想象中那么富裕。小艾有些不自在,黎明前于寒冷中大声训骂我的那份傲气也不在了,此时的他很像一个因赶路而委屈、疲惫至极的孩子。只要允许他坐在草甸上休息,所有"逆来"他都可以"顺受"。

太阳越升越高,红花绿绒蒿越来越多,微风中,它们低着头,红丝绸样的花瓣微微飘动。那是胜利的旗帜,是向高原恶劣环境发出挑战的旗帜。绿绒蒿在世界园艺中地位极高,我国九百六十万平方公里的辽阔土地上,绿绒蒿只选择了雪山幽谷和高原峻岭。为适应残酷气候,它们身负绒毛,扎根大地,看似柔柔弱弱,实则强大无比。它们的根系可以穿过冻土层,也可以穿过岩石。

绿绒蒿有着炫目的外表,生长在高原上的人们都知道。不但如此,它们还占据着一片领地,开出生命的全部,因为高原的自然环境决定了它们一生只开一次花。它们的开放就是生命的绝唱,之后的光阴下,只等静静凋零,轮回将是多么遥远的一件事。

其实我和小艾一样,一段时间里,完全沉浸在野花上,并想将它们栽种到房间里,但在立冬之前,它们还是枯萎了,一个被希望击败的男人,再也无力掩饰内心的羞愧,可仍旧无法抑制那颗追求朴素的雄心。或许是因为世间太多清高的说辞，我放弃过追求。然而在一次次的失败中，常常满怀怨恨——是上帝按照他的意志将我引入了歧途。

事实上，善良的人们从未有过类似的想法和做法。我开始想知道为什么，于是发疯般找答案。想拥有一片草原，一片牧场，而又情不自禁地抵制清贫，甚至还想到那么多身居草原而挺进城市的人。留下来吧，可留下来的理由根本不是这些花朵的坚韧与高洁；奋不顾身进城，也不是因为那些花朵的低矮与贫贱。

3

我又想起了许多年前的事。那时候我在一所村校当老师，那时乡下条件差，我多次抗争过，反叛过，因为自己情绪的波动，一颗心始终无法踏踏实实落在工作上。教书育人十余年，真是荒废了青春，耽误了子弟。某一天老朋友给我发来一张照片，是一株兰花，下面写了一行字——兰花开了，像你。"芝兰生于深谷，不以无人而不芳；君子修道立德，不为困穷而改节。"这是孔子答子路的一段话。他以"不以无人而不芳"作为生动的比喻来论证"君子不为穷困而改节"之观点，况且勾践在会稽山种兰而自娱，屈原佩兰而寄情，郑板桥也因写兰而成为一代宗师……他照兰花而发与我，很显然是寄寓一片希望和深情的。但当我看到他发来的照片和那行文字时，突然之间感觉到羞愧。一念之间，我把某种高尚的寄望在心底化作老朋友对我的羞辱了。

不过我记忆中的确有一片兰花常年盛开着。家乡都叫它马莲花，田间山坡随处可见，是乡亲们眼中最平常不过的野花。每到端午节，天没亮开母亲就会叫醒我们。家乡有端午折花的风俗，说是这天折来的花插在家里，后半年就会有幸福降临。所以，我们在母亲的催促下很不情愿地到野外去折花。

马莲花最多的地方在马莲滩。马莲滩在村子最远的玛尼山脚下，远远望去，一片幽蓝。折花期间先要用露水洗洗脸，这是姐姐的习惯，她说，端午这天用露水洗脸，脸蛋就会白皙而光洁。我们把折花视为一项圣洁的任务，从遥远的地方折回来，然后恭恭敬敬地插在瓶子里，放在柜头上，然后等待幸福到来。

端午过后，我们的幸福日子的确来了。三五成群，赶着牛，骑着驴，大家不约而同走向马莲滩。牛不会乱走，吃饱后便在原地卧下身子。驴很倔强，于是我们就把驴拴在一疙瘩一疙瘩的马莲上。接下来开始折马莲花，折来的花编成花环，然后选一个女孩子，让她戴上，再找一个男孩子做她的丈夫，孩子之间的亲家游戏在纯真的年代里留下了说不清的向往和期待。

随时间推移，游戏从折马莲花变成拔马莲。马莲叶片细而长，且十分坚韧。拔来的马莲需要在众人共同努力下才能编成丈余长的马鞭。持有马鞭者自然是"王"，他站在很高的山坡上，抡圆臂膀，摔一次响亮的长鞭，好人和坏人就在大滩里乱作一团。幼小的心灵里一直想当一次"王"，但一直未能实现。并不是没有机会，而是那鞭实在太长，无法驾驭。季节末尾，马莲落花成果，花蒂之下生出形似小棒槌的果实来。于是大家又争先恐后地折，折来后挂在柱子上，等牲畜吃了阴草而无法便溺时就煮一勺子马莲籽灌下去，几分钟后，就会一泻而下。

说不清兰花和马莲花之间有着怎样的关联。二十世纪二十年代，胡适先生写《兰花草》风靡一时——我从山中来，带着兰花草。种在小园中，希望花开早。一日看三回，看得花时过。兰花却依然，苞也无一个……说不清是感动，还是无法忘却小时候马莲滩上的趣事。听着《兰花草》美丽而幽怨的曲调，好长时间无法从记忆中抽身。从那时起，我知道了更多关于兰花的知识，比如它的种类，它的生活习性，以及它的花语。我知道所忆之花并非兰花，但我想，世界上没有绝对的说法，马莲花或许在很早以前就是兰花的姐妹，它们在同一空间里开花结果，衰败而再生。只是记忆从野外回归到心灵，从心灵又生长到博大的思想之中罢了。

兰花开了，像你。硕大的美仁大草原上，想起那张照片，还有那行文字，不再认为那是老朋友的调侃，或是羞辱。那是多么真诚的鼓舞，多么温暖的祝福。我应该让它在灵魂里落地生根，开出淡雅而幽香的花朵来。更应该为兰花树立丰碑，因为那段记忆，也因为它不以无人而不芳，不为困穷而改节。

4

这个夏日的中午，当我在美仁大草原终于找到一株凹舌兰时，似乎感受到高原赐予的恩惠远远大于觊觎所得的实惠了。没有任何理由怀疑这片草甸草原的贫穷，它的富足超出了我的想象。应该感谢小艾，可小艾距离太远，草甸已经托起了他的梦，梦中的小艾一定也找到了凹舌兰。如果不是小艾提前发来的照片，这株凹舌兰定然和我失之交臂。

眼前的这株凹舌兰不足二十厘米高，块茎肉质，前部呈掌状分裂。茎直立，叶片直立伸展。花瓣直立，唇瓣下垂，花朵呈绿黄色，凹陷呈舟状，高山草甸草原之上，它遗世独立，超凡出众，像始终不愿入世的仙子，隐隐透露着独自暗香的高贵，同时携带着不与牧草为伍的傲骨。倘若将它移至城市的街心花园，清除杂草的阿姨们会毫不犹豫将其铲除，它们就永远见不到带露的黎明了。在这片草原上，它与绿绒蒿竞相开放，井水不犯河水，但有点孤独了。当然，整个草原上的其他花朵们也并没有说它孤独。身为邻居的独一味只是为它的存在提供了一个参照，而龙胆花只是迎风歌唱，独享它的权利。事实上，大家都忍受了冰雪的欺辱和寒风的侵蚀。高原短暂的夏日，它们各自保存实力，让自我完满，而后涅槃，也算是为本门本科树立了伟大的丰碑。

还有一个事实，它们向这个世界要求的并不是富饶与妖冶，而是足够的空间。那些小小的不知名的蔓草在花朵四周已划定了前行的方向，侵略和扩张的意志十分明显。还有冰草，看起来十分低调，可它们的根无处不在。珠芽蓼与鼠尾草装腔作势，独自高大，它们的视线里似乎不存在任何障碍与遮挡。暴风骤雨作为草原最强的屠杀者，所到之处，无论狂放与低调，全成各自飘零。

为这片草原上的花朵们树立丰碑，想来没有理由。我们立碑，常常是用以纪念某种人物或事物的消逝，它象征着我们内心的悲伤，因为我们活着再也见不到它们的容颜。为花朵们树立伟大的丰碑，却是因为它们的坚强与坚韧，它们战胜了重重严酷的高原恶劣环境，将其最美的一面展现给我们，这个理由又似乎永远成立。

曾经为生机而奔波的我们历经千辛万苦,从这片草原上挖走了数以万计的冬虫夏草,在交易市场上,它为我们赢得了活着的体面、骄傲,乃至自信与自豪。然而,几十年后,也只有花朵们悲伤着,因为它们失去了珍贵如黄金一般的邻居。而那些蔓草并不懂太阳亲吻的可贵,它们只是不断寻求更加适合自己生存的领地。

我们的祖先更懂得树碑时的伤痛,我们忽略了贪欲带来的灾难,而继承和担负的似乎只剩侵略和扩张了,多么像那些低矮的蔓草。

和小艾坐在那株凹舌兰旁边的草甸上,看着翱翔的云雀,谁都没有说话。草甸与草甸连接处,是各种植物盘根错节的根系,阳光的照射下,它们显得极其疲惫。工具挖下去的深坑独自仰望天空,一个又一个冰雪封冻的日子里,它们毫无表情,空洞而寂静。而遥远的公路上,却是雕像的阴沉,旅行者们路过此地,都会认真拜读刻在其上的碑文,草甸深处的无字碑却无人理会,而它们也不会感到有丝毫悲伤。

凹舌兰是十分珍贵的,"兰心蕙质",又是多么的高雅,多么的美好,寄寓和象征当中,何尝不包含我们对幸福的追求?和小艾找到了凹舌兰,看到它若无其事地生长,高兴的同时,也各自怀抱一份担忧。

一个人一生到底该追求什么?希望得到什么?都很难给

出准确答案。从不同时间与空间去衡量生命，生命也会因为不同的角度而随时变换它存在的意义。

适当地相信命运，希望有轮回，那样我们就能感知到福报与恶报的价值。那么就和花朵们为邻吧，嗅一嗅自然深处的芳香，你或许对活着有不同的理解。所有一切，我们都是可以做到的。倘若取其一切，为其立碑，仅需一把尖刀而已。

小艾和我一样，看着那株凹舌兰坚强地将根扎在草甸湿地之中，再也没有提及要移植阳台之类的任何言语。同时我想，在高原要找个长久活下来的理由的话，一定要为这些花朵树立一个伟大的丰碑。

龙胆花

1

寒露过后,日照减少,寒气渐盛,而此时的龙胆花才似乎真正亮出了它的胆子。一株上有许多分枝,花生于顶端,呈漏斗形,一片片一簇簇,贴地丛生,幽蓝如烟。那种蓝来自草原,来自天空,源自大地的滋养,源自龙胆这个科毫无保留的奉献。

龙胆花的花语是"爱上悲伤的你"。龙胆花根部极苦,花语大概来源于此。然而盛开在山坡上的龙胆花却非常漂亮,根本看不出有任何悲苦来。一个无名诗人曾如此感叹过高原的蓝天:这蓝,这纯净,令人忧伤……是的,爱得过分纯净给予恋爱中的人们除了精神的安慰,或许只剩悲苦和忧伤了。然而这样的悲苦和忧伤往往隐藏极深,极像龙胆的根。

我知道，我先是爱上龙胆花，然后才爱上那片草地的。像爱上山冈上的小红马，爱上天边奔跑的羊群一样，迅疾而笃定。从那一刻开始，注定离不开草地，并不是因为地缘的羁绊。对那片草地的感情，就像第一次见到蘑菇圈一样，满心荡漾着沉醉、着迷、烦恼、热爱。

然而一切还得从父亲的病说起。

父亲的气管炎已经几十年了，七旬过后，血压也渐而高涨起来。每到寒冬腊月，他就得躺平，身边不能缺少一袋氧气。躺平之后，父亲的脾气和他的血压一样，随时随地往上直蹿。我们只能忍受他的各种抱怨和毫无理由的咒骂，始终想不出让他漫步场院或阔步大街的任何办法来。

父亲对立冬十分敏感。立冬前几日，他就显出急躁不安的神情，指桑骂槐，踢农具摔东西。父亲向来固执，从不去医院。早些年还能听进几句好言，随年岁的不断深入，他对我们的劝说不但不听，反而回以粗粝的谩骂了。

躺平的那段日子里，父亲不待见我们，然而对老朋友却显现出过分的亲昵。父亲的老朋友越来越少了，按他的话说，活一天赚一天。不明白他们赚到了什么。是无情岁月的杀伐，是病痛的折磨，还是对另一个世界的害怕？是的，活着才有希望，才能见到明亮的阳光，这是对生命的无限敬畏啊。

父亲和朋友之间的言谈单一，话题没有离开病症和死亡。

父亲靠在被子上，气喘吁吁，但丝毫没有对待我们的那种凶狠。他们从农业合作社说到精准扶贫，又从精准扶贫扯到乡村振兴，最后才落到各自的病症上来。言谈之中，有对亡故之人的羡慕，也有对健康体魄的渴盼。总之，他们的交谈中都对死亡充满了恐惧。

很多人都说，死亡并不可怕。事实上，贪生怕死就足以说明，死亡其实很可怕。可怕源自人类对活着的渴求，因而道家便有了方生方死、方死方生的教导。而方生方死、方死方生之教导，也只是对生命抵达临界时的宽慰。其实，对父亲们来说，他们惧怕的并不是真正意义上的死亡，而是病痛的折磨。

人总是会有欲念的，而欲念总会驱使各种不满足。遇到不喜欢的事物，就想躲开；遇到喜欢的事物，就想持久拥有。正因如此，人心就永远不安。情绪低落时尤为明显。像病痛，只要疼痛持续，情绪会愈加低落，对生命会越发感到不满，就用尽办法想去解决。有了这样的欲念，我们注定不能摆脱痛苦。释迦牟尼二十九岁时，抛下财富和家人，走遍古印度北部，希望为这一切痛苦寻找出路。他苦苦修行，聆听大师讲道，依然无法完全解脱。之后入禅六年，思索各种人类苦痛的本质、原因和解决方式。最后体会到，一切苦难并非来自噩运、社会不公或是神祇的任性，而是出于每个人脑中的思维模式。痛苦的确存在，那么该如何解决？于是圣人们开始放下欲念，最后得以涅槃。而普通的众生很难做到无欲无求，因而神祇依然无法拯救他们的痛苦。于是，父亲和他的朋友们将化解一切痛苦的希望寄托到村里的赤脚大夫身上去了。他们日夜渴盼着，在没有任何疼痛的情况下，顺利到达想象中的那个安乐世界。他们不信任医院，觉得赤脚大夫就是唯一的领路人，也是唯一能帮他们驱散生命中的阴影的智者。

赤脚大夫能把脉问诊，对症下药。经他之手，好几个老人的支气管炎大有好转，于是父亲愈加迷信起来了。赤脚大夫既不推荐名贵药材，也不建议住院疗治。像父亲这样严重的气管炎和高血压，针灸的意义不大，他让我们就地取材，寻找各种龙胆花……

《本经》有载，龙胆花味苦、性寒，归肺、肝、胆、胃经。龙胆花归属肺经，但治疗气管炎的明确说法我没有找到。而《方剂学》却载有一方：夏枯草十二克，龙胆花六克，益母草九克，芍药九克，甘草六克。此方专门用来治疗高血压，龙胆花也不过是其中一味药而已。

门前门后的地几乎都空着，尤其是向阳的坡地，环境、气候、海拔完全合乎龙胆的生长条件。可是，到哪儿去找龙胆花？整片挖过来，还是将种子捋回家？

2

高原的夏日很短暂，朋友们慕名而来，并不是为高原的清凉，也不为小城独有的宗教文化，而是为辽阔的草原。十月已是冷风嗖嗖，寒气逼人了。遥远的群山和略微泛黄的草地连成一片，让这里显得更加苍茫而辽阔。看惯了这样的景致，就不怕在这样的景致里所衍生出的无尽孤独。可朋友们不一样，从江南到高原，从都市至草地，他们所表现出的兴奋与好奇、惊讶与激动，乃至无限的喜爱，总是难以言表。不做最坏的猜测，但我想，兴奋与好奇之心一旦在审美上催生疲惫，剩下来的可能就是担忧和余悸了。因为人对生存的环境是具有依赖性的，这种依赖不会因为瞬间的兴奋而彻底改变。果然，片刻后，他们的兴奋就被寒冷扼杀在摇篮里，裹紧衣衫，瑟缩着，不再有最初的激动和热情了。

天气突然转晴，阳光明亮，令人惊喜。所行之地是甘南最有特色的高山草甸草原——美仁大草原。美仁大草原和其他草原不同，没有概念之中草原的平坦，它由大小如锅盖一般的草甸连缀成片。重点保护植物红花绿绒蒿遍布四野，然而此时红花绿绒蒿已经完成了它的使命。草原向阳的坡地，龙胆花却开成一片汪洋。

龙胆花在高原的每个角落都不会缺少，身居高原这么多年,见到如此繁盛的龙胆花,却是第一次。大家迫不及待俯下身躯,相互交流着对它的赞美。

来自上海的一位朋友立刻脱去外套,将一条蔚蓝的纱巾盖在头顶。我惊讶于她速度的迅疾,也惊讶于她不失时机地变换衣着。身边是密密麻麻的龙胆花,幽蓝如烟,一望无际。山冈像巨人,伸开四肢,任你肆意踩躏。蜜蜂很少,纵然有,也不愿开口,它们绕过这片幽蓝之地,去了山下,隐于河谷。她完全沉浸在甜美之中,仿佛一朵巨大的龙胆花。我做了大胆的猜想,多年后某个温柔的午后,她一定会将龙胆花演绎成动人的故事,讲给身边的人去听。只是可惜,在那片原本应该有故事的草原上,人们各怀不同的欲念,并没有将想象中的美好故事进行到底。

离开那片向阳的坡地,沿草地继续东行。车子里挤满了各种各样远行的必需品。那台相机一直开着,它监视着前方的路,也监视着我们的微小动作,乃至忧伤或快乐的表情。当我们驶入高原一处观景台时,连绵不绝的群山渐渐矮下了它们的身段。光线强烈,广告牌闪动着刺眼的光芒,箭一般后退。草地上夏日接客的小木屋越来越近,直到从眼前一晃而过。然而就在高原群山与草地之间,我们的目的地却模糊了。或者,我们原本就没有什么目的地。

我突然想起了父亲的嘱托。但我知道,父亲的嘱托只能搁浅下来。因为我要在很短的时间内，无限地夸赞这片草原。也因为龙胆花正值盛年，它需要时间的沉淀，才能更好地储存养分，才能治病救人。

3

下午抵达另一片草原。我们在大路边看到了一辆旧式的马车，可以断定，前面就是丁子亚家的牧场了。我曾劝说过丁子亚，让他把马车改装一下。他口头上答应，却未付诸行动。马车装着拖拉机的轱辘，不但不协调，而且会加大在草地上行走的阻力，无论是人，还是马匹，都有一定的重压。可他的说法是，拖拉机的轱辘显得更有气派。

放在草地上的马车是专门运送羊粪或牛粪的。除了马车，我们还看到了远处的牛群。站在眼前的是头母牛，背上的骨骼像瓦房的人字梁一样，而乳头却十分饱满。旁边还有一头火红色的小牛，见我们进入草地，它立刻显出机警的神情。母牛身后还有一头母牛，皮毛呈褐色，脊梁处夹杂着白色的花斑，似缩小了的美仁大草原。那母牛神情悠然，站在离牛群不远的地方，蹄子深陷于一摊水泽之中。水泽周围是一圈龙胆花，它们高傲地注视着天空，开得大胆而张扬。

提着奶桶，从土房子里走出来的就是丁子亚的媳妇，她朝我点了点头，向那头母牛走去。丁子亚一直没有出现，他一定出远门了。这片草地上到处是宝藏，可他不那么认为，他的心中，只有飘在天边的彩云，而看不到脚下动人的龙胆花。

我带着他们来这片草地，当然少不了炫耀的成分。因为草原是我唯一可以炫耀的资本，也只有草原，才能留住他们的脚步。带他们来朋友家的牧场，同样为炫耀我所生存的环境，为我对这片草地的拥有和热爱。事实上，我们热爱一小片草地，一整片草原就会有希望。长此以往，那些高傲的略带忧郁的龙胆花就有了强大的依靠。

栅栏已做好了修补，里面铺了干草。但粪便的浓味混合着牛群呼吸所带来的草芥发酵味，让他们忍不住皱起了眉头。龙胆花不会在这里生长，它会选择更为清洁的高地。不久，于荒外挤奶的妇女们都会转移到这里。当她们将手伸向每头母牛，触摸私藏在两腿间的乳房时，你会看到每头母牛的眼神中都布满了宽容。不一会儿，白银般的奶汁就流遍草地、流遍我们每个人的肠胃，高傲的龙胆花瞬间就失去了颜色。这个时候，我们往往会想起母亲动人的眼眸和慈爱的面容，而不会恋爱幽蓝如烟的龙胆花了。

沉睡一个夏日的土房子已苏醒了，它要开始承担起自己的职责。冬天就要来了。人们选择在冬天的土房子里做梦，而遍布大野的龙胆花则选择在冻土中休养生息。

4

父亲就那样，和他的朋友们坐在阳光下，经过好几番热烈的讨论，最后决定要在门前的坡地里种植大片龙胆花。于是，寻找种子的事儿就落到我头上来了。给龙胆花移到新家，对我来说吸引力不大，而且艰难。然而父亲对此十分关心，还说了好多种龙胆花的方法，甚至开花结果后的无限喜悦，似乎完全忘记了龙胆花的药理意义。他的言谈举止让我能清晰地看到、能够触摸到门前坡地的大片龙胆花来——父亲提个小马扎，来到大片龙胆花中，坐下来，已经成了一棵永不枯竭的龙胆老根……

这些年，我的生活发生了很大的变化，在草地上行走，在河流边驻足，学会了不同的语言，学会了选择进林的通路，学会了分辨带毒的蘑菇，也学会了杀鸡宰羊。除此之外，还能躲开飞驰而来的牦牛，能驾驭无缰之马……然而，在不断成长与成熟中，最艰难的依然是，无法与草地相互渗透、完全融入。我们卑躬屈膝，不断索取，不断消耗。有一天，突然醒来时，才发现浑身筋骨早已劳损了，耳朵听不见了，眼睛也看不清雪山之巅的豹子子。遥远的另一边，同样是个有色的世界。那个遥远的或有或无的世界，剥夺的不仅仅是我们的想象与渴望。但草地不同，它会给予我们无限的财富，也会告诉你，渴求与希望，自由与奔放，依然在你的内心深处，永远存在着。哦，你看见那铺天盖地的龙胆花了吗？它们不仅抚平了大地的创伤，也滋养着杂草丛生的高原湿地的灵魂。

而现在，我只能怅惘地告诉他，现实并没有预计的那么好。出入美仁大草原，大多时间只为自我满足，且毫无节制地向朋友们炫耀，没有诚心实意找龙胆花的种子。我知道，这是我对父亲的一个糟糕的妥协。父亲一旦知道妥协的根源，他一定会和我划清界限。父亲已经无法回头了，因为整个村子都知道了，他要种植一大片龙胆花的巨大而强烈的愿望。相比老人一生所经历的大小事情而言，寻找龙胆花种子的事儿根本就算不了大事儿。可我依然没有做到。父亲恨我，也恨他自己。这种糟糕的妥协从时光最缓慢的角落里流淌出来，无形中伤及一个农村老人的心。

5

雪已经来了。雪来得一点都不纠结，虽然刚到十月初。实际上，高原的雪在九月下旬就开始飘飞。不过九月下旬的雪不算太刻薄,它们从半虚空中歌唱着,缓缓下落,到了草地,早已化为湿漉漉一摊。硕大无边的美仁大草原并没有收敛它的狂野,反而显得开阔、大气,毫不拘谨。因为这个时节的草原已不再是夏日里的调色板了。然而令人惊悸的并不是荒芜的可怕,也不是秋日的雷雨,更不是春季的风寒。恰恰相反,十月的天气不再变化多端。早晚寒风刺骨,正午无风而炎热。土仓鼠肆无忌惮,尽管高空中的苍鹰伺机而动,但它们的俯冲与盘旋并不影响土仓鼠们的作业。万物间固有的链条一成不变,对我们来说,最为担心的严冬马上要来了。

丁子亚带我去他家牧场时,太阳快回家了。四面群山的包围下,美仁大草原成了一个没有任何遮盖的无边的簸箕。风无形而有力,整个草地被吹得松松垮垮。从远处飞奔而来的牦牛突然间变得狂野无比。草地不再松软,每天都有寸许草皮让位给泥泞,渐渐成了污黑的腐殖土。曾多次到过这里,却没有在意过土仓鼠送到地面上的泥土将鞋子掩埋。现在,这一切似乎构成了我畅快行走的威胁。

丁子亚用围脖裹住了头,并不关心我的感受。他知道,这么多年来,我已是一个不会放牧的牧人,因而忽略了作为牧人应该具备的应对季节变化的常识。事实上,我并不具备在牧场生存的技能。此次前来,除了看看临近冬日的草原外,就是收集龙胆花的种子。然而令我失望的是,龙胆花小而坚黄的种子早就不知去向了。

父亲的希望终于要落空了。门前门后的地几乎都空着，可已找不到龙胆花的种子。如果我从药房买龙胆草，也是不会有问题的。可那么去做，根本不能令父亲满意。他心目中，只有本地的，或自己种出来的，才有治疗气管感染的功效。

寒冷不停地袭击着，很快，我就弯下了腰，蜷缩着忍不住蹴在地上。距离牧场还有很远的路。丁子亚训练有素，而且对气温突变熟悉，把握到位。但他没有丢下我，只是焦急地来回走动，并且说，到帐篷天就黑了，奶都挤完了，媳妇又要抱怨了。

我抬头望了一下前方，突然觉得有点孤独。穿过这片草原，就是当将草原，就到他家牧场了。远处的天变得灰蒙起来，雪，又要来了。一定要使孤独战胜恐惧，就可以穿越这条界线。当将草原上，或许能找到龙胆花的种子。这是我的心愿，也是父亲能在寒冬里不再躺平的希望。尽管所有一切只是老家赤脚大夫的建议，但我们千万不要轻言放弃。

满山都是忍冬花

1

拉姆草又要操蛋起来了,她双目圆睁,像被狼群惹怒了的女汉子。其实我并不想去唐科草原,看过许多牧业合作社,已经有些疲惫了。可她突然不高兴起来,说,到最值得去学习的地方,你反而要拉后腿。我不知道她所言值得学习的都是哪些方面,再说了,良种牦牛养殖专业合作社我学习了也没用。但她依然坚持,非得要去一趟唐科草原深处的劳尔都。

我们吵了好几次。看她的样子,如果不去,就让我把她请的早点吐出来一样。吃人家的嘴短,也只好委曲求全。从碌曲县城出发,行了不到二十公里,天就阴了下来。我没有撤退的意思,既然都出发了,有啥怕的?可拉姆草似乎有点怕了。她让我停下车,然后下车站在路边,看了一阵,又思忖了一会儿，说，不去了。我十分奇怪，不去劳尔都她差点和我翻脸了，可走到半路，为何又要返回？

我说，赶紧上车。

拉姆草在路边磨蹭着，说，还是不去了。

为什么呀？我说，你叫着嚷着要去学习，怎么变卦比变天还快？

拉姆草上了车，笑了笑说，要下雨了，后山的乌云奔跑着，不下才怪。

我说，就算下刀子也要去。

拉姆草不假思索，说，还真不能去。你想想，一旦下雨，你就拍不到花了。

不敢说拍过甘南所有花，但常见的都没有逃过我的镜头。我笑着说，不想拍花了，我想去那个牦牛养殖合作社学点知识，防不住哪天也联合朋友们办个养殖场。

拉姆草说，牦牛的话你能听懂吗？

我吃了一惊，说，养牦牛还要听懂牦牛的话吗？

那是必须的。拉姆草很骄傲地说，劳尔都的贡保勒知就能听懂。

我又说，贡保勒知会弹琴吗？

拉姆草愣了一下，接着哈哈大笑，说，我知道你会弹琴，但你弹的连牦牛都听不懂。又说，有时候不是牦牛不懂琴音，而是弹琴师的技艺不行。

说话间,头顶飘过一团云,眼前的路渐渐变成了灰黑色。看来真要下雨了。不过去唐科一带全是油路,就算下雨,也不会带来啥麻烦的。可拉姆草执意要返回,说走就走,说回就回,倒也符合她的性格。为去劳尔都,她和我吵了好几次,我如此就范,是不是显得过于软弱?

我说,不回,开快点,用不了多少时间。

拉姆草这次有点着急了,她说,阿克姥姥(求求你),赶紧返回吧,下雨了你啥都拍不到,不是有点儿可惜吗?去趟劳尔都真的不容易。

去趟劳尔都有啥不容易呢?我说,这么好的路,转眼就到了。

拉姆草犹豫了一下,又下了车,而且朝我挥了挥手,说,那你去吧,我打车回县城。

真拿她没办法,我只好掉头。拉姆草坐在车上,嘿嘿笑着,说,有本事你一个人去呀!

我说,我真不去了,下午就回合作。又说,我听不懂牦牛的话,也弹不好琴,回家可以吧?

拉姆草温和地说,那还真不行。又说,你真不想拍花了吗?

我说,不想。这一带没有我要拍的花。你说说,还有哪种花我没拍过?

拉姆草说,绿绒蒿。

我说,红花绿绒蒿,全缘叶绿绒蒿,多刺绿绒蒿,我都拍过。

拉姆草说,那白花绿绒蒿呢?

我说,白花绿绒蒿只有西藏才有。

拉姆草又说,深蓝色的那种呢?

我脱口而出,五脉绿绒蒿?真的有吗?

拉姆草笑着说,或许有吧,反正劳尔都一带满山坡都是深蓝色。

我笑着说,我不信。全球人均寿命持续增长,出于对美的追求和对衰老皮肤疾病的预防,人们对具有抗衰老功能的化妆品产生了巨大的需求。藏药五脉绿绒蒿应用历史悠久,已被多项研究证明具有抗氧化、抗菌消炎和抗肿瘤等生物活性,还有潜在的抗衰老美容功效,因而十分珍贵。

2

大雨真就泼了下来。返回碌曲县城中途有一段沙路,那段沙路坑大路窄,整整花了半个小时。再次驶入油路时,雨停了,太阳也出来了。洮河翻滚着浪花,两岸油菜愈发鲜艳夺目。我又想起她说的满山坡深蓝色花朵来——应该是五脉绿绒蒿，如果不是五脉绿绒蒿，她就不会提绿绒蒿三个字。拉姆草在我心中也算个行家，她不但喜欢拍照，而且识得草原上的许多植物，只是不像我那么爱炫耀而已。

真要返回县城吗？我再次对拉姆草说。

回吧，时间也不早了。她说，明天应该是个好天气，我们早点出发。

我说，明天只拍绿绒蒿吗？

拉姆草说，其实，那个牦牛养殖专业合作社还是有更多让我们学习的地方。

她的心思果然在合作社上，绿绒蒿只是诱我去劳尔都的幌子。想要拍五脉绿绒蒿，养殖合作社是避不开了。于是我问拉姆草，那个牦牛养殖合作社到底有啥特殊呢？拉姆草见我主动问起合作社的事儿，顿时又活泼了起来。

"十户联产"模式进行产业发展，你听过吗？拉姆草说。

我说，就是联合养殖呗。

没有那么简单。拉姆草说，他们将产业相近、地域相邻的十户农牧民吸纳到一起，在草场、牦牛等生产资料百分之百入股入社的基础上，每户有固定两名壮劳力，常年在合作社从事管理、放牧、饲草料和畜产品加工等工作，剩余劳动力外出务工，增加收入。形成了生产适度规模化、养殖标准科学化、经营销售市场化、生产设施规范化、管理服务经常化的合作模式,为全力推动牧业改革、促进农牧民增收做出了积极贡献。

我说,这种养殖并不新鲜吧?

拉姆草急忙说,其他地区有没有不知道,但在碌曲县是第一家。起初在摸索阶段,现在已经完全步入正规化了。

我说,无论哪种养殖模式,时间久了都会有问题,管理上更是做不到滴水不漏。你也知道,牧民群众的整体文化水平并不高。

拉姆草说,我们也想到了,除了县上的大力扶持外,他们自己也制定了有效的入股模式、运营模式、管理模式和分红模式,还有远大的发展计划。

我说,他们是怎么入股的?

拉姆草说,所有社员的草场全部纳入合作社。入社时,草场按照质量划分为一级、二级、三级三个等级,再根据草场面积,折合成人民币作为入股资金。除了草场,每户社员还要入股良种牦牛五十八头,固定两名劳动力,参与合作社日常管理。

听起来真像那么一回事儿。我说,牧业振兴关乎牧民群众的幸福生活,经营不善的话,可能会入不敷出呀。

拉姆草说,他们的运营模式很有特色,赚钱是迟早的事儿。

我说，有啥特色？

拉姆草说，他们以传统放牧和补饲相结合的方式来养殖，让母牛一年一产，使其保持良好健康的体魄。牛犊集中圈养，补饲五个月，等隔年再出栏。圈养补饲后的牛犊存活率高，且体质健壮，市场空间大，单价利润率高。饲草料的加工也是很讲究的，原材料主要以青稞、油渣、小豆、小麦、玉米、麦糠为主，合理配料，加工成粉末，再压实成颗粒饲料，使用贮藏都很方便，且营养丰富，易于吸收。她诡秘地笑了一下，又说，贡保勒知说过，那是他们研究出来的"秘制草料"。

我听完哈哈大笑。拉姆草见我听得认真，也显得十分高兴，满脸笑意，看上去非常可爱。

我又说，他们的收入应该是多渠道的吧？如果仅仅靠牛犊，那也没有多少。

拉姆草说，你不知道吧，牦牛浑身都是宝。奶子、酥油、曲拉、绒毛等都是值钱货，就连牛粪都能变成钱。一切都是统一收集加工，批量出售，绝不容许私自做主。

那就要有更高级的管理呀。我说，管理或许是他们最头疼的吧？

拉姆草说，你的意思是说牧民群众难管理吗？实际上根本不是我们想象的那样，他们的管理十分严格，都成立了董事会呢。

我听着又忍不住笑了起来。

拉姆草打开了车窗，向外望了望，说，明天一定是个好天气。

明天还没到，你怎么知道就是好天气？我说，你看山后的乌云都还没有完全散开。

拉姆草笑着说，我算出来了。又说，山后的乌云里透出了亮白，和撕碎的薄棉花一样，一定会是好天气。

3

到了县城，拉姆草没有请我吃饭，直接回家去了。那天晚上，我浏览了许多关于牦牛养殖的资料。事实上，唐科草原那么大，何必要圈养起来呢？原本打算请教拉姆草，后来又放弃了。从不愿去劳尔都看牦牛养殖合作社，转而又关心起来，拉姆草一定说我口头不是心头，是个虚伪的家伙。

拉姆草过来时已经快十一点了。她一来就急匆匆地说，迟了，迟了，赶紧走。

我有点生气，说，还没吃呢。

拉姆草又操蛋起来了，她双目圆睁，说，下次来的时候把保姆带上，不喂就不会吃了吗？

不是说不会吃,这不一早起来等你吗?我也很生气地说,知道你这么迟来,我就不应该等。

还怪我了?拉姆草说,吃不吃是你的事情。说完就下楼去了。

我没说什么,默默收拾了东西,也下楼去了。即将出发时,却找不见她。我坐在车里,将要打电话时,她拎着大小好几个袋子,着急忙慌跑过来,然后将袋子一股脑儿扔在车后,嘭地关了车门,说,出发。

一路上,我们一直没有说话,一直到拉仁关乡唐科村。

热不热?拉姆草还是没有忍住,她说,马上要进入去劳尔都的路了。

我轻蔑地说,不热。又说,去劳尔都的路难道是云梯?

拉姆草笑了笑,又说,饿不饿?

我说,不饿。

那就坚持吧。拉姆草说,到了劳尔都就有鲜牛奶喝。

走了大约五公里,油路不见了。继续前行,沙路也不见了。眼前只有一条牧道,仅限一辆车子通过。两边是大山,是稠密的灌木林。下面是一条缓缓流淌的小河,上面是一尘不染的天空。去劳尔都真不是件容易的事儿,每前进十公里,就有一道栅栏门,没有锁子,但用柳条拧着。无论如何,我是不敢私自去解开的。拉姆草下车解开柳条,等车子过去后,又将门关上,重新用柳条拧住。当我们走过第三道栅栏门时,时间刚好是中午一点。前边有座牧场,金色的毛茛花铺满了阜地。

就在这儿停一停吧。拉姆草说,我饿了。

我说,我以为你是钢丝做成的。

拉姆草立刻瞪起她那双牛眼睛。我连忙说,我也饿了。

牧场上有狗,我不敢大大方方走进去,只好跟在拉姆草后面。还没有走到帐篷跟前,一只大黑狗就扑了出来。拉姆草朝狗喊了几声,那狗摇着尾巴,向帐篷背后跑去。这时候,从帐篷里出来了一位中年妇女,她披散着头发,看见拉姆草显得十分热情。

哎呀,忘记取东西了。拉姆草又转身朝车子走去。

白饼,面包,苹果,方便面,火腿肠,拉姆草将袋子里所有吃的倒在草地上,然后说,都坐下,别让肚子受罪,又不是没吃的。

我捡自己喜欢的大口吃了起来。那个中年妇女有点羞涩,她看了看拉姆草,又看了看我,迟迟不肯坐下来。拉姆草和她说了几句话,她才坐了下来,并且很利索地梳好了头发。但我还是偷偷拍了一张。中午的阳光十分毒辣,太阳也似乎停止了走动的脚步,整个河谷像热鳌。手机里的她坐在花丛中,像一尊古铜色的雕像。

4

这应该是最后一道门了吧?我问拉姆草。

拉姆草说,不是最后一道。又说,过了最后一道门,劳尔都良种牦牛养殖专业合作社就到了。

进了门,说话间我们又走了约五公里。小道越来越窄,两边的灌木也越来越稠密。我突然明白了拉姆草昨天执意返回的决定。是的,这条小道一旦逢到下雨,只能坐以待毙。更令人心神不安的是,一路上没有信号。

我问拉姆草,为啥要弄这么多栅栏门?

拉姆草说,听唐科村的群众说,主要是防止牦牛到处乱跑,还有防止野兽的目的吧。

岔开栅栏门的话题,我们又回到养殖合作社的话题上来,因为马上要到劳尔都了。已经来了,提前了解下,总比一片空白好。

拉姆草说,贡保勒知能说得很,他会详细给你说的。

我说,他是董事长吗?

拉姆草愣了一下,接着说,他是总负责人。大的管理模式都是他制定的,但不是他一个人说了算。

我哦了一声,又说,那大家都听他的吗?

拉姆草说,那肯定听呀,一切按制定的管理模式来,谁都不能越权。又说，合作社坚持定人、定岗、定责，以制度管人，促使合作社走上了精细化、规范化管理的道路。

我说，这些都是条条框框，是给你们看的吧？

拉姆草说，那你错了。又说，起初我也是这么想的，可当贡保勒知给我具体说后，才知道他们的管理制度还是特别严谨的。

我问拉姆草，贡保勒知是怎么说的？

拉姆草说，贡保勒知当时拿《牧工职责》这么说的：牧工放牧期间，在不可控的因素下发生牲畜死亡的（病死、狼袭、雷击、雪灾等），经其他社员确认无误后，算作集体损失。如为放牧丢失、他人偷窃等因素下造成的损失，由牧工按规定照价赔偿；定期完成牛群的防疫、消杀病菌工作，同时要及时向管理员反映病牛状况及需要购买的药物等事项；牧工在轮换草场时要做好牛群数量的交接，还要签订交接书，坚决杜绝牧工盗卖现象；牧工不能无故缺勤，如遇特殊情况，必须向管理员请假，经协商后方可离开，如不执行，不仅扣工资，还要罚款三百元；必须做好受孕母牛隔离及需配工作，产奶期间，每人每天每头牛至少挤一斤鲜奶；按时完成牛群剪毛、取绒工作，春夏秋冬草场放牧要听从合作社安排，不得随意选择放牧区域……

再别说了。我说，撇开人性化的管理，纯粹和利益捆绑起来，就是最有效的，也是最致命的。

拉姆草点了点头，说，你肯定不会想到，贡保勒知不识几个字。

我吃了一惊。

拉姆草继续说，他们的发展计划可大了，按照目前状况来看，应该是不错的。

我说，大到哪儿去了？

拉姆草说，可贵的是他们还兼顾了生态环境保护，严格按照草畜平衡工作要求，实现草场利用率的最大化。逐年扩大种公牛和基础母牛数量，增加产崽数量，逐年引进良种牦牛，逐步淘汰弱畜，提高牛犊的单价利润，积极学习先进养殖技术，促使合作社向规范化科学化道路迈进，实现发展一个产业，带动一片群众……

够大了。我说，一个目标的实现，其中的因素很多，当然团结是最关键的。

拉姆草说，这个不用担心，草原上的牧民都是一家人。

5

终于进了最后一道门，劳尔都良种牦牛养殖专业合作社就在前方。我们将车停在门口，又在门口停留了一下，见没有人出来迎接，只好硬着头皮走了进去。

　　劳尔都良种牦牛养殖专业合作社占地很大，大门左边是一排整齐的装有玻璃暖廊的瓦房，瓦房不远处建有标准化的牛舍、育肥间、饲草料储备库等。基础设施一一俱全。还有正在修建的大棚，几个工人忙着切割钢架。拉姆草喊了几声，没人应答。或许是发电机声音太大，根本听不见，于是我和拉姆草便向牛舍走去。牛舍里空空荡荡的，不见牛，也不见人。拉姆草有点急了，她取出电话，看了看，又装了回去。

　　找到负责人贡保勒知时，他正在饲草料储备库忙着弄他的秘制草料。

　　你们又来了？贡保勒知头都没抬。

　　拉姆草说，不欢迎我们来吗？

　　贡保勒知说，这个地方看的啥没有。

　　拉姆草说，我们来学习的。又说，好经验要多多推广。

　　贡保勒知说，我们也在摸索，现在还不适合大力推广。又说，我们是踏踏实实干活的，不是为了哪个人的高兴而在这里糊弄群众。

　　我的心里突然咯噔了一下。是的，我们不应该来打扰。干事业的人需要安静，不需要大肆宣扬。我给拉姆草赶紧递眼色，示意她不要再说了。拉姆草满脸窘迫，显得很不自然，因为她说过，贡保勒知和演讲家一样能说会道。然而根本不是，我见到的贡保勒知几近木讷，而且还表现出一副很不耐烦的样子来。

我还是没有忍住，问了下贡保勒知，我说，合作社盈利怎么样？

贡保勒知说，都签订了劳务协议，工资按月发放，全年发放工资也就五十多万吧。

我默默点了点头，再次示意拉姆草，真该离开了。

拉姆草深感无趣，她红了脸，对贡保勒知说，其实，今天我们是来拍照的，路过这里，顺便进来看看，没有打扰的意思。

贡保勒知说，真的，这里没啥看的。我们只是想踏踏实实干点活，多增加点收入。他停了一下，又说，村里老人都说我们的做法过分了，心太硬了。

我说，这和养殖没啥关系吧？

贡保勒知说，有关系，你不知道，我们提前给牛犊断奶，一是为了母牛不掉膘，更加健康。二是让牛犊多吃饲料，断了它们总是渴望吃奶的念想。牛犊和母牛分割开来，但它们相互间总是长哞短呼，听得人心碎呀。又说，想不到更好的办法，暂时只能这样了。

我笑着说，也就那么几天，习惯就好了。

贡保勒知也笑着说，虽然有点残忍，不过村里也有人跟着我们这样做了。

我们都笑了起来。贡保勒知说,你们真是来照相的吗?

我连忙说,是呀。

贡保勒知说,现在正是忍冬花开的时候。

我说,是的,满山都是忍冬花,现在光线刚好。

走到合作社门口,我又忍不住问拉姆草,那排瓦房是宿舍吗?

拉姆草说,是办公区域。

我说,可以进去看看吗?

拉姆草说,可以呀。

我说,要不要让他过来?

拉姆草说,不用了,我们随便看。又说,贡保勒知今天有点怪,平常不是这样的。

我笑了笑,说,那看看吧。

瓦房的暖廊门是敞开的,进了暖廊,才发现里面是隔开的三间房屋。拉姆草带我参观,她完全成了这里的临时负责人。

最左边是宿舍,里面有炕、沙发、炉子等。第二间很小,一张办公桌,一把椅子。桌子上有一台电脑。

我问拉姆草,这里没电,没网,要电脑干啥?

拉姆草说,贡保勒知特别好学,他申请让我们给他配发台电脑，而且还专门拉了网。

我点了点头，没有说话，但还是很钦佩贡保勒知的。

第三间是会议室，里面摆了桌凳，墙上挂着各种表册、规章制度，还有出栏计划和生产计划的柱状图。一切做得有模有样，严谨而有序。贡保勒知是个干大事的人，不出两年，劳尔都或许真能成为大家观摩学习的好地方。

和拉姆草离开了劳尔都良种牦牛养殖专业合作社，走出第一道栅栏门时，才说了一句话。拉姆草说，今天到底咋啦？这个贡保勒知，平常根本不是这样的，他会说得很。

我说，是你们打扰的次数太多了，妨碍了合作社的正常工作。

拉姆草说，也不多呀，也就七八次吧。

我说，够多了，对于他们来说，来两次都嫌多。又说，他们需要更多技术上的支持，不是参观和宣传。

拉姆草不说话，也没有了当初的神采飞扬。

当我们走出第三道栅栏门时，太阳渐渐失去了中午时分的毒劲，整个山谷也显得分外明亮和柔和。

绿绒蒿在哪儿？我问拉姆草。

拉姆草好像还没有回过神来，她哦了一声，说，我们还是拍点忍冬花吧。

你认识忍冬花吗？我说。

拉姆草摇了摇头，说，或许跟着你，就认识了。

我们站在牧道边缘，尽眼望去，四处全是密密麻麻的忍冬花，清凉和幽香弥漫着整个山谷。我说，忍冬花寓意着财源广进，如果送给喜欢的人，还可以表示愿意和自己喜欢的人一起克服困难。忍冬把自己最纯洁美好的一面展现在人们的面前，也寓意无私的奉献。

拉姆草说，下去吧，这里应该有许多忍冬花。

我继续说，这里的忍冬花准确地说应该是红花岩生忍冬，它们看起来极其的娇弱，冬天叶子落净，仿佛枯死一样，但是经过了漫长寒冬的考验，春天里会继续发芽抽叶，开出芬芳的花朵来。

拉姆草点了点头，但满脸茫然。

我笑着说，这里就是没有五脉绿绒蒿。

拉姆草露出笑容，笑着说，明天带你去找五脉绿绒蒿。

泡 沫

1

清晨冷得出奇,湖边更是寒风袭人。草地被寒霜覆盖着,显得格外僵硬。第一缕娇羞的光线依然穿破云雾,透射到湖面上。多么伟大而富有色彩的光芒啊。久违了,这样娴静的时刻似乎可遇而不可求。这个并不起眼的春日里,我突然发现,我们习惯了嘈杂,却忽略了安静。这样的安静让人无所适从,想不起谋划了许久的雄心壮志,也忘记在不远处还在帐篷里熟睡的朋友。

高原的春天只是以四季里的一个名誉而存在着,我一直没有看到它的现实意义。生活在海拔三千余米的高原,草木不发芽,世人眼中的春天就没有来临。当草原完全披上新的盛装,万物欢歌,溪流汇聚,黄河奔腾的时候,其实季节已经到了立夏。

渴望着有一群大天鹅出现，月亮湖将是它们重返高原的摇篮。也等待着有群大鸟从远处缓缓而来，渴望它们的鸣叫构成响彻天宇的交响乐……独自一人，面对高原的风雪和暖阳，总想勾画出自己最热爱的场景。于是，我的耳畔就会有各种鸟儿的鸣叫。它们或在天空，或在草原。它们的鸣叫将天地紧紧连成一片，热烈而高亢，似乎为持久的生息进行争论，又似乎对各种命运的安排做出中肯的评价。许久之后是嘹亮的集合声，继而喧嚣渐渐小了下去，最后集体沉默于高原，完成对春天的承诺，也完成对生命的歌唱——这样的冥想翻来覆去出现，内心各种复杂的情绪也渐渐沦为单调重复的咏叹，失去了最初的渴望，那颗明亮的心慢慢趋于晦暗，最终沉于无边的荒野，于春寒持久的高原之上彻底消弭。

惊醒之后，我打了个冷战。湖面平静如初，寒风呼啸，经幡猎猎作响。月亮湖对我而言，再熟悉不过了。厌倦了这种毫无意义的造访，但找不到强硬的理由，我只好将疲惫和厌倦划归为生命的馈赠和生活的需要。

欲将离开，转身却看见了她。我们没有立刻认出对方，相互看了一阵，才小心翼翼打了招呼。都没有想到，三十多年后，能在月亮湖边相遇。

你和三十年前差不多。我开口道，但声音被寒风吞噬，连自己也听不太清楚。

她笑了笑,说,你也没有太大的变化。又说,还好吗?到帐篷里坐坐吧。

帐篷不大,干净,温暖。她倒了一碗奶茶,放在桌子上,显得很不自然。

这些年,你过得怎么样?我问道。虽然有些唐突,而此时再也找不到更好的话题。

就这样吧。她说,没有当年那样快乐,平平淡淡,倒也安心了。你呢?一直在高原上吗,还是去了哪里?她看着我,眼中满是好奇。

我一直在这里,离不开这片土地了。我回答道。

活着就特好的。她说,幸福也只是自己内心的感受,无法展现给其他人。

我点了点头,因为我也有同样的感触。其实每个人内心都隐藏着属于自己的幸福,它可能不是金钱、权力或地位,但它确实是生命中最重要的东西。可是在这纷繁芜杂的世界里,我们总是渴求着、迷失着,不知道追求着的幸福究竟是什么呢。

我们相对而坐,重逢的喜悦被无关紧要的话题冲淡了许多。然而就在这一刻,我仿佛又回到了那个纯真的年代,回到了那个初夏的山坡。

她断断续续说了很多事,当说到月亮湖时,突然来了精神,语言也利索无比。我经常来这里,没想到她就是月亮湖旅游点的老板。当初村里上学的孩子不多,初中毕业后,都各奔东西了。她更是远嫁他乡,消失在茫茫人海中,再也没有了音讯。时隔多年,记起的和记不起的,都成了陌生的存在。无法忘记的却是我的那个好兄弟,他死于"白肺",提早告别了尘世最温暖的太阳。那段时间,我总是想起他的容颜,甚至他当年那句精妙的比喻和感慨——多么优美的抛物线呀。

光阴总是太匆匆,太无情,它带走尘世纠缠不清的恩怨,却带不走眼前的繁华和伤悲。一年后,我从病痛中再次回首时,就再也想不起他的容颜了。一切皆因命运的安排,却又不肯承认,故而归于时间的冷漠,大概求个心安吧。是呀,但凡生命,都会在光阴下衰老、衰败,直至灰飞烟灭,还有什么不愿坦然接受呢?追求理想,不就是为理想的生活吗?可我们似乎都没做到,留下的除了对美好年华的回忆外,只有深深的失落和孤独。

2

黑的还是灰的?分不清是他还是她。那段时间里,我们对英语课堂怕得要命,只好用汉字标注单词的读音。他是个男孩——黑爱死宝儿。她是个女孩——灰爱死哥儿。看起来不像样子,读起来却像那么一回事儿。这样的标注也只有自己心里清楚了。遇到更长的句子,我们也不怕,走在路上就大声读。那时年少,总有一股使不完的劲,再大的困难都会迎刃而解。现在想起来,背《九阴真经》大概也没有这么难了。可是谁也不会想到,几十年后,我们完全忘记了二次函数的解法,却忘不了别人无法破解的英语句子。

和她说起当年的故事,都显得年轻了起来。那时候,村子里没有自来水,挑水是女人们的事儿,也是鸡叫三遍的事儿。对水的认识是多么的刻骨,渴了宁愿去吃雪,也不敢浪费缸里一滴水。一处柳树密匝的深壕里,有一口水井。水井距离村子很远,于是距离带给我们许多恣意妄为的机会。嫁到村里的新媳妇们鸡叫三遍是不敢出门的,但缸里不能缺水。因而挑水路上就多出了男人。从村子到那口井的路程,我们是不会孤单的。

柳树密匝的深壕里的那口水井,它的存在对于我们来说是神秘的。上学路过,每次都要从井口向下看,然后扔一块小石子下去,听到扑通声方才离开。端着羊角骨烟锅的老人们对此警惕而反感,甚至专门在土神庙里召开会议。后来那口井就上锁了,我们再也看不见黑汪汪的另一片天地了。

封冻的大地渐渐消融时,男人们开始准备出门。他们整理着行囊，挑选着工具，脸上洋溢着期待和自信的笑容。他们要去寻找新的机遇，去开辟更广阔的世界。女人们并没有闲着，她们要把家里的一切打理得井井有条，她们的双手粗糙而有力，她们的身心布满了坚强和刚毅，她们熟练地穿上粗布衣服，拿起扁担和水桶，走向井边。她们从不抱怨，因为她们知道，那是她们的责任和使命。尽管劳累不堪，但没有一个人放弃对幸福和美好生活的追求。

几年之后，人们将井水引到村子来了。村子中央挖了一个巨大的水柜，井水先流到水柜里，水柜满了，才会沿水管流出来。做水柜是老人们想出来的，不让水白白浪费，是为防备天旱，老人们最懂细水长流。

翻过一座小山，再行一段坡道，下去就是一条小河。河水如线，刚一立冬，就彻底没水了，女人们只好将存起来的衣服拿到水管下洗。洗衣服需要挑时间，或是太阳未出，或是牛羊入圈。

我是第一次看见她在水管下洗衣服。那时候她已经两年没去学校了，即将出嫁到远方的她在阳光浓烈的中午将一盆衣服端到水管下来。她确信没人会知道，因为秋日中午大家都去了田地里。我看见她的时候，她已将衣服浸泡在木盆里。看得出她的仔细和喜爱，她将洗衣粉撒在小背心上不断揉搓，丰富的泡沫在阳光下闪现出彩色的光斑，并在她的手背上不断破灭，又不断再生。那些泡沫并没有被水冲走，她将泡沫漂洗在水盆里，然后用小背心吸干净，再使劲拧在还没开洗的衣服上，一直到洗完所有衣服，水池四周打转的泡沫一一破灭……

她对我不用设防，但看见我时，依然有点紧张。然而就在那个夜晚，老人们趁着月色，又在土神庙里开了一次会。后来，再也没有人在村子中央的水管下洗衣服了。

我绝不是最初的告密者，然而好长一段时间，她断绝了与我的所有交往，即使在狭窄曲折的巷口不期而遇，她也仅是低头而过，不肯言语，不愿回顾。她的冷漠，让我感到前所未有的孤独和无助。我既找不到宽恕自己的理由，也寻不到和解的契机。就这样，我们之间的僵持从树叶茂盛一直持续到狂雪漫卷。她的冷漠成了我心中永恒的痛，我只能在狭窄而曲折的巷道中，独自承受那份孤独与失落。

那年正月，她出嫁了，但她来村子的次数还是挺多的。有时候，我们会在巷子里相遇。没有一起上学时那样拘谨，我们靠在土墙边，说说心事，开开玩笑，但从未提及水管下洗衣服的事情。岁月如月光般清澈而美妙，岁月也让我们更加坚强和成熟，唯有那个告密者成了岁月里隐藏最深的狐狸，他有胆识挫伤我们间纯粹的友情，却没有勇气亮出尾巴来。

时隔多年，当我再次回到熟悉的村庄时，那柳树密匝的深壕已经不复存在，那些曾经在风中摇曳的歪脖子柳树也被孤寡老人一寸一寸砍回了家。留在原地的只有无尽的荒凉，还有生了青苔的不断腐烂着的树桩，它们在光阴里毫无表情，冷漠无限。

村庄中央的水管已经成为过去，再也没有好看的泡沫在水池四周打转。我走过每一户人家，看到的是空荡的院落和无人问津的田地。时间仿佛静止了。过去的欢笑和泪水，曾经的希望和梦想，统统消失在岁月的长河中。只有回忆留存在心中，它不会变成泡沫，也不会随风而逝。

我不会因为村子的贫苦而感到羞耻，孤独失意的时候，我不禁感慨万端，因为曾经拥有那样的一段岁月，它让我懂得了珍惜和热爱。可惜的是光阴永远不会怜惜我们，岁月也不再让我们拥有那份青春和活力，但我们依然保持着最初的那份坚韧和毅力，继续前行在人生旅途中。

3

临近八月十五，换梨的人从一个村子到另一个村子，叫卖声不绝于耳，可是那个用青稞换梨的舅舅迟迟不肯来。放学路上，我们用尽心机，将换梨人引诱到村子来。帮忙收拾农具，饮驴喂马，背草拣粒，表现十分突出，大人们依旧不买账，就算动了恻隐之心，而换梨的人赶着牛车早就去了另外的村子。

换梨的舅舅赶着八月十五，还是来了。舅舅带来乡村的朴实，也带来无尽的欢乐和惊喜。舅舅从竹筐里拿出一堆梨，那梨放在桌上，香甜四溢，仿佛在诉说整个秋天的故事。母亲倾其所有，特地为舅舅做了一桌饭菜。简单的食材在母亲的手下摇身一变，就成了丰盛而别样的佳肴。洋芋丝，洋芋蒸菜，洋芋搅团，洋芋盒子……洋芋尽显它华丽的身段，也只有舅舅到来的那一刻。

晚饭后，我和舅舅坐在院子里，他抽着烟，给我讲述着他的故事。那些关于城市的故事，让一个从未离开过乡村的孩子心生向往。舅舅的故事充满了旅途的艰辛，也充满了生活的明亮和温暖。听着他的故事，看着月光下宁静的院落，我的心里充满了前所未有的感激。因为我知道，无论生活有多么艰难，只要有人愿意倾听，我们就能够找到前进的力量。那一夜，舅舅的故事和梨的香甜，一起留在了我的心里，成为生命中无法忘怀的一部分。同样在那一夜，我看清了舅舅隐藏在质朴背后的奸邪。舅舅常年走街串巷，也属情有可原。四十年后，我才理解了他，但我没有为自己的行为而自责，那只是一个孩子的天真，当然也和她的出嫁有关。

舅舅入睡后，我悄悄起来偷了他的梨。梨藏在草房里，不会有人知道。第二天傍晚放学回家，我就遭到父亲的破口大骂。说舅舅一大早起来就不高兴，早饭都没吃，气冲冲走了。舅舅的牛车上放了五六个梨筐，从每个梨筐里拿出两个梨，根本看不出来。舅舅是怎么发现的呢？我相信父亲的推断，舅舅一定是在每个梨筐的盖子上做了记号。按照父亲的话说，在梨筐上放几根草秆，别人是无从知晓的。父亲骂了我，但并没有为失去一个远房的舅舅而惋惜。是的，父母都自私，尤其在自己的儿女身上，他们会做出佛祖割肉喂鹰般的无私来。至于那些藏在草房里的梨，父亲听了我的想法后，同意我将它们全部送给她。作为同伴，出嫁之前送点梨，不但寓意深刻，且合情合理。

我的记忆中，她是不善表达的。学生时代几乎木讷，不论是同村或是同龄，抑或同性，她都不愿意说话。而在此时，月亮湖边的她就有点滔滔不绝了。或许因为是我的沉默寡言，如果她再缄默无言，这样的偶遇就有点尴尬了。

八月十五过后，要开始打碾堆在场中的青稞和麦子。我们放学早，但不肯回家。不肯回家的原因有二，一是回家要帮忙干活；二是干完活，还不准撩油写作业。那时候村里困难，一切都要节省着用，哪怕一滴灯油。然而，迟迟回家留给我们的却是堆在门口打碾干净了的麦草。麦草要用木杈挑进草房，同时还要踩踏平整，否则第二天就无法继续装草了。独自一人怕要干到深更半夜，于是我们相互配合。干完一家，再去下一家。她家只有牧场，而没有农田，但她乐意帮忙。我们在草房里打滚，牵手，欢呼……无法遗忘的是，那一刻的欢乐里包裹着整个少年时代的幸福，甚至无法言明的爱意。许多年后，我对此用温暖、幸福、未来，甚至暧昧去解释过。可一切在光阴下终究沦为记忆，去而不复了。

此时，初春的月亮湖分外宁静，草原荒芜，而我似乎分不清是在破旧的村头，还是在温暖的帐篷里。她在我面前，不再是当初草房里那个快乐的少女。当然，我也不再是那个轻狂的少年。时间的河流照映出的更不是曾经飞驰在山路上的孩子，而是满怀责任和两鬓斑白的中年人。

4

她说，守着月亮湖已经有好几年了，做点草原美食，开个宿营地，还养了许多马匹。所有一切，名义上是为游客提供方便，事实上都是为活着。又说，只有活着，生命才会有意义。别人看来，过着简单的生活，享受着草原的宁静与美景，看着辽远的天幕中的星星，这应该是理想的生活了。

每天清晨骑马沿湖走一圈。阳光铺满草地，露珠在草尖上摇晃。马蹄踏在坚实的大地上，仿佛能感受到大地的心跳。

每当夜幕降临,还会在湖边点燃一堆篝火,与游客们围坐在火堆旁,分享美食和故事。常常仰望夜空中闪烁的繁星,感受月亮的盈缺之美。在这片广袤的草原上,曾以为找到了内心的平静与满足,也找到了生命的真谛。然而,快乐却在一瞬间就消逝不见……守着月亮湖,内心应该是平和而宁静的,可为什么还会有那么多莫名的厌倦和担忧?说到这里,她的泪水已滑落。并不快乐。她告诉我,那份喜悦一直停留在几十年前。她总是梦想着有一天能骑着一匹天马,回到最初的那段时间里去。

静静听着她的诉说,我心中不由自主多了一份感激和敬意。有那么几年,我也常驻草原,度过了一季又一季矛盾和不安的日子,感受过快乐和悲伤。但在离开的那一刻,我没有丝毫不舍。我知道,脚下的路有时并不允许肆意选择。令人迷茫而误入歧途的想象,经常会让我们提早为自己勾画出复杂而变幻的人生旅途,那样的旅途中,谁能保证不会迷失?许多诱人的、在光阴下不断迷失的旅途,其实就是源于选择走一条从未走过的路。我们尝试着,让它来缩短复杂的过程。但是,从此后我们就真在光阴中迷失了。

她终于说起了她的婚姻生活。她离婚好几年了,因为男人不守家,身在草原,心在城市,后来就分开了,他们没有孩子,留给她的只有几匹马。我就此又想起许多年前,我们爬过最高的那座山，走过最陡的那段路，穿过最害怕的那片坟地，远远地看见村子时，我们会心一笑，从不相互埋怨。而几十年后，我们再次经过那段路途，看见玛尼旗在风中翻身，看见麻雀去了山野，看见鸽子不再住在屋檐下，同时发现了最好的伙伴间也存在着隔膜，多了抱怨和叹息。我们一直在寻觅自己的理想，让自己的生命不断趋于圆满。可生命一直在路上，梦寐的理想与幸福就永远得不到满足。

她继续说，曾经认为此生最大的念想是城市的繁华，但当看见那几匹马和四季里变换着的草原时，发现错了。念想只是不同的生命阶段所表现的追求而已，真正无法释怀的还是共同经历过的美好时光，还有那个无忧无虑、对未来充满期待的青春年华……

那个时代，那些梦想，年轻的笑容以及朦胧的爱意，仿佛就在昨天。只要一直向前，就一定能够找到理想的彼岸。可是，当我们真的走到彼岸，却发现它并不是想象中的那个彼岸。那我们都在追求什么？一份高尚的事业？一个幸福的家庭？还是那份雄心的实现？我们追求着的一切竟是深不可测的欲望，我突然有点颓废。

5

那马色彩斑斓,远远看去像一团滚动的烟花。河里翻滚着浪涛,那马纵身一跃,驮着她就从宽阔的河面上飞驰而过。身后留下无尽的草原,兀自辽阔……母亲在世时,常常会做这样荒诞的梦。做梦的母亲不喜欢独享喜悦,她总要讲给我们听。母亲的梦需要有人来解。父亲对母亲的梦解得最有说服力,可是母亲并不认可。母亲梦见的马,不但是彩色的,而且还会飞。父亲听到这里,脸色不由得暗了下来。他说,家神好久都没打扰我们了。他一边说,一边去佛堂。母亲梦见的马是五花马,有一天,当我读《将进酒》时,总想起母亲梦中的那匹马。只是可惜,多少年来,我们依然勤恳守家,丝毫做不到"五花马,千金裘,呼儿将出换美酒"的洒脱。

多少次愉悦与悲观时,我都会想起母亲梦中的那匹马,那马在母亲梦中自由自在飞翔,它没有给家里带来厄运,也没有挽留住母亲的生命。这时候,我会忍不住去猜测,母亲的梦预示着什么?其实母亲对彩色马之梦有着自己的理解,她既不认可父亲的解读,也不像我们那样消沉。我清晰地记得,有段时间,母亲总是翻来覆去地说,那彩色的马有明确的方向,它不留恋身后,勇往直前,洒脱而奔放,一心只想自己想去的地方。

如今，父亲已年迈。年迈的父亲失去同伴后，再也没有替我们解过梦，他独自静坐于佛堂前，不闻尘世繁闹，也不问稼穑收成。而我们因为工作和学习的压力，时常忙碌奔波，也就忽略了父亲的所作所为。可当我疲惫不堪、迷失方向的时候，我依然会想起母亲梦中的那匹彩色的马。那马是彩色的，像冲天而起的烟花。它不留恋身后，勇往直前，洒脱而奔放，一心只想自己想去的地方。我相信那是母亲的精神寄托，也是我们全家人的信仰和力量。它让我们在未来的岁月里，继续保持勤恳、坚定和热情的生活态度。

半卷经书，解尘世恩恩怨怨，一盏清茶，诉人间是是非非。四十年后，我心中的月亮并没有想象中那么亮，那么圆，更没有少年时代挂在树尖上那么近。那面湖水在夜风的撩动下，将那轮并不明亮的月影彻底打碎，很长时间都没有圆满起来。我突然想，世人所谓时间最无情的杀伐，何尝不是水中月？我再次想起泡沫这个词，事实上，它何尝不是我们失去了的年华的精准表达？

夏日即将来临，广阔无垠的草原风景如画，冷凉的空气中弥漫着清香，一朵朵盛开的野花接连成一片又一片的花海，天空宛如深邃无垠的蓝宝石。一只偷偷探出头的野兔子在草原上短暂地露了个面，又快速地钻进洞穴，酣然入睡。苍鹰发出清亮的鸣叫，优雅地在蓝天中盘旋。云雀在草地上欢快地跳跃，唱出一曲曲美妙动听的歌曲。我不会长久留下来，那如诗如画的月亮湖也不是我的理想之地。大千世界里，处处是归人，时时成过客。失去村子后，我是一名背负着真诚与热爱的浪子，也是一个怀抱着薄情和寡义的君子。而她却不同了，她和月亮湖能长相厮守，再多的不快也会消弭于无形的。

当草籽坚硬，花朵低垂，整个山坡换了颜色的时候，我们终将明白，不是我们在选择背叛，而是岁月要将我们逐渐抛弃。一切终将化为泡沫，我与故土，与她之间，也不过是流年中的一抹痕迹而已。

你看，深秋转眼就到了。万物精美，而远去的岁月多么像泡沫。

我们走在草原上，就听见生命在喘息。应该到时候了。你看，那辽阔的河流，再也不能回头。那浩渺的冰川，再也无法重现……

后记

行走：现实与坚守

散文集《草籽来自不同的牧场》只收录了三篇纪事，它们各自独立，而又相互关联，除了自然生态，最大篇幅都在写"人"，写生存环境，写生存状态，写活着的困惑与如何更好地活着。采用小说的叙事方法，可能有些写作的越界，但我觉得散文更应该注重叙事，有故事，才有咀嚼的意味。无论这个故事是过去的，还是现在的，抑或是即将发生的。我没有强行让它们发生在我身上，但它们绝对发生在我身边。

由于地缘关系，从小在农牧区交会地生长生活，农牧区的情况我太熟悉了。《河源纪事》探讨的就是农牧区交会地的生存状态，是人在不同环境和境遇下对美好生活的追求。事实上《车巴河纪事》更是如此。这篇文字形成于2019年至2021年驻村期间，既写到帮扶工作的点滴，也写到"我"的所见所闻所感。"我"作为叙事的主体，并没有对所涉事件做是非判断，帮扶工作在整个文章里只是引子，它没有偏离我最初的计划，即集中表现新时期以来牧区群众的观念、思想、生活方式等诸多方面的变化与群众的真实生活现状，以及他们对小康社会的强烈向往。可以这么说，它是我整理记录下来的一部高原驻村生活实录，其特点在于琐碎与真实——家长里短，农事仪式，文化观念等。但我觉得，它有可能给高原藏地文学带来新的陌生感和冲撞力。

《草地纪事》也不是单一的生态散文。对于生态散文，我总觉得不是单一的花花草草，不是大力倡导环境保护，不是一味地批评人为的破坏。写《河源纪事》时，我再次跑了一圈黄河源，见到的、听到的和感受到的，让我对自然与人的关系有了新的看法，对破坏与修复也有了新的认识。

那是2022年5月，我又孤身去了一趟玛曲木西合，因为木西合是黄河上游入境甘肃的第一站。我的目的很明确，就是去看望一位老人。到了木西合，老人立马要带我去看黄河入境处的黄河第一湾。那天，我们坐在山坡上说了许多人和事。我从老人那儿知道了许多有关黄河上游的生态情况，当我说到当下人为的破坏时，老人笑了。他坚信，这个地方不存在人为破坏。海拔四千米，谁来这里搞破坏？同时老人给我说了草籽需要相互交换的道理。还说草原有它自己的调节方法，对于沙化，我们没必要过分担心。老人还说，这里到处是神山圣湖，大家对此都很尊敬，没有人搞破坏。对神山圣湖要虔诚，无处不在的神灵时刻看着我们。再说万物都是有生命的，大家既然生活在同一个世界里，就要相互尊重、相互依赖，不是吗？

至于混牧，老人说，就是邻近的牧场交换着，你家的牛羊赶到我家牧场上，我家的牛羊赶到你家牧场去。表面上看，混牧的是牛羊，实际上交换的是不同地方的草籽。八九月草籽成熟了，牛羊在不同的牧场走一圈，身上都会挂满草籽，牛蹄缝里也会带些草籽，那些草籽被带到不同的牧场，就会落地生根，还会很大程度地改善牧草质量……

我明白了其中的道理，可是现在似乎看不到那样的场景了。草场被承包和部分禁牧后，相互不来往，而且每个草场都拉了铁丝围栏，草籽之间就失去了联络，也只有在两片相邻的草场分割处，风会当作草籽传播的使者。情况的确如此，铁丝围栏相隔处的植被不但厚实，而且草种繁多，十分茂盛。

不过，我懂得了草籽必须来自不同的牧场，也懂得了道法自然的深刻含义。当然，农牧交会地带的故事依然是很难写的，因为农牧两种生活方式和价值观念的不同，而引发的生活矛盾与冲突，涉及善恶、道义、情义、爱以及信仰等精神层面的东西。这样的冲突，既是现实生活的写照，也是对当下农牧区真实生活的具体感受。但我所着眼的是，有着不同身份及信仰的个体，是如何超越现实的物质困境、道德伦理困境，跨越情感障碍，而在生活、情感上完全融合到一起，如何在文化的认同与融合中，使人性的真诚和温暖尽显光芒。

不过我想，当一个作家坚守着他的真诚，他笔下的现实一定是让你眼前一亮的。我如此坚守，也愿读到这些文字的读者成为我的朋友。我真诚感谢你们，感谢自己的坚守，也感谢广西师范大学出版社的宽容与偏爱。

2024.11 龙多村